Helene Flöss: Löwen im Holz

Helene Flöss

Löwen im Holz

Roman

Haymon

Für Theresia Überbacher-Ploner (1891-1970)

Zum Verständnis von Dialektausdrücken und Wörtern aus dem Italienischen oder Russischen gibt es auf den Seiten 217/218 ein Glossar.

Bibliografische Information:
Die Deutsche Bibliothek verzeichnet diese Publikation in der Deutschen Nationalbibliografie; detaillierte bibliografische Daten sind im Internet über http://dnb.ddb.de abrufbar.

www.haymonverlag.at

Satz: Haymon-Verlag
Umschlag: Benno Peter
Gesamtherstellung: Druckerei Theiss GmbH, A-9431 St. Stefan

ISBN 3-85218-431-2

Unzählige Male wiederholte Geschichte, beharrlich, ausdauernd, in der immer gleichen Wahl der Worte, im immer gleichen Ablauf der Handlung, der Personen, des Ausgangs.

Die heimliche Hoffnung des Kindes, diesmal, vielleicht bleibt diesmal der mittlere der drei Soldaten nicht im Krieg.

Der hölzerne Stuhl mit den gedrechselten Beinen, mit der geschnitzten Lehne, der ausgekerbten Löwenmähne, leicht nach hinten geneigt, das obere Ende abgerundet, dunkles Holz; in der Mitte der Lehne eine Aussparung. Die Aussparung ist ein Löwenmaul. Da hinein steckt man die flache Hand, um den Stuhl zu verschieben, ihn aufzuheben.

Die Angst des Kindes vor diesem Löwenkopf, dem Löwenmaul; das Sitzen auf dem äußeren Rand, aufrecht. Die Füße baumeln über dem Boden. Kein Anlehnen, keine Berührung der Schulterblätter mit diesem aufgerissenen Maul.

Onkel Lenz steht vom Stuhl auf, gebückt langt er mit der Rechten in den Rücken. Seine behaarte, langfingrige Hand packt die Luft, gleicht einer Spinne, die das Löwenmaul demnächst verschlingen wird.

Die hohen Betten in Großmutters Schlafzimmer, schwer, mit dicken Matratzen und metallenen Federn. Der Genuß, in der Sommerfrische auf Großmutters leerer Ehebettseite schlafen zu dürfen. Und neben dem Bett zwei dieser geschnitzten Stühle. Abend für Abend an die freie Bettkante des Kindes geschoben. Auf daß es nicht herausfalle. Auf daß die Löwen die Träume des Kindes bewachten.

Das Kind fällt in all den Sommern kein einziges Mal aus dem Bett, weil es sich weit in die Bettmitte hineinlegt. Weil es sich auch im Schlaf vor den hölzernen Wächtern fürchtet.

Drei Generationen von Kindern haben sie schon bewacht. Einmal wird das Kind von seiner Mutter einen dieser Stühle erben. Den Stuhl der Mutter der Mutter.

Das Kind greift an die vordere Kante des Sitzes und zieht den Stuhl nahe an die Wand heran. Die Wand mit den drei Tafeln. Silbergrau gerahmte, vergrößerte Photographien dreier Soldaten. Alle drei mit derselben schiffchenförmigen Kappe. Alle drei mit denselben schlecht erkennbaren Zeichen auf den Schultern. Alle drei in Brusthöhe abgeschnitten, alle drei ernst, alle drei mit demselben Vornamen, demselben Nachnamen, alle drei tot, gefallen; zwei an der Ostfront, einer am Balkan.

Der Mittige trägt eine Nickelbrille. Der Mittige der drei Soldaten ist Onkel Clemens. Clemens Federspiel, Student.

„Unteroffizier", sagt die Großmutter.

Seitlich, wie rechter und linker Schächer, Clemens Federspiel, Eichholz. Clemens Federspiel, Kronenwirt. Sie gehören zusammen, die drei Vettern.

Das Kind steht auf dem Stuhl, damit es den Bildern ganz nahe ist.

„Der Fidl", sagt die Großmutter, „ist schwer über die Stiege heraufgestapft, langsam. Er ist immer schwer und langsam über die Stiege gegangen, der Fidl mit seinem Asthma."

Sie hat die Krapfen im heißen Fett, ruft aus der Küche, komm, Fidl, es gibt Krapfen.

Sie hat ihn heute nicht aus der Gemeindestube abgeholt. Krapfen sind nur dann köstlich, wenn der Esser auf den Krapfen wartet, nicht umgekehrt. Gewöhnlich geht sie am mittleren Vormittag mit einer entkernten, halbierten Birne über den Dorfplatz in Fidls Schreibstube. Gemeindeschreiber ist ihr Fidl, ein Hungerleiderberuf.

Die Lona ist ans Sparen gewöhnt. Seit sie mit dem Fidl verheiratet ist, kennt sie die Not. Nicht die ganz große, nicht den Hunger, aber die Knappheit. Und doch findet sie immer etwas, was ihren Fidl freut. Wenn es nicht die vollkommenste Birne ist, dann ein paar Nüsse oder Dörrzwetschgen. Die Birne reibt sie mit einem leinenen Tuch ab, bis die Schale glänzt, legt die Frucht für ihren Fidl auf einen ihrer schönen Teller.

Noch nie hat es in der Gemeindestube von Innerwiesen so viel Schreibarbeit gegeben. Einberufungen müssen über den Tisch des Fidl, Urlaubsbescheinigungen, Gefallenenmeldungen, Vermißtenanzeigen; dazu noch die Anträge derer, die sich zur Umsiedlung nach Deutschland entschlossen haben, auch die Gesuche der Rückwanderer in dieser bewegten Zeit.

Eine Handschrift wie ein Studierter, heißt es im Dorf. Das wäre er gern geworden, der Fidl, ein Studierter. Es ist bei der schönen Handschrift geblieben.

Der Fidl steht in der Küchentür, atmet schwer. „Wir brauchen heute keine Krapfen, Lona", sagt er.

Die Lona bekreuzigt sich. „Jessis Marria." Sie weiß Bescheid.

Vor zwei Jahren die Nachricht auf Fidls Schreibtisch. Da sitzt er noch in Moosbruck, im Amt für Aus- und Rückwanderer, in der Zweigstelle des Kreises 3. *Clemens Federspiel, Kronenwirt, gefallen, Ostfront 1941.* Es ist der Sohn von Fidls ältestem Bruder. Sein eigener Sohn ist es nicht. Noch nicht. Was ist das für ein Trost.

Die zweite Nachricht ein Jahr später. *Clemens Federspiel, Eichholz, gefallen, Bosnien 1942.* Herzrasen. Der zweite Clemens Federspiel. Es ist der Sohn von Fidls zweitältestem Bruder. Sein eigener Sohn ist es nicht. Noch nicht. Was ist das für ein Aufschub.

Die dritte Nachricht. *Clemens Federspiel, Dorf 22, gefallen, Ostfront 1943.* Das wäre nicht nötig gewesen: *Dorf 22.* Es gibt nur mehr diesen einen Clemens Federspiel, seinen Sohn.

Wie lang der Weg bis zum Festenegg ist. Wie steil der Hügel, auf dem der Hof thront. Der Fels ist ein gutes Fundament für das mächtige Anwesen. Noch nie ist ihm der Aufstieg derart schwer angekommen. Wie feindlich die Mauer mit den zwei Toren mit einem Mal ausschaut. Und der Fidl trägt das Unglück hinein.

Jetzt müßte ihn die Lona doch schon hören, ihm entgegengehen. Wie immer ist die außenliegende Stiege blitzblank, als könnte es gar nicht hineinregnen und hineinwinden unter das Vordach bis auf die Stufen.

Was dieser Mensch für einen Beruf hat! Schreiber von Gefallenenmeldungen … Wie viele Briefvorlagen hat er zur Auswahl …, eine erlesene Handschrift: *Ihr geliebter Sohn*, woher hat er das. *Sofort tot* …, woher weiß er das.

Die Großmutter hebt das Kind vom Stuhl, weg von diesen drei Tafeln. Aber noch ist die Geschichte nicht zu Ende. Das Kind hockt sich auf den Fußschemel vor Großmutters Beinen.

„Damals dachte ich, die Sonne würde nie mehr aufgehen“, sagt sie.

Sie weint nicht. Sie weint auch nicht, wenn sie die Feldpost ihres Sohnes nachliest, Brief für Brief bis zur Gefallenenmeldung.

„Das Alter macht hart“, sagt sie, wenn das Kind wissen will, warum sie nicht mehr weint.

Und die Sonne ist doch wieder aufgegangen.

Tagelang sitzt sie dem Fenster gegenüber, zählt die Regentropfen. Nachts geht sie in der Stube auf und ab, hin und her.

„Wie eine Löwin im Käfig“, sagt der Fidl, „leg dich hin.“

Sie sieht ihren Buben hinter dem Haus sitzen. Er sitzt mit aufgestützten Armen da, Kopf in den Händen. „Was ist dir, Clemens.“

„Ich muß nachdenken“, sagt er.

Ein grüblerischer Mensch, so jung und so grüblerisch, still, ein hellwacher Schlafwandler in seiner abweisenden, erbitterten Ruhe, die wie ein verschlossenes Tor ist.

Er geht am Abend nicht auf den Dorfplatz hinunter. Er mischt sich nicht unter die übermütigen Gleichaltrigen. „Sie lachen über jede Dummheit“, sagt er.

Vom Franziskanergymnasium der Brief des Präfekten: Frau Federspiel möge ihren Sohn verwarnen. Wenn die Gymnasiasten in geschlossener Reihe durch die Stadt gingen, hätte keiner die Hand zum Hitlergruß zu heben. Auch nicht zu patrouillierenden Soldaten hinüber.

„Ich habe nicht gegrüßt“, sagt der Clemens, „weder mit der Hand noch mit den Augen.“

Vor dem Einrücken wird er zu seinem Vater sagen, daß er nicht für Führer, Volk und Vaterland kämpft – oder fällt; er nicht.

Die Schule ist teuer.

„Was soll ich denn werden“, fragt der Clemens, „als Pfarrer gehen mir die Frauen ab, als Lehrer fehlt mir die Geduld, zum Doktorsein die Liebe zu den Menschen, Advokat ist nicht vornehm.“

Er hat sich nicht mehr entscheiden müssen. Zweiundzwanzig ist er beim Granatangriff in Witebsk.

Witebsk – wie vertraut das dem Fidl klingt, Witebsk. Keine dreißig Jahre ist es her, da ist er ganz in der Nähe gewesen. Ja, das kann man schon so sagen, ganz in der Nähe, bei einem Riesenland wie der Ukraine. Und Soldat war er auch, der Fidl, gefangen von den Russen.

Kühl sind die Abende in der Sommerfrische. Hat Onkel Clemens in Rußland gefroren? Das Kind kriecht auch in Augustnächten unter das wärmende Federbett.

*

Ein halbes Leben lang gestrickt, Strümpfe, Socken, Schwetter, Kappen. Die Stricknadeln klappern, als zitterten sie in einer Kälte.

Das Kind hat seine Großmutter nie mit Stricknadeln in der Hand gesehen, nur mit Büchern.

„Genug", sagt Großmutter. Vom Stricken habe sie genug.

Warum mußte sie ihre Buben auch in knielangen Hosen herumlaufen lassen, unter denen die gestrickten Röhren der Wollstrümpfe herauswuchsen. Auf keinem der alten Photos, die das Kind zu sehen bekommt, trägt außer ihren Onkeln ein Dorfbub knielange Hosen und gestrickte Strümpfe.

„Und die Röhren sind immer länger geworden", sagt die Großmutter, „die wachsenden Buben und die immer länger werdenden, gestrickten Röhren. Und die Hosenböden so oft geflickt, daß der ursprüngliche Stoff kaum mehr ausgemacht werden kann, Polster, richtige Polster auf den Hosenböden von all den unter- und aufgenähten Flicken."

Schön sind diese pfeifensaftfarbenen Bilder. So viele Kinder in einer Schulklasse, Buben mit klobigen Schuhen, dunkelgrauen Hosen und Jankern, gezopfte Mädchen, scheu, Pfarrer und Lehrer wie Posten links und rechts aufgestellt.

„Aus dem Lehrer Alois Reden ist 1924 ein Luigi geworden. Da hat Südtirol schon sechs Jahre zu Italien gehört. Ein Beamter ist dem Umtaufen nicht ausgekommen. Ein Glück, daß er nicht auch *Parlare* heißen mußte. Genützt hat das alles wenig; seinen Posten hat er doch verloren. Die Faschisten haben richtige Walsche aus uns Tirolern machen wollen. Mit den anderen Namen war es aber nicht getan", sagt die Großmutter.

Sie legt den Finger auf zwei Frauen, kleine, schmale Figürchen, verschreckt. Die Schwestern Trombetta, die Maestrine

Ada und Rosa Trombetta, die ersten italienischen Lehrerinnen im Dorf. „Arm, mit ihren roten Fingernägeln und den Schülern als Feinde. Dieses Herumschreien ..., sie schreien immer, in der Klasse, bei den Feiern auf dem Platz; diese zittrigen, schrillen Stimmchen, und keiner, der sie versteht."

„Da, schau", sagt die Großmutter, „große faschistische Jugendfeier."

Wo sind die Onkel?

„Die sind nicht dabei, Kind. Die beiden Buben heben im Hof ein Loch aus und graben die Mussolinibilder ein. Und der Fidl ist bei der STE: Società Tridentina di Elettricità. Wenn er den Posten verliert, verhungern wir. Diese großkopferten Bauern im Dorf bilden sich ein, sie müssen ein Elektrizitätswerk erschaffen. Ein Verlustgeschäft, bis dann die Trentiner einspringen. Dreißig Jahre lang stottert das Dorf Schulden ab. Aber wie am Heiligen Abend '21 das erste Licht brennt, das ist schön."

Auch Fidls Bruder ist unter den Stromunternehmern; einer der dreizehn Großbauern. 1928 übernehmen die Italiener den Fidl. Er wird Stromgeldeintreiber und kann in der neuen Sprache kein Wort richtig schreiben.

„Und dann steinigen unsre Buben das Fasciozeichen auf dem Schulhaus. Das können wir uns nicht leisten. – Die Kinder da, die kleinen Balilla, die essen gratis in der Schulausspeisung. Ganz verrückt sind sie nach den roten Nudeln und dem gelben Reis. Essen gratis, Schulzeug gratis, der Mitgliedsausweis, nein: die *Tessera fascista* kostet fünf Lire, das zahlt sich aus mit der Uniform dazu. – Ich hab sie noch im Ohr, diese angestrengten Stimmchen, die ihr Evviva! schreien."

Schön sind die Hände der Großmutter. Das Kind muß immer wieder die papierene Haut streicheln, über die dünnen Falten fahren. Sie überziehen Handrücken und Finger mit feinen Strichen. Lange, vollkommene Finger, zwei Daumen wie zu- und abnehmende Mondsicheln; Hände, ganz ohne Knochen, ohne Altersflecken. Und so beweglich. Großmutter spielt mit ihren Händen, unterstreicht ihre Rede mit Gesten. Wenn sie „vergiß das", sagt oder „nebensächlich", flattern ihre Finger rechts an ihrem Ohr vorbei, als spielte sie auf Tasten in der Luft.

„Aus einer mit Händen wie den deinen wird nie eine Bäuerin", weiß der Fidl.

Aber das schlägt er auch gar nicht vor. Seine Lona ist ihm für jede Arbeit zu schade. Einen Palast möchte er ihr bauen, sie verwöhnen ein Leben lang.

Aus dem Palast wird nichts. Sie ziehen in das Buchenhaus als junges Paar. Sie wohnen zur Miete. Feucht ist es da, ein Geruch nach sauren Herbstäckern, nach Totensonntag, geschmolzenem Wachs in stillen Kapellen.

Sie werden noch viermal umziehen, beinahe im Kreis herum, im inneren Kreis des Dorfes.

Das Kind stellt sich ab und zu vor dieses alte, hölzerne Tor am Buchenhaus. Ein Tor in einem Rundbogen, niedrig, eigentlich zu niedrig für einen erwachsenen Menschen, ein Haus aus dem großen Grimmschen Märchenbuch.

Alle sechs Kinder kommen da zur Welt, die vier Buben, die zwei Mädchen. Das Gretele wird den Keuchhusten nicht überleben. Er plagt die vier Kinder in der Stube, die ein Krankenlager wird. Von einem Bettchen zum nächsten, heraus unter der Tuchent beim Hustenanfall, damit die kleinen Geschöpfe nicht im Liegen ersticken. Zwei trägt der Fidl auf den Armen, zwei trägt die Lona. Bis sie ausgehustet haben und ausgewürgt, die armen Körper. Gretl hält das nicht aus. Gretl bekommt zu lange keine Luft mehr. Ein weißer Sarg.

Ob Großmutter immer so schöne Hände gehabt hat? Auch wie sie Wäsche für fünf Kinder gewaschen, das Weiße im Anger auf dem Gras ausgebreitet hat, in der Sonne gebleicht, immer wieder abgespritzt, gewendet?

„Alle drei Monate ein großer Waschtag, mit Aschenlauge, im Selchkessel. Der Fidl hat mitgewaschen; und hinterher immer ein Auge durchs Küchenfenster hinaus, zur Wäsche hinaus. Es hat viele arme Schlucker gegeben damals. Gestohlen haben die nicht, die haben nur der Not abgeholfen", sagt die Großmutter.

Die schönen Hände sind ein Erbstück. Auch auf die Mutter des Kindes sind sie übergegangen.

Hände für Bücher, Hände zum Seitenumblättern.

In einer Mistpenne hätten sie nicht Platz, sagt Großmutter, all die gelesenen Bücher in ihrem Leben. Am liebsten sind ihr die Russen. Aber da läßt sie sich die Romane schon aus der städtischen Leihbücherei bringen. Wenn sie laut vorliest, ihrem kranken Mann, ihrer schneidernden Tochter, memoriert sie vorher die russischen Namen, damit sie über Rasumichin und Newylytschki nicht dauernd ins Stocken gerät.

Im Dorf tauscht sie die Bücher mit Frau Reden, mit der Frau des Lehrers. Beide leihen sich die Bücher vom Herrn Pfarrer. Der Herr Pfarrer holt sie aus der Stadt. Ein kluger Herr, der Pfarrer Vaneller, ein guter Beichtvater, ein Musikliebhaber, wie die Lona; und Asthmatiker, wie die Lona.

„Wir machen auch beim Atmen Töne", sagt sie zum Herrn Pfarrer. Wenn Asthmatiker die Luft durch die Lungen ziehen, gibt es sirrende, pfeifende Laute ab, beim Ausatmen tiefe, brodelnde.

Asthmatiker erkennen einander.

„Dieser fahle, abgespannte, zögerliche Blick", sagt der Fidl, „es hat sich mir kein Asthmatiker erklären müssen; nicht in Galizien, nicht in der Ukraine. Wir haben voneinander gewußt, wortlos. Ich habe sie hinter mir gehen hören, oder vor mir. Wer in so einem Zustand ist, dem geht es nur noch um den nächsten Schnaufer."

Frau Reden, das versteht das Kind. Eine Lehrersfrau ist im Dorf die *Frau* Reden. Alle anderen tragen zum Vornamen den Hofnamen und davor nichts: die Turmmüller-Kathl, die Kirchsteig-Barba, die Festenegg-Angela. Es gibt nur zwei *Frauen* im Dorf, Frau Reden und Frau Federspiel, die übrigen sind Weiber.

Die Auswärtige, die der Fidl als Frau Federspiel ins Dorf bringt, hat reich geerbt. Sie geht keiner Arbeit nach. Sie ist Hausfrau. Aber das sind die Bäuerinnen und Handwerkersfrauen auch; das sind sie zusätzlich. Frau Federspiel versorgt ihre sechs Kinder und den Mann; das tun die übrigen Frauen im Dorf auch. Frau Federspiel und Frau Reden gehören als Auswärtige zusammen. Es gibt noch ein paar Zugezogene, nur sind die keine Frauen.

„Reserviert", sagt Großmutter, „ja, ein bißchen reserviert bin ich gewesen; nicht hochnäsig, für Hochnäsigkeit hat es keinen Grund gegeben."

Das Kind versteht nicht, warum es nach dem Nachtmahl nicht mehr auf den Dorfplatz hinuntergehen soll. Die Abende sind lange hell. Großmutter kann durch die Lattenschlitze der geschlossenen Jalousien das Kind beobachten.

Dünne Streifen Sommer fallen durch die winzigen Latten und ein sanftes, gestricheltes Dämmerlicht. Von außen scheint das Fenster zu und blinzelt doch aus schmalen Ritzen.

Die Bäuerinnen aus dem Dorf sitzen am Feierabend auf den steinernen Bänken vor ihren Häusern und unterhalten sich. Frau Federspiel ist nie dabei. Sie ist auch früher nie dabeigewesen.

„Sie unterhalten sich über alle, die nicht um den Platz herumsitzen“, sagt Großmutter, „sie horchen dich aus.“

Das Kind weiß nicht, was es den Weibern nicht erzählen sollte.

„Eben“, sagt Großmutter, „eben.“

Sie ruft das Kind aber nicht ins Haus wie die übrigen Mütter, die aus den Fenstern über den Dorfplatz schreien. Großmutter macht nicht einmal die hölzernen Läden auf. Sie hat in ihrem ganzen Leben kein einziges Mal zu den Dörflerinnen hinuntergerufen. Sie fragt nur etwas vorwurfsvoll, ob es nicht wisse, wann es nach Hause zu kommen habe, wenn sich das Kind verspätet.

Sie hat auch ihre Buben damals dasselbe gefragt.

Ihr Fidl schätzt das, dieses Sich-nicht-gemein-Machen mit jedem. Er ist immer ein Einzelner gewesen, ein Alleingeher. Er genießt es, daß sein heimatlicher Hof über dem Dorfplatz steht, von einer Steinmauer eingegrenzt, von einem schweren zweiflügeligen Tor abgeschlossen; dunkelbraun wölbt es sich unter dem gemauerten Sturz. In einen der Flügel ist eine nach oben gerundete Tür eingelassen, die bescheidene Öffnung für Werktage.

Ein Paarhof ist das Festenegg wie alle Höfe der größeren Bauern, ein Schafferhof seit Jahrhunderten. Der freie Blick auf den Dorfplatz, ungehindert, Zeichen des Herrschaftsanspruchs.

Der Fidl hat nie geherrscht. Weder als Festeneggsohn noch sonst im Leben. Das ist ihm zuwider. Aber es ist ihm auch zuwider, wenn andere in sein Leben schauen; die es nichts angeht, die mit der ungesunden Neugier. Er holt sich seine Braut aus dem Nachbarsdorf, die Bergegger Wirtstochter. Im eigenen Dorf meidet er die Wirtshäuser.

*

„Wie hat dich Großvater zur guten Nacht geküßt mit diesem Stoff auf dem Mund?"

Das Kind verwendet den seltsamen Leinenstreifen als Windel für seine Puppe. Es ist die Schnurrbartbinde für Großvaters Kaiser-Franz-Joseph-Schnauzer.

„Er hat sie erst hinterher umgebunden." Großmutter lächelt wehmütig, wehmütig der Schnurrbartbinde wegen und wegen des Kaisers, ihres Kaisers.

18. August, Sommerfrischzeit. Nie erinnert sich das Kind an einen verregneten 18. August, einen verregneten Namenstag. Nie vergißt die Großmutter darauf, das Kaiserwetter mit Franz Josephs Geburtstag zusammenzubringen. Ob es denn deshalb so heiße, wie es heißt, fragt das Kind. Die Großmutter wartet ein bißchen, läßt das verschüttete Grübchen in ihrer Wange aufleuchten, das sich dort verspätet hat, ein Überbleibsel ihrer Jugend.

„Ja, wenn du das gern so hättest... Der Kaiser Franz Joseph selig, Fürst unserer beiden Tiroler Städte war er auch", sagt die Großmutter. „Die Ehrfurcht vor der Tradition gehört sich, Kind. Die Herkunft hat zumindest eine Vergangenheit."

Da ist das Kind stolz; auf des Kaisers Geburtstag, auf den eigenen Namenstag, auf die alten Zeiten, die Stadt, in der es zu Hause ist. Was für ein Tag!

„Armer Kaiser, eine tragische Gestalt. Der Friede, dieser Friede, der die Monarchie begraben hat, ist ihm erspart geblieben, sonst nichts. Es sind nicht die Österreicher gewesen, zu denen wir gehalten haben", sagt sie, „wer waren das denn, die Österreicher. Wir haben zum Kaiserhaus gehalten. Wir Tiroler sind immer eine Welt für sich gewesen, eine abgesonderte, abgeschlossene: geschlossener Erbhof, geschlossene Gesellschaft, geschlossene Bergketten. Von Österreich haben wir nicht viel gewußt. Wir haben zu Tirol gehört, zum Kaiser, und fertig. Das hat mir schon mein Vater erklärt, daß es im Tiroler Freiheitskampf gegen die Bayern gegangen ist und nicht um Österreich. Nach dem Frieden von Wien hat dieses Österreich dann mit Napoleon Hochzeit gefeiert. Zuerst zündeln, aufwiegeln, dann keine Hand mehr rühren, um Tirol zu schützen und den Hofer zu retten. Österreich hat sich damals schändlich verhalten, hat mein Vater gesagt."

Zwanzig ist die Großmutter beim Tod des Kaisers. Und es ist ihr, als sei ein Vater gestorben.

„Es ist kein Besserer nachgekommen", sagt sie, „nur Schlechtere, nach und nach der Schlechtere. – Und die Vetsera, vielleicht hat die Vetsera den armen Rudolf getröstet. Ein unseliges Haus, das Kaiserhaus."

Da ist das Kind schon groß, als es von der Geliebten des Kaisersohnes liest, von Vetsera und dem Rudolf und den sitzenden Leichen in der Kutsche, gestützt von zwei Gendarmen, die den Selbstmord des Liebespaares zu verheimlichen haben.

*

Der Fidl zieht die Vorhänge zu. Es muß niemand wissen, daß er beim Abendrosenkranz über die betende, linke Hand seiner Lona streicht, mit zwei Fingern, vom Handgelenk über den Handrücken nach vor und wieder zurück. Und die Lona lächelt ihm zwischen einem Avemaria und dem nächsten zu.

Auch beim Rosenkranzbeten gehört eine von Lonas Händen dem Fidl. Die Rechte liegt im Schoß, hält zwischen Zeige- und Mittelfinger die perlmutternen Grallen und zählt sie mit dem Daumen weg; die Linke liegt auf der Tischplatte.

Der Rosenkranz ist Großmutters Begleiter nach überall hin und über den Tag. „Die Bete", sagt sie, „gib mir die Bete,

Kind!“ Die Kapuziner in Moosbruck fassen die hölzernen, beinernen oder perlmutternen Kugeln zu Ketten. Sie reparieren auch kaputte. Sie reihen mit winzigen Spitz- und Flachzangen fünf mal zehn Perlen eng aneinander, lassen einen, von einer eingelassenen, einzelnen Perle gebildeten Abstand zwischen den Zehnereinheiten, zur Besinnung auf das wechselnde Geheimnis und das *Ehresei*. Der Kette fügen sie ein kleines Kreuz, eine Gralle für den *GlaubenanGott* und eine Dreierreihe für das *DerunsdenGlaubenerhalte*, *DerunsdieHoffnungstärke*, *DerunsdieLiebeentzünde* an.

Je schwerer der Rosenkranz, umso lieber ist er der Großmutter. Sie spürt das gern, sagt sie, wenn die Bete im Kittelsack nach unten zieht und bei jedem Schritt scheppert.

„Wäre der Himmel offengestanden“, sagt die Großmutter, „dreiundzwanzig Jahre lang wären der Fidl und ich nicht hineingestiegen, Kind.“

Und im vierundzwanzigsten Jahr?

Das vierundzwanzigste Jahr ist das Jahr der mittigen Tafel an der Stubenwand; das Jahr des Clemens Federspiel, des dritten gefallenen Clemens Federspiel.

Traktoren rattern am Haus vorbei, laut, störend, in aller Herrgottsfrüh. Sie fahren auf die Felder rings ums Dorf. Das Kind wartet auf den großen grünen Fendt. Da springt es auf. Hoch oben neben der Cousine, auf diesem Sitz, der viel zu groß ist für das winzige Hinterteil, ist das Kind eine Königin.

Großmutter ist nie auf die Felder gefahren, hat nie einen Rechen gezogen, nie eine Sichel in die Hand genommen. Und doch kennt sie die Arbeit der Bauern, jede einzelne, in Stall und Acker und Feld.

„Grummetzeit", sagt sie und betet, daß es nicht aufs ausgebreitete Gras regnen möge.

Kürzer ist ihr Gebet allmählich geworden, weil auch ein Regen zur Unzeit für den Bauern kein Unglück mehr ist; weil die Schnitter mit dem zur Erde gedrückten Korn keine große Plage mehr haben; weil die Rücken der Erdäpfel hackenden Weiber nicht mehr geschont werden müssen; weil die gefrorenen Schollen einer Traktoregge nichts mehr ausmachen.

Am Abend aber wird sie das Kind fragen, wie viele Fuder Heu vom Außerfeld in die Dille gefahren sind. Wie viele Schober Gerste auf dem Burgetacker stehen. Dann wird sie dem Kind von früher erzählen, bis es einnickt.

Dem Fidl ist es zeitlebens eine Gewohnheit geblieben, in der Früh als erstes zum Festeneggstall hinüberzuschauen. Es geht immer später das Licht an. Es gibt weniger Rösser und Ochsen zu versorgen als in seiner Jugendzeit.

Seine Rösser, sein Lieblingsvieh. Aus den Ochsen hat er sich nie viel gemacht. Pferde werfen zwischendurch ein Fohlen. Pferde haben ein Gemüt. Ochsen sind immer nur Ochsen.

Aber er versorgt auch diese schweren, dumpfen Tiere mit Hingabe.

Auf dem Moosbrucker Markt verkauft er mit Gewinn. Man kennt den Festenegg-Fidl. Man vertraut ihm. Er ist ein Redlicher. Er bleibt bis zuletzt auf dem Marktplatz, weil er weiß, kein Händler fährt gern mit seinem Vieh wieder heim. Da kauft der Fidl dann günstig. Er ist ein Stiller. Den Vormittag über schaut er sich um. Aufs Gerede hört er nicht. Er macht sich vom Angebot sein eigenes Bild.

Er hat ein, zwei Kinder aus dem Dorf mitgenommen auf den Markt. Sie begleiten ihn gern. Sie freuen sich auf das Treiben in Moosbruck und auf das Würstl in der Suppe, das ihnen der Fidl zahlt. Vorher aber haben sie die Tiere festzuhalten, die der Fidl feilbietet. Stangen zum Anbinden gibt es in Moosbruck keine. Die Kinder hoffen, daß die Moosbrucker noch lange keine Stangen auf dem Marktgelände aufstellen mögen; zumindest so lange nicht, wie sie klein sind. Sie möchten noch nicht überflüssig werden.

Die Bauern von Korint herauf sind eine Konkurrenz hier. Sie haben die schönsten Ochsen. Ochsen sind gefragter als Rösser. Ochsen ziehen ausdauernder. Der Fidl hält seine Aufmerksamkeit zusammen. Er handelt, feilscht. Der Fidl ist für seine schönen Tiere bekannt. Er weiß, schöne Rösser brauchen nur die wohlhabenden Bauern, die anderen brauchen Zugrösser. Es wird nicht lange dauern, bis dic Bauern ihre Rösser nicht mehr kaufen, tauschen, nicht mehr mit ihnen handeln werden, sondern Füchse und Rappen und Schimmel *stellen.* Was für ein Wort: stellen! Abgeben heißt das, weggeben für ein Heer, das mit ihnen Krieg führt, das sie schinden und am Ende halb verhungern lassen wird.

Noch aber ist der Fidl auf seine schönen Rösser stolz. Den Klösterern kauft er zuerst etwas ab. Die Klösterer haben bessere Äcker, besseres Futter, besseres Vieh. Auf der linken

Marktseite stehen die Kornanbieter. Der schräg aufgesetzte Hut weist sie als solche aus. Der Fidl grüßt nur kurz hinüber. Er handelt mit Vieh, nicht mit Roggen und Weizen.

Müde machen die Markttage, und spät dann der Fußweg zurück ins Dorf. Da ist der Fidl noch ein Bursch, aber er spürt schon, daß er zwar nicht länger gehen muß als die Gleichaltrigen, aber hinterher länger schnaufen.

Der Fidl wählt sich die Kinder der Ärmsten aus dem Dorf, die mit ihm und seinem Vieh nach Moosbruck gehen dürfen. Die Auswahl ist groß. Es gibt zu viele Kleinhäusler, die höchstens eine Geiß halten, aber zehn Kinder und mehr. Auf dem Heimweg vom Markt greifen die Buben immer wieder nach den paar Kreuzern im Hosensack und dem Stanitzel voller Mohnzucker, das sie vom Fidl bekommen haben. Mohnzucker kauft der Fidl auch für seine Rösser und verfüttert ihn dann heimlich, und schlägt vor Verlegenheit die Augen gar nicht richtig auf, wenn er an den ganz armen Weibern vorbeigeht, die die Ackerränder vom Festenegghof mähen dürfen oder die Erdäpfeläcker jäten. Das minderwertige Grünzeug trocknen sie vor ihren Hütten, bei Schlechtwetter in der engen Laube, aus der bei jedem Türschlag Gerüche von Strohsack, Rüben, Arbeit und Leuten herauswehen.

Die Berta ist keine Diebin, nur findig. Sie streicht beim Vorbeigehen den Hafer von den Ähren in ihren Kittelsack. Wieviel wird sie jedesmal in ihrer Hütte ausleeren? Sie klaubt ein paar Scheiter von fremden Holzstapeln, versteckt sie unter ihrem Fürtuch. Wie viele wird sie daheim unter den Herd legen? Die Berta geht flink durchs Dorf, fast im Laufschritt. „Das Huschen der Not", sagt die Großmutter, „ängstlich, leise, mit einem ganz eigenen Geräusch, dem Geräusch der Not."

Die Kinder der Taglöhner haben keine Schuhe. Ohne Schuhe kann man nicht auf den Markt gehen. Die Taglöhnerinnen sind um das Kandele Milch froh, das sie zur Tagschicht dazubekommen. Sie sind besonders froh, wenn der Fidl das Kandele füllt. Da geht es fast über.

Zwanzig Schnitterinnen und mehr arbeiten Ellbogen an Ellbogen auf dem Festeneggacker. Und bei der einen die Not daheim größer als bei der anderen. Zu Mittag essen sie auf dem Feld, unter einer Granelle, unter einem Nußbaum, je zwei und zwei aus einem Teller, Knödel und Krapfen; und endlich einmal satt. Sie sitzen eng beieinander, ihre Schultern führen gegeneinander Krieg. Mit einer mechanischen Bewegung drücken sie herausrutschende Haarnadeln wie Pfeile in ihre um den Kopf geschlungenen Zöpfe zurück. Die Furchen in ihren Händen sind Brachfelder von Plagen, die Stirnen Wegmarken von Gram, ihre Münder verhärmte Schlitze.

Nach dem Schnitt knien sie sich auf eine Korngarbe und beten den *Englischen Gruß*. Die dankbare Andacht gilt mehr dem eigenen vollen Magen als der vollen Dille des Festeneggbauern.

Die Mutter des Fidl geht nach dem Nachtmahl von Hütte zu Hütte mit dem bißchen Lohn. Zu Weihnachten wird sie die Kinder der Schnitterinnen zum Mittagessen einladen und ihnen sechs Hefekrapfen, einen Knollen Schweinefett und ein paar Würstln für die Mutter mitgeben.

In den armen Stuben der Schnitterinnen hängt der Mahlzeitengeruch der vergangenen Tage. Er steigt aus den hölzernen, gefurchten Tischplatten, wenn die dampfende Suppenschüssel den alten, eingesogenen Geruch aufwärmt.

Zwanzig Sommer lang arbeitet der Fidl als Senner auf der heimischen Alm. Es gibt nicht wenig Bauern im Dorf, die hoffen, ihre Kühe mögen nicht in den Sommermonaten kalben. Dem Geschick des Fidl vertrauen sie mehr als dem des Doktors. Der Fidl heilt auch ohne Medizin. Auf Murmeltierfett schwört er und auf das rechte Futter aus Gsott und Abgebrühtem, auf eingeweichte Haarlinsen für die Kälber. Allen übrigen Übeln helfen Fidls Hände ab; daß die dreieutrige Kuh wieder aus allen vier Zitzen Milch gibt zum Beispiel oder ein Eiterbatzen verschwindet.

Einsam ist es auf der Alm. Da wird der Fidl zum Schweiger. Wenn einer für ein Viertel des Jahres nicht unter die Leute kommt, verlernt er das Reden. Ab und zu ein Hirte, der Schafe dahertreibt, Wolken aus weißer Wolle, wenige Wanderer, die für eine Schale Milch bleiben, für ein Stück Käse. Sie sind selten gesprächig.

Der abendliche Himmel trübt sich ein. Der Mond jagt die Wolken auseinander. Sie kommen wieder, wenn es tagt. Die Sonne plagt sich daraus hervor, in Weiches gebettet, wie sie ist. Und dann nichts mehr als Felswände aus einem gleißenden Grau, Weiden aus behäbigem Grün, ein glatter Himmel, vom einen zum anderen Gipfel straffgezogen.

Vom Georgitag bis zum ersten Sonntag im Oktober ist die Zeit in dieser alltäglichen Verlassenheit lang.

Der Weg vom Hochhöhltal übers Eissteinjoch bis zur Ahornalm zieht sich mit der langsam dahintrottenden Herde unter diesem fast noch winterlichen, metallenen Blau; die Ränder des Himmels blasser, licht, wie angefroren. Auf den Schneefeldern ringsum bräunen einzelne, zackig zerfranste Erdflecken. Die Thorwände sind steil und steinig; dahinter der Wald, unheimlich wie einer bösen Seele Fluch; von dort weht der Sommer zögerlich herüber. Die Thorwände sind voller Marterln und Votivtafeln. Geschichten gibt es dazu, abergläubische Reden.

Der Weibelesitz soll der Muttergottes zum Rasten gedient haben, und die versteinerte Hufspur eines Ochsen stammt von unserem Herrn Jesus persönlich. Wenn unterm Eissteinjoch die Hexen ihr Haar kämmen, ist das Gewitter schon hinter der Wand. Hinterhältig ist das Hexenwerk und auszuweichen ist ihm nicht. Da hat die Samteralm noch zum Festenegghof gehört, als es als ausgemacht galt, daß, sobald in Samt ein Rind eingeht, im Dorf eine Henne verreckt. Die Weiber wissen unzählige Geschichten. Sie fürchten sich gern.

In der russischen Gefangenschaft wird der Fidl an die Bäuerinnen daheim denken und an ihren wohligen Aberglauben und wie sich die Welten gleichen. Da erzählt ihm Halja, die ukrainische Bäuerin, sie habe zweimal – man bedenke, zwei Nächte hintereinander – im Traum drei blaue Gänse mit Roßköpfen gesehen, bevor das große Unglück gekommen sei. „Und da sage einer noch, Träume und Ahnungen sind Weibergespinst", die Ukrainerin bläst die Luft durch ihre gespitzten Lippen.

Es geht mir vor, sagen die Innerwiesener Weiber dazu. Der Fidl würde das nie bestreiten. Er erinnert sich an die saligen Frauen, die abtrünnigen Engel, die auf dem Weg in die Hölle in den Bäumen hängenbleiben. Sie sind ihren Männern liebevolle Ehefrauen, arbeitsam auch. Und von keinem einzigen Mann einer Saligen wird erzählt, daß er sich an die drei Bedingungen gehalten hätte, sondern irgendwann doch das Wort Sonne in den Mund nimmt, oder seiner Liebsten über die Wange streichelt oder ihren Namen ausspricht – und damit die Salige verliert.

Am frühen Morgen sieht der Fidl den anbrechenden Tag durch eine Ritze in der Almhütte, ein paar vergessene Sterne, hingetupft wie Blütenblätter eines Apfelbaumes. Hinter zerrissenen Wolken spürt er noch den Mond.

Nur während der Bergwoche geht es hoch her auf der Alm. Da ist es dem Fidl aber schon zu laut. Die Bandi lachen und kuttern ausgelassen. Die Mohder und die Tschogge scherzen derb. Der Fidl ist froh, wenn der Rosarisonntag da ist. Da putzt und striegelt er seine Kühe, legt ihnen die Glocken an federkielbestickten Riemen um, wählt die Kranzkuh aus, die dann stolz vorausgehen darf in ihrem Schmuck aus Federn, Perlen und buntem Glas. Den Almabtrieb begeht der Fidl als würdigen Heimweg. Erst am späten Nachmittag gibt es auf dem Dorfplatz wieder Radau. Da ist der Fidl aber schon in seiner Kammer. Den Rasierertanz muß er nicht erleben. Da brüllt das Dorf den Lehrling zum Gehilfen hinauf, den Stallbuben zum Fütterer oder den Hirten zum Senner. Grob sind die Späße.

Viel später werden die Nazi dann diesen Rasierertanz filmen, dieses bäuerlich-bodenständige Bauerntum, mit dem sie sich wichtig machen. Dafür muß das Schauspiel für den Mann mit dem Filmapparat auf dem Dorfplatz extra nachgestellt werden.

*

Der Fidl wird allein bleiben, fürchtet seine Mutter. Er denkt sich das in seiner Abgeschiedenheit oft selbst. Aus dem Dorf fällt ihm keine ein, die er zur Frau möchte. Auf dem Moosbrucker Markt stehen nur Männer neben dem Vieh.

Es ist nicht die kleine Auswahl, die ihn in Bergegg nicht mehr von der Lona wegschauen läßt. Er ist schon öfter auf dem Bergegger Kirchtag gewesen. Er ist auch schon länger im heiratsfähigen Alter. Später wird er es oft bedauern, daß sie ihm nicht früher aufgefallen ist, die Lona.

Die Lona sieht ihn aber auch diesmal nicht. Sie ist beschäftigt. Eine Kellnerin kann sich am Kirchtag nicht mit den Gästen aufhalten. Auch dann nicht, wenn die Kellnerin die Wirtstochter ist. Dafür darf der Fidl der jungen Frau so lange zu- und nachschauen, wie er will. Es gefällt ihm ihr leises, verschmitztes Lächeln, das ihm wie eine überlegene Freundlichkeit vorkommt. Kein einziges Mal hört er ein plumpes Wort, das man ihr nachzurufen wagt, auch von Betrunkenen nicht, und von denen gibt es genug. Flink ist die Lona, viel beweglicher, als man es ihrer Rundlichkeit zutrauen würde.

Wenn sie zu jemandem redet, fliegt eine rostige Röte über ihr Gesicht. Da wird die Lona schön. Beim Reden streicht sie mit ihrer schmalen Hand, die eine eigene Seele hat, über ihren Zopf. Die Geste kann der Fidl nicht oft genug verfolgen. Es ist, als löse die Lona ihr Mieder.

An diesem Spätsommerabend, an dem ein letzter, vergnügter Frohsinn auf dem Dorfplatz liegt, wird die Lona den Herrn Lehrer fragen, wer denn der war da in der Ecke, der Versunkene, der nur geschaut und kaum etwas getrunken hat, weder mitgesungen noch mitgetanzt, der zwar zurückgegrüßt, sich aber in kein Gespräch eingelassen hat. Der Herr Lehrer will es nicht glauben, daß die Lona den Festenegg-Fidl nicht kennt, einen der vier Söhne des größten Bauern im Nachbarsdorf.

„Schön war ich nie", wird die Lona später sagen, wenn ihr der Fidl erzählt, mit wieviel Wohlgefallen er sie beobachtet hat. „Aber lieb."

Er wird immer dieselbe Antwort haben, der Fidl: aber lieb. Und er wird an Lonas warme Wangen denken, die von Munterkeit und Frohsinn überliefen, an ihre schmiegsamen Hände und an ihre braunen Augen, die zwei wache Begierden waren.

Das Kind läßt sich gern Photographien erzählen. Alt kommt ihm der Großvater auf dem Hochzeitsbild vor. Schütteres Haar hat er schon. Eine große, blanke Stirn. An seinem linken Arm einen Myrtenkranz. Denselben, nur größer, hat die Lona im Haar. In der Hand einen Strauß Kunstblumen, den der Moosbrucker Photograph vorrätig hat.

Sie bringen das alles heimlich hinter sich, das In-den-

Widum-Gehen wie das Kastenführen; die acht mal vier Beine der Löwenstühle ragen vom großen Leiterwagen in den Himmel und es ist, als ritten diese umgestülpten Stühle während der Fahrt auf den Tischen und Bettgestellen. Im Dorf fällt einer auf, wenn er an einem gewöhnlichen Werktag im Feiertagsgewand über den Platz geht. Aber es muß ein jeder über den Platz, wenn er zum Pfarrer will. Und die Fenster der umstehenden Häuser haben Augen.

Drei Wochen dauert der Brautstand. An drei Sonntagen hintereinander stehen die Namen des Paares an der Kirchtür. Dreimal werden sie vom Pfarrer vor der Messe vom Verkündzettel gelesen, *von der Kanzel geworfen*, heißt es im Dorf.

Die Nacht vor der Hochzeit müßte die Braut durchbeten. Die Lona übergeht das Gebot. Sie ist lieber ausgeruht. Ausgeruht für ihren Fidl.

Beim Hochzeitsmahl geht die Lona beim zweiten Gang in die Laube hinaus. Die Patin nimmt ihr den Myrtenkranz aus dem Haar und setzt ihr den Plunhut auf. Jetzt ist sie eine Frau.

Neunundzwanzig ist die Lona schon, achtunddreißig der Fidl. Sie hat lange auf ihn gewartet. Der Weltkrieg ist ihnen dazwischengekommen, die Gefangenschaft.

Das Kind sucht nach dem Soldatenbild, nach dem Großvater als k. u. k. Kaiserjäger. Es kann sich keinen Kaiserjäger vorstellen. Der Großvater war kein Kaiserjäger. Es gibt aber vom Großvater auch kein Soldatenbild.

„Wie viele Russen hast du im Weltkrieg erschossen, Vater", fragen seine Söhne.

„Keinen einzigen, glaub ich. Ich hab jedenfalls keinen erschießen wollen."

Die Antwort des Fidl bleibt immer dieselbe. Und sie enttäuscht die Buben.

Am 1. August '14 läuten in den Dörfern die Glocken zusammen: allgemeine Mobilisierung. Es ist der Tag vor dem Portiunkulasonntag und morgen der große Ablaßtag.

Die Einberufenen treffen sich beim Wirt in Bergegg. Die Lona schüttelt über deren ausgelassene Begeisterung den Kopf. „In vierzehn Tagen sind wir mit den Serben fertig", rufen sie.

„So lange können die Roggenschober warten", antwortet die Lona.

Keiner versteht ihren bitteren Spott. Es ist ihr, als begrüßten die Männer diese denkwürdige Abwechslung, diesen Bruch im immer gleichen Ablauf der jahreszeitlichen Arbeit, als genössen es die Männer, endlich einmal für etwas anderes bewundert zu werden als für ihre starken Arme auf Heu- und Mistgabeln. Wenn sie nur recht behielten mit den vierzehn Tagen. Da könnte es gut sein, daß ihr Fidl auf der Ahornalm die Einberufung gar nicht mehr bekommt. Aber sie schicken Buben auf die Almen, Buben mit diesen unseligen Briefen.

In Ungarn, erzählt man sich, in Ungarn seien sogar Gendarmen auf ihren Fahrrädern auf die Felder zu den Bauern hinausgeradelt, um die arbeitenden, wehrpflichtigen Männer in die Kasernen zu jagen und in den Krieg.

Am Portiunkulasonntag weint das ganze Dorf nach dem Hochamt. Weiber und Kinder begleiten die Männer über den Berg hinunter. Die Lona opfert dem Fidl ihr Ablaßgebet.

„Jetzt wäre er gern ein Mädchen", sagt der Fidl zur Lona, bevor er einrückt. Und schämt sich ein bißchen. Die Lona streicht ihm über den Kopf. „Ich wart auf dich."

Die Sommerfrischler aus Wien und Salzburg sind aufgeregt. Am liebsten würden sie sofort abreisen. Die überfüllten Züge mit jubelnden Soldaten wollen sie sich dann doch nicht antun.

Die Lona trägt in der Veranda die Suppe auf. Da sitzen sie besonders gern, die vornehmen Leute aus den großen Städten, in diesem Nest aus Holz und Glas, das ins Tal hinunterhängt. Die Veranda riecht holzig; nach den zirbenen Wänden, der zirbenen Decke und dem lärchenen Fußboden.

So lange wie in den Sommern vorher werden sie nicht bleiben, fürchtet die Lona. Sie warten recht unruhig auf den Postwagen, der zweimal am Tag ins Tal fährt. Der Knecht holt beim Rößlwirt die Zeitungen ab, die Briefe. Auf seinem Fuhrwerk liefert er den Sommerfrischlern auch ihre Überseekoffer nach. Sie nehmen allerhand Zeug mit für die zwei oder drei Monate beim Bergegger Postwirt.

Die Grafen und „Vons“ sind besonders besorgt. Die Lona weiß es fast sicher, es wird nichts mehr werden aus dem Versprechen des Wiener Musiklehrers. Der hat sie im Kirchenchor und im heimischen Wirtshaus singen gehört und zum Vater gesagt, daß es eine Sünde wäre, die Stimme der Lona nicht auszubilden. Den Bruder der Lona, den Buben, wie sie ihn im Haus alle heißen, hätte er gleich mitnehmen wollen nach Wien. Der Bub habe einen Strich auf der Violine, feiner und sicherer als sein Lehrer, hat er gemeint. Für den Buben könnte es sich vielleicht noch ausgehen. Sobald die Cilia, die der Vater als erste von den vier Töchtern ins Internat geschickt hat, wieder zurück ist, wird es für alle im Haus leichter. Wenn es nur des Krieges wegen nicht mit der Hausmusik aus ist. Die Angela an der Zither, die Cilia am Klavier, der Bub auf seiner Violine, das ist schon ein Orchester.

Die Leute sind alle recht bedrückt. Die Wirtshausgeher sind größtenteils Männer, und die fehlen. Sie fehlen nicht nur an der Schank. Es sind auch keine zum Plentenbauen mehr da, und die Weiber plagen sich mit den Rüben, die nach den Roggenschöbern in die Ackerränder gehören.

Am Bahnhof der Landeshauptstadt bekommen die Soldaten Zuckerlen. Die sollen ihnen den Mund versüßen. Der Fidl steckt die Zuckerlen ein und hat nach ein paar Stunden Zugfahrt einen verklebten Batzen im Hosensack. Viel Walsche sind im Zug, walsche Tiroler. Sie kommen von Ala herauf, von Trient.

Wie weit ist es bis nach Galizien?

Sambor heißt der Ort, wo sie hinmüssen, Sambor.

Was für eine Welt, in die er da kommt. Daß auch das Österreich sein soll, geht schwer in sein Bauernhirn. Dort, an der Grenze zwischen Ungarn und Galizien, kommt fast noch ein Heimatgefühl auf. Die Tannenwälder so dicht, alles still, nur ein Bach, der rauscht. Schön ist es da, wild und finster schön. Aber der Sommer riecht nach abgeriebenem Eisen. Der Himmel drückt; es drücken nicht die Wolken, es drückt das Verderben.

Danach der Weg, endlos und schnurgerade und eben. Der Fidl hat immer den bepackten Rücken seines Vordermanns im Blick. Der Soldat hinter ihm auch, dem Fidl seinen. Stur geht es voran, düster, stumm. Daheim steht die ärmlichste Bergschupfe besser da als diese niedrigen Hütten mit tiefen Dächern aus Stroh, wie Kapuzen. Sie stehen in winzigen Dörfern, die sich in der Weite verlieren, die sich sogar in dieser offenen Fläche zu verstecken vermögen.

Hie und da weidet Vieh auf den eintönigen Feldern. Schneuztuchgroß sind die Tiroler Äcker im Vergleich mit diesen Riesenfeldern voller Gerste und den Schobern in Reihen, die nicht aufhören wollen.

Auch daheim werden es nur mehr Weiber sein, die sich über die Halme beugen; mit hellen Kopftüchern zwar, in hellen Blusen, in der Seele genauso schwarz verzweifelt.

Unabsehbar, unendlich, flach, wohin man in dieser Weite auch schaut. Kein Berg, an den der Blick anstößt, keine Zinne, kein Fels, der eine Grenze wäre. Die Sonne versteckt sich beim Untergehen hinter einem Roggenfeld. Der Mond geht auf der anderen Seite hinter den Grashalmen auf.

Streng geht es zu unter den Soldaten. Wer soll die Gesetze verstehen, die hier gelten, die Rangordnung, den Drill.

Auf dem elterlichen Hof weiß ein jeder der zehn Dienstboten um seine Bestimmung Bescheid. Hier ist selbst das Essenfassen Dienst und die Rast Befehl.

Beim Angriff ist jeder allein, allein vor dem Artilleriefeuer, allein vor dem Schrapnell, das in die Luft geht, allein vor dem Bajonett, das auf einen zustößt. Der Fidl ist aber auch in der Kompanie nicht aufgehoben. Nirgendwo ist er aufgehoben; ausgesetzt, nur ausgesetzt in dieser Welt, die zur Kälte hinhängt. Das kennt er noch nicht. Das hat er noch nicht erlebt, diese Verlorenheit. Nicht bei den ärgsten Gewittern auf der Ahornalm, wo die Felsen über die Scharte herunterrollen, sich der Donner in den Wänden bricht, und das verschreckte Vieh an den Ketten zerrt und Reißaus nimmt; irgendwohin.

Den armseligen Leuten in diesen galizischen Dörfern nehmen sie die elenden Hütten weg und setzen Soldaten hinein, die gar nicht hier sein wollen. Sie beschlagnahmen die kargen Lebensmittel, das Vieh, das Werkzeug, das Brennmaterial. Sie beschlagnahmen alles für Kriegszwecke. Und die Leute haben keine Ahnung, was dieser Krieg für einen Zweck haben soll. Sie holen die alten Männer in ihren groben tuchenen Hemden von den Feldern weg. Sie holen sie zum Bauen von Befestigungen, zum Befördern von Waffen und Munition, zum Verlegen von Gleisen, zum Aufschütten von Wegtrassen.

Das rupfene Zeug, das ihnen bis zum Knie über die Hose hängt, sollte weiß sein. Der Strick in der Mitte ist steif von Fett und Dreck; bloße Füße unter den Hosenröhren, alle bloßfüßig, auch die Weiber, voller Läuse. Eine Handbreit über den Knien hören ihre Kittel auf. Sie urinieren auf die Gleise, im Stehen, mit breiten Beinen. Über den Blusen sitzen große Strohhüte. Warum haben sie nicht einmal Kospen.

Beim Festenegger schnitzen die Knechte am Abend oder an den Bauernfeiertagen dieses klobige Schuhzeug. Ein jeder macht sich sein eigenes. Die lärchenen Kospen sind stark, die birkenen schwer, die zirbenen halten nicht viel aus, brennen aber nicht auf den Füßen. Ganz jung sollen die Bäume sein, ganz dünn die Sohle.

Ob es der Krieg ist, der die Menschen in Galizien derart verkommen läßt, oder der Regen? Es regnet eindringlich, träge, von einem niedrigen, fast schwarzen Himmel. Ist dieser Himmel, seit es ihn gibt, einen Tag lang klar gewesen? Der Regen läßt die Gesichter der Galizier grau werden, der Krieg läßt sie verderben.

Sie fürchten sich vor den Soldaten. Sie verstecken sich in ihrer unheimlichen Angst. Sie schleichen herum wie streunende Katzen, als suchten sie etwas, das nicht zu finden ist. Sie sind in dem Durcheinander von Schutt und Dreck und Soldatenzeug verloren. Sie ziehen mit hängendem Kopf sinnierend ihren Pflug über den Acker, von dem sie gestern Soldatenleichen und abgerissene Glieder aufgesammelt haben. Sie mähen die Wegränder entlang, die von Grabhügeln gesäumt sind.

Ein bescheidener Esser ist der Fidl, anspruchslos. Die Küche zu Hause ist eintönig. Aber sie werden alle an allen Tagen satt.

Das hier in Galizien ist kein Essen. Ein Gsott ist das, wie das Abgebrühte aus Pellen, Kleie und Rüben für das Vieh.

Zum Glück gibt es die Juden; sonderbare Figuren, fast unheimlich; schwarze Kutten, große Hüte, Locken darunter, lange Bärte wie die ihrer Propheten. Aber wie sollten sie auch anders ausschauen in so einer Welt. Arme Kammern in armen Hütten, darin arme Judenkinder, die ihren großen Hunger über weißen Zwiebelringen ausweinen und ihre kleinen Gesichter in aufgestellten Holzschüsseln verschwinden lassen, in deren Böden sie ihre Zungen spazierenführen.

Die Läden der Juden sind schummrig, wie verboten. Bis an die Front trauen sie sich. Sie verkaufen alles auf ihren beweglichen Tischen, Essen und Selbstgebrannten, stark wie Fusel und teuer. Sie leben davon, oder überleben. Hartnäckig bieten sie ihr Zeug feil. Sie schicken auch ihre Töchter, um den Soldaten Brot anzubieten, oder Süßes. Der Lebensmut dieser Händler … Der Fidl möchte die Juden gern fragen, woher sie ihn nehmen.

Eine unversöhnliche Vornehmheit schaut aus diesen ausgemergelten Schultern, den rötlichen, zerquälten Bärten, den von Weh scharf geschnittenen Mündern, der dunklen Getragenheit ihrer langen Kaftane. Voll abgründiger Würde ist ihr Leid, tief ihre Geringschätzung der galizischen Bauern. Talmudisten gibt es da, die zugleich Gasthäuser führen, Rabbiner, die sich mit Wucher abgeben; fromme Männer, die Schnaps brennen, andere, die Handel treiben und sich die Waren, sollten einmal keine aufzutreiben sein, einfach erfinden.

Der Jud is nur a Mensch, sagen sie. Aber ein zäher, einer, den der Fidl bewundert.

Nicht weit davon die Großbauern, adelige Herren, die mit Reitstiefeln und Peitsche über die Felder gehen.

In Bergegg schinden sich die Weiber und Kinder und ganz alten Männer an den Roggengarben ab, die sie in die Dillen bringen wollen, und dürfen dann ihr eigenes Korn nicht mahlen ohne Erlaubnis der Behörde. Im zweiten Kriegsjahr wird das Kommando sogar einen Garbenzähler ausschicken. Die Sicheln der Bäuerinnen werden im Mondschein glänzen und man wird in den Nächten das schabende Geräusch hören, das Geräusch der Heuplanen voller Garben, die sie über den Boden heimzu ziehen.

Die meisten Bauern könnten aber auch dann kein Fuhrwerk einspannen, wenn es ihnen nicht die Heimlichkeit verböte, weil sie gar keines mehr haben; weil sie das Roß gleich mit dem Fuhrgeschirr als kriegswichtige Abgabe in Moosbruck haben lassen müssen; Schafe und Schweine gehören da auch dazu, Kühe und Kälber, Butter, Holz. Der Krieg schröpft die Bauern, wo er nur kann.

Der Vater der Lona kennt sich aus. Er gilt als der klügste Kopf im Tal, der Postwirt zu Bergegg. „Der Walsch hat die Faust schon im Sack“, sagt er, „und die Tiroler schickt man zum Kämpfen nach Serbien, nach Rußland. Wenn die Faust dann aus dem Sack ist, fehlen die eigenen Soldaten auf den heimischen Posten, wo sie doch von alters her hingehören.“ Daß die Grödnerbahn grad jetzt gebaut wird, wo man sich jahrzehntelang über Streckenführung und Eigentümer und Finanzierung gestritten hat, läßt nichts Gutes ahnen.

*

Ist das Kind wegen etwas Unbestimmbarem traurig, darf es zum Trost die hölzerne Eisenbahn aus dem Kasten mit den Glasfenstern nehmen. Es ist eine genaue Abbildung der Grödnerbahn, die es schon bald nur mehr in Großmutters Erzählung geben wird. Wie auch die Geschichten von den Grödner

Handwerkern, die sich die langen Winter mit Schnitzarbeiten verkürzen.

Sie gehen als Hausierer aus dem Tal. Holzschüsseln, Kochlöffel, später sind es Heiligenfiguren, die sie in den Buckelkorb packen; und Spielzeug. Auch die kleine Grödnerbahn ist ein Spielzeug, nur keines zum Spielen. Die Großmutter hütet diese hölzerne Lokomotive wie ein wertvolles Erbstück. Wie die Stühle mit der Löwenmähne, dem Löwenmaul; beides aus dem Haus von Großmutters Mutter, aus dem Hause Monins, ein guter Name in Gröden.

Als die Großmutter so alt ist wie das Kind jetzt, rattern Fuhrwerke, mit Schnitzereien beladen, über schmale, vereiste Wege aus dem Grödental. Für die schlechte Straßendecke ist die Fracht fast zu schwer; für die Brücken bestimmt. Vor den Brücken laden die Handwerker die Fuhre ab, tragen das Ladegut hinüber und packen es hinterher wieder auf. Schon damals verkauft die Schnitzwerkstätte Monins über Italien hinunter, nach Spanien und in die deutschen Lande.

Da ist die älteste Monins-Tochter bereits Wirtin in Bergegg und Mutter der Lona, als das Verkaufsgeschäft von Verlegern übernommen und Monins-Ware auch in Amsterdam feilgeboten wird, die von dort sogar übers große Wasser geht. Da fährt auch schon die Brenner- und die Pustertalerbahn. Um die Grödnerbahn feilscht man noch. Die soll sie noch erleben, die Cilia Monins, verehelichte Sternach, gelähmt im Rollstuhl und in bitteren Zeiten. Das Ende des Weltkriegs erlebt sie nicht mehr.

Weit weg von ihrem Elternhaus ist das Wirtshaus nicht, in das die Cilia einheiratet. Eine gute Stunde Fußweg liegt dazwischen. Und eine Grenze, eine Sprachgrenze. Eine Fremde ist die junge Frau, eine, die fremd redet: Co vala pa?

Die Bergegger staunen, mit wieviel Zeug die Braut daherkommt; sie staunen vor allem über die geschnitzten Stühle, die die ganze Wirtsstube füllen und Löwenköpfe als Lehnen haben und dicke, schräggestellte, gedrechselte Beine. Vom Geld, das die Braut mitbringen soll, hören sie nur reden. Im Dorf heißt es, jeder Reiche würde auch eine Bucklige heiraten oder eine Blinde, wenn er damit sein Vermögen vergrößern könnte. Aber der Neid bleibt verhalten.

„Nur im Märchen heiratet der König die Gänsehirtin, Kind."

Der Wirt ist nach dem Pfarrer der angesehenste Mann im Dorf, tüchtig, findig; und wichtig. Wer wollte es sich schon leichtfertig mit dem Wirt vertun, zumal, wenn er der einzige im Ort ist; der einzige Wirt, der einzige Bäcker, der einzige Holzhändler, der einzige Krämer. Nur Bauern gibt es mehr als einen. Aber auch dem Bauernstand gehört er an, der Wirt. Zu den Behörden in die Stadt schickt man den Wirt. An der Orgel sitzt der Wirt. Vor der Klasse im Schulhaus steht er auch, wenn sich einmal kein Lehrer finden läßt. Rechtsfragen unter den Bergeggern regelt der Wirt. Urkunden verfaßt der Wirt; und Testamente. Nur sein eigenes wird er vernachlässigen.

Freundlich ist die junge Wirtin und stattlich, ein bißchen distanziert vielleicht. Sie versteht ihr Geschäft. Vor allem versteht sie sich auf den Umgang mit den fremden Urlaubern. Die Adeligen und besseren Bürger kommen aus den großen Städten. Sie fahren auf Erholung, in die Sommerfrische, mit Koffern, groß wie Korntruhen. Sie schwärmen von den Dolomiten und der guten Luft. Sie gehen ins Salomonbadl. Eisen und Schwefel sollen ihrer Gesundheit aufhelfen. Sie loben das Bier im Bräuhaus und den gesunden Geruch, wenn die Bauern ihren Misthaufen aufs Feld führen.

Wie ein Windspiel dreht sich die junge Wirtin über den Verandaboden. Das hat sich der Wirt geschworen: eine, die nicht tanzen kann, wird nie und nimmer seine Frau werden. Viel öfter als zu tanzen, hat der Wirt aber für die Musik zu sorgen. Er ist abwechselnd Bläser und Streicher und Taster. Er wäre am liebsten alles gleichzeitig.

Auf allen Photos, die das Kind vom Urgroßvater sieht, ist er ein Musikant. Kapellmeister bei der Dorfmusik, Dirigent beim Kirchenchor; Geige in der Hand, Klarinette am Mund oder versunken hinter dem Klavier. Nur das Hochzeitsphoto ist da eine Ausnahme.

Vier Mädchen bringt die Wirtin zur Welt; dann den Buben. Die Älteste heißt nach der Mutter, Cäcilia, der Bub Anton, nach dem Schwager und Paten, dem Pfarrer in St. Severin am Joch.

Es ist ein Erbstück der Grödnerin, daß die weiblichen Nachkommen in der Überzahl sind. Die Schwester der Wirtin hat der Töchter gar deren neun.

Mit zweiundvierzig streift die Bergegger Wirtin das Schlagl. Von da an und für siebzehn Jahre sitzt sie im Rollstuhl. Sie weint viel. Sie weint, weil sie nicht mehr arbeiten kann, sagt sie zu ihren Kindern. Und sie betet viel. Sie betet den ganzen Tag. Sie betet auch, während sie sich die Stubenbank entlangschiebt. Sie wischt mit einem Staubtuch über die Leisten der zirbenen Lehne, über die Ziernuten der Sitzfläche. Die Wirtsstubenbank ist ein endloses Band. Sie geht von der Wand rechts der Tür aus, um alle drei Ecken herum und zur Tür zurück.

Die Lahme murmelt Rosenkranz-Avemaria. Dabei zischen die St- und Sch-Laute hörbar zwischen ihren Lippen. Es bleibt ihr nichts anderes als das Gebet. Die Sorge um ihren Mann, die um die Kinder, die Sorge um die Wirtschaft, sie wird nie mehr eine Tätige sein.

Die Älteste übernimmt das Regiment in Küche und Stube. Tüchtig ist die Cilia, mit achtzehn schon tüchtig. Die schüchterne Hedwig ist als Verkäuferin im hauseigenen Laden ausreichend vif. Die Lona kellnert nicht schlechter als sie selbst, auch nicht weniger heiter. Und leutselig ist sie obendrein. Nur die Jüngste, die Angela, ist ein bißchen verträumt, und der Bub kommt neben seinen vier Schwestern viel zu kurz.

Es geschieht nicht nur einmal, daß den Töchtern erst beim Dunkelwerden auffällt, daß der Rollstuhl der Mutter fehlt. Nach dem Mittagessen läßt sie sich Tag für Tag in die Kirche hinüberschieben. Ein Glück, daß die nur zehn Schritte vom Wirtshaus entfernt ist; ein Glück für die fromme Mutter und die beschäftigten Töchter, die sie dort vergessen. Die Mutter beklagt sich nicht. Eigentlich beklagt sie sich über gar nichts, die immer noch stattliche Frau mit den unbeweglichen Beinen.

Einen Wunsch hat sie noch, einen letzten, sagt sie. Sie möchte nach Lourdes und dort von der Muttergottes geheilt werden; und wiederkommen mit gesunden Gliedern.

Der Schwager glaubt nicht an Ungewöhnliches. Ein Mensch muß erst eine gewichtige Geißel gespürt haben, bevor er an Ungewöhnliches glaubt. Sobald er aber einwilligt, seine Schwägerin zu begleiten, hört die Wirtin gar nicht mehr zu beten auf. Als es zur Abreise kommt, ist sie sich sicher, die Muttergottes wird ein Wunder an ihr wirken.

„Dann werfen wir die Krücken weg", sagt sie, „dann lassen wir den Rollstuhl über den Berg hinunterrollen und im Tal zerbersten."

Drei Monate sind sie unterwegs, die Wirtin und ihr Schwager, der Pfarrer. Dreimal heben sie in Lourdes die Lahme ins heilige Wasser. Sie kehrt kränker nach Bergegg heim, als sie weggefahren ist. Sie wird von da an nicht mehr reden; und nicht mehr beten; in all den verbleibenden Jahren kein Avemaria mehr, kein Vaterunser, nichts.

Während des Tischgebetes schiebt sie Teller und Schüsseln hin und her und scheppert mit dem Besteck, läßt so lange Gläser an den Krug anschlagen, bis der letzte der Männer seinen Hut wieder aufgesetzt, bis sich der letzte bekreuzigt hat.

Fragen die Mädchen besorgt ihren Vetter Pfarrer, warum die Mutter wohl zu beten aufgehört haben mag und wie das so sei, so ganz ohne Frömmigkeit, antwortet der geistliche Herr, seine Schwägerin habe gebetet genug.

Sie selbst sagt nur: es hilft nicht; und meint das Beten; ein Leben lang für niemanden eine andere Antwort. Es hilft nicht, drei Wörter.

Was hätte es der Muttergottes gekostet, wenn sie sich erbarmt und den Soldaten mit der Nickelbrille gerettet hätte. Was hätte es sie gekostet, der Mutter der Großmutter die Beine zu lösen. Warum dieser Geiz mit den Wundern. Das Kind versteht das nicht.

*

Die geborene Wirtin, sagt man von der Lona. Sie glaubt das auch selbst. Sollte sie in keine Wirtschaft einheiraten, wird sie Geld genug haben, ein Gasthaus zu kaufen. Nach dem Internat in Mühlbach, eine höhere Töchterschule, wie sie sagt, geht sie als Kochlehrling nach Bozen. Das Hotel Mondschein ist eine gute Adresse. Dann wechselt sie ins Wirtshaus zum Brennerbad und lernt neben Kochen auch noch das, was für damalige Verhältnisse eine gehobene Hotellerie ist. Die Kurgäste zeigen ihr, daß es einen Schliff braucht im Umgang mit feinen Leuten, die urlauben. Im Brennerbad bügelt der Hausmeister in der Früh die neuen Zeitungen, damit si
Finger der Gäste beim Umblättern nicht schw

Die Lona vervollständigt ihr dickes ha

Kochbuch. Sie wird ein Leben lang gern auf Bestellung kochen, auch auf Bestellung des Kindes. Dessen Wünsche sind ihr zwar ein bißchen zu eintönig, aber die Großmutter macht auch aus dem immer gleichen Milchmus und der immer gleichen Nudelsuppe ein Gericht. Das Milchmus hat in einer Spirale angeordnete Dellen, alle in demselben Abstand voneinander und wie mit dem Zirkel gezeichnet. Darin fängt sich das braune Butterschmalz. Aus der Nudelsuppe macht sie eine Bouillon mit Engelhaar. Sie verabscheut diese immer zu dicken Einlagen in der Rindsbrühe. Feine Teigwaren gehören da hinein, fein wie Engelhaar. Das legt die Großmutter dann auch schriftlich in ihrem Testament als Fußnote fest, weil die Mutter des Kindes ja so vergeßlich ist: Beim Totenmahl auf ihrer Beerdigung muß als Vorspeise Rindsbouillon mit Einlage – dahinter „(Engelhaar!)“ in Klammern und mit Ausrufzeichen – serviert werden.

„Iß nur“, sagt die Großmutter zum Kind, „Suppenesser sind feine Menschen.“ Fragt das Kind, weshalb sie nicht mitesse, antwortet die Großmutter, die Suppe habe schon viele Alte umgebracht.

Das Kind kann die Rezepte und Anweisungen in Großmutters Kochbuch nicht lesen. Es blättert darin wie in einem Bilderbuch. Ein harter Deckel aus marmoriertem Karton hält die schönen Seiten mit der schwarzen Kurrentschrift zusammen. Für die Einteilung in Vorspeisen, Suppen, Fleisch- und Fischgerichte, Zuspeisen, Kuchen, Torten und Desserts sorgt ein goldenes, fein gewirktes Bändchen.

„In einem Kochbuch steht bloß *man nehme*, woher man nimmt, steht nirgends“, sagt die Großmutter.

Das konnte sie damals noch nicht wissen, daß sie ihr Erbe nicht in ein Wirtshaus stecken, sondern nach und nach für den Lebensunterhalt ihres Fidl, der nichts hat und wenig verdient, für das Studium zweier Söhne und die Lehre der übrigen drei Kinder, aufbrauchen würde.

Auch der Fidl weiß weder während der Schlachten in Galizien, noch während seiner Gefangenschaft in der Ukraine, daß er im Testament seines Vaters übergangen worden ist. Nach vier Jahren ohne Nachricht glaubt beim Festenegger niemand mehr, daß der Fidl noch einmal zurückkommt.

„Wer weiß, ob seine Leut vom Fidl etwas erfahren. Es gehört sich einfach, ihnen zu sagen, daß er dir schreibt", findet Lonas Vater. Die Lona zögert. Sie ist sich nicht sicher, ob es der Fidl in seiner Verschwiegenheit bei den Seinen daheim herausgelassen hat, daß es da eine gibt, die zu ihm gehört. Der Weg nach Innerwiesen hinaus wäre ein Bußweg gewesen. Und vielleicht hätte sie gar ein Geheimnis verraten.

Die Brüder des Fidl, der Festenegg-, der Eichholzerbauer und der Kronenwirt, denken nicht daran, daß sie eigentlich etwas abgeben könnten an den Bruder, der sich mit seiner unerwarteten Heimkehr plötzlich in Erinnerung ruft. Zumindest die Ahornalm wäre dem Fidl wohl zugestanden.

„Ein Großbauer ohne Alm, das geht nicht", weiß der Fidl, und die Lona sagt nichts mehr von Anspruch und Anfechtung des Testaments.

Eichholzerbäuerin hätte sie nicht werden wollen. Vor dem Krieg hat es so ausgeschaut, als sei dieser Eichholzerhof im inneren Ried für den Fidl vorgesehen. „Bleibst besser da", sagt der Vater der Lona, als er erfährt, daß seine Lieblingstochter in diese Einschicht einheiraten soll, „dort wirst noch schwermütig, Lona."

Dreiundzwanzig Jahre später steht der Fidl mit der Nachricht vor seiner Lona, der Eichholzer Clemens, sein Neffe, sei in Bosnien gefallen.

„Der Eichholzer ohne Bub, das geht nicht", sagt er. „Was tut einer auf einem Gut, das keine Handbreit ebenes Feld hat, nur Hänge, Raine, Buckel und Schrägen. Da können auch noch so tüchtige Weiber nichts ausrichten. Wie sollen sie einen Pflug führen, wenn sie ihn erst einmal seitlich gegen das Umkippen abstützen müssen, bevor sie damit graben."

Da hätte seine Lona nicht hingepaßt. Das weiß der Fidl von Anfang an; diese weichen Hände der Lona, samten, die er so gern küßt, die er am liebsten einrahmen möchte, in Gold fassen.

Sie hätte es sich lange genug überlegen können, die Lona, ob sie wirklich eine Kleinhäuslerin werden will. Sechs Jahre ist der Fidl weg. Aber sie überlegt ja nicht, ob sie groß oder klein hausen wird. Sie weiß nur, daß sie dem Fidl seine Frau werden möchte. In die Schwaige nach Ahorn wäre sie mit ihm gegangen oder auf den russischen Gutshof in die Ukraine.

*

Der Herbst ist schön in Galizien, voller Farben; dieser große Mond, viel größer als daheim. Der Fidl meint, in Galizien die Seite des Mondes anzuschauen, die sich von der Welt weggedreht hat.

Nach dem Herbst ein unsägliches Wetter mit Schlamm auf der Erde und Schlamm im Himmel. Und dieses ewige Herumziehen; meistens zu Fuß, selten einmal auf einem Fuhrwerk. Die bescheidenen, vierrädrigen Wägen gehören alten Bauern. Sie warten in einer Reihe, einer hinter dem anderen, halten ihre kleinen, galizischen Pferde am Halfter, die hell und heiter wiehern, ein Laut wie aus Spielzeugtrompeten; daneben berittene Soldaten, Ulanen auf ihren großen Rössern. Wie Kinderpferdchen schauen die galizischen Zugtiere im Vergleich aus. Frauen gehen neben den alten Bauern her, unbeteiligt, als ginge sie das alles nichts an. Sie heben nicht einmal den Kopf, wenn ihnen die Soldaten etwas nachrufen. Die Karren laden ihre Fracht aus, das Kanonenfutter. Sie kehren wieder um. Sie werden wieder und wieder auf- und abladen. Der Krieg ist niemals satt.

Es gibt keine Wege hier im Feld, keine Straßen, die von einem Ort zum anderen führen. Im Feld ist das ganze Land eine Straße, die die Soldaten in einer Stunde bauen, weil ein Soldat immer den kürzesten Weg sucht und nicht daran denkt, einen bebauten Acker zu schonen, eine Weide.

Die Soldaten singen. Sie singen, weil sie sich fürchten, weil sie verzweifelt sind. Sie sind nur mehr dazu auf der Welt, zu töten, getötet zu werden.

Wie leben denn diese Galizier auf ihrem verwunschenen Flecken Welt. Das Wenige, das sie aus den Feldern holen, nimmt man ihnen ab. Dann müssen sie die paar Lebensmittel auch noch auf ihren klapprigen Wägen den Soldaten nachfahren. Und vor den Russen fürchten sie sich grad so wie die Soldaten. Ob Zar oder Kaiser oder unter Polen, die Galizier werden immer die Geprügelten sein. Es ist, als seien sie zum Gehorchen geboren, zum Kuschen.

Die Kameraden wollen vom Mitleid des Fidl mit diesen Leuten nichts wissen. Nimm dich in acht, sagen sie und sehen in jedem Gesicht einen Gauner.

Der Fidl schreibt von der Front, daß sie sich bei ihrem Herumzigeunern das Stroh von den Häusern stehlen. Sie reißen Lücken in die Dächer. Oft machen sie diese Lücken auch nur größer. Die Strebhütten sind schon lange leer, und die Dächer werden schon lange nicht mehr geflickt, und schließlich müssen auch die Soldaten irgendwo draufliegen, und Stroh ist kein schlechtes Unterbett. In den Schützengräben und Unterständen hockend suchen sie sich dann gegenseitig nach Läusen ab.

Von den Wänden rollt hartnäckig der Regen. Auf dem Erdboden schnalzt das Naß wie eine Sulze bei jedem Schritt. Die Schuhe werden nie mehr trocken, die Füße nie mehr warm. Wie sehr er sich diese Juden herbeiwünscht, schreibt der Fidl, diese Überlebensjuden, hartnäckig, findig. Sie verkaufen geröstete Polenta für zwei Kronen, ein Kilo Weißbrot für sechs.

Ein wunderbarer erster November. Auf drei Seiten des Himmels ein Regenbogen. Ein Soldat meint, das Ereignis sei Zeichen eines nahen Friedens. Arme Soldaten, wie sie sich betören lassen, wie sie wie die Kinder werden.

Am dritten November um sechs Uhr Abmarsch. Um zwölf für eine Stunde Rast, während der sich ein Triestiner Kamerad das Hirn aus dem Kopf jagt. Mit einem Schuß unters Kinn. Dreckig sind sie alle, hungrig, verlaust.

Wieder sind es arme Galizier, die ihnen das Essen bringen. Sie bringen es auf Karren, die wie Leichenbahren ausschauen. Selbst ihre Rösser sinken vor Schwäche um. Die galizischen Bauern gehen mit leicht gewinkelten Knien; nach und nach deckt das Weiß ihre staubgrauen Joppen zu. Die nassen Flocken setzen sich auf ihre Schultern wie auf Jochbrücken. An Lasten gewöhnt, ist der Schnee ihren Armen eine Liebkosung. Sie stampfen mit ihren Stiefeln auf wie Pferde. Der gefrorene Himmel wartet darauf, daß die Erde es ihm nachtut.

Birken leuchten zart zwischen dunklen Bäumen. Sie stehen vereinzelt wie helle Fohlenfelle zwischen dunklen alten Stuten. Der Fidl deckt sich mit dem Zeltblatt zu, im Nacken ein Arm voll Stroh. Mit wachen Augen liegt er da, der Schlaf hat sich ins Stroh verkrochen, der Morgen ist eine Erwartung. Da wetterleuchten mit einem Mal Raketen in der Schneenacht, rote, scharfkantige Wunden zerschneiden das Firmament.

Es schneit dicht und dichter, als ginge der Schnee anstelle der Sonne auf, als würde nicht Tag, sondern Feuchte.

Um warme Sachen bittet der Fidl die Seinen, um Schärpen, Wollzeug. Es kommen nur wenige Pakete an. Sie werden unterwegs gestohlen oder bleiben im Kampfgebiet hängen. Die Soldaten machen sich Stiefel aus Kanapaschnüren, stopfen Stroh hinein und trockenes Laub, wenn sie eines finden.

Rauchen würde er gern, der Fidl. Rauchen hilft auch gegen den Hunger. Die Lona schickt feinen Tabak. Viel zu feinen für diese Gegend. Mit den vor Kälte klammen Fingern tut sich der Fidl beim Drehen schwer. Ungarische soll sie schicken, die Lona, schreibt er, die kosten nicht viel und sind für dieses Elendsleben eh noch zu gut.

Der Fidl ist ganz nahe an den Stellungen. Drüben fällt ein Russe. Die feindlichen Soldaten rufen herüber: „Begraben!"

Der Fidl und ein Trentiner heben mit den zwei Russen, den Feinden, eine Grube aus. Rechts und links pfeifen die Geschosse vorbei. Die Russen schenken dem Fidl und dem Trentiner ihr weißes Brot. Sie tauschen es gegen eine Flasche Rotwein. In der Nacht schießen die Russen auf die k. u. k. Schützen, die k. u. k. Schützen auf die Russen.

Später verständigen sie sich wieder miteinander, die Feinde, lachen. Ein paar russische Brocken treffen auf ein paar deutsche. Das ist schon eine Unterhaltung. Neben dem Fidl hebt ein Tiroler den Kopf aus dem Graben, fällt zurück; erschossen; einfach erschossen, nach alledem.

Es ist Krieg. Im Krieg ist keinem zu trauen.

Es ist nicht wahr, daß die Russen nur gern draufloskämpfen. Die russischen Soldaten sind Bauern, fast alle. Bauern haben Besseres zu tun, als Krieg zu führen.

Im Siebzehnerjahr wird der Fidl die Horden desertierender russischer Soldaten noch erleben. Er wird die Soldaten erleben, die sich weigern, auf die aufständischen Bauern und Arbeiter zu schießen.

Dann liest man es in Bergegg aus der Zeitung, daß das zweite Tiroler Landsturmregiment in einer Festung eingeschlossen ist.

„Ach Gott, diese polnischen Wörter mit den sieben Mitlauten hintereinander. Ich werde das nie richtig nachsagen können. Przemyśl, Galizien halt, polnisch reden die Leut da, ja, du lachst, Kind: Przemyśl. Kannst du dir vorstellen, wie diese Tiroler Gebirgsschützen in ihren Uniformen da ausschauen? Irgendwie unpassend, stelle ich mir vor. Und dann geraten sie alle in russische Kriegsgefangenschaft."

Es sind mehr als hunderttausend, die sich den Russen ergeben. Generäle sind darunter, hohe Offiziere, Soldaten. Die größte Überwindung muß der Fidl aufbringen, wie man ihnen befiehlt, die Rösser zu vernichten; ganze Herden von Rössern, zusammenschießen, einfach so. Die Säcke voller Kronen aus der Festung, die Munition, das Heizmaterial, das ganze Kriegszeug zerstören, das geht ja noch. Brücken sprengen, Befestigungen, alles mit einem Riesenknall in die Luft lassen und den Rest in den San werfen. Das gehört zum Krieg, zu einem Krieg, den man verliert. Aber die Rösser ... lebendiges, gesundes Vieh, wenn auch geschundenes. Das läßt die ganze Hoffnungslosigkeit und Verzweiflung in dieser Schlächterei erst richtig ausbrechen.

Gesund bin ich noch, schreibt der Fidl nach Bergegg. Wir marschieren; wir marschieren immer. Kalt ist uns. Es regnet die ganze Zeit. Alles ist voller Letten, in den Dörfern nur Ödnis. Müde bin ich, müde vom Gehen, vom ganzen Soldatenleben.

Jetzt marschiert der Fidl in die Gefangenschaft. Frühling ’15. Sagen darf er es ja nicht, daß er darüber froh ist, ein gefangener Soldat zu sein. Daß er sich nicht allein freut, das weiß er.

Sie verbringen die erste Nacht in einem Dorf, das noch brennt. Aus einer Stalltür muht eine Kuh. In einem Fenster jammert eine Katze, ein Tier wie ein Geheimnis, mit weisen, immerzu scharfgestellten Augen. Irgendein seltsamer Vogel kreischt. Schüsse decken die harmlosen Stimmen der verschreckten Viecher zu.

Mutterseelenallein, wieder einmal mutterseelenallein. Ohne jede Kraft. Es fehlt selbst das Bißchen, das einer braucht, um die Hoffnungslosigkeit zu ertragen. Und immerzu lugen von überall Gefahren heraus.

Wie lange die Wanderschaft dauern wird, weiß keiner. Auf und ab. Halb Österreich geht über die galizischen Hügel auf und ab, an verlotterten Bauern vorbei, die zehn Eier für zehn Kreuzer anbieten. Der Fidl schämt sich vor diesen Menschen. Und er ist wie erlöst, weil er nicht mehr schießen muß. Ein gewonnener oder ein verlorener Krieg, für einen armen Teufel macht das keinen Unterschied. Die armen Teufel sind mit jedem Krieg immer nur ärmer geworden. Mit jedem Sieg auch.

„Wir sind hier hundert Kameraden aus sechs Nationen“, sagt der Francesco, „aber keine der sechs mag die siebte. Die siebte sind wir Italiener, und sie gehen mit uns um wie mit dem letzten Knecht.“

Und doch lernen Böhmen und Polen, Kroaten, Rumänen, Serben, Ruthenen und galizische Juden von den Italienern *Briscola* spielen, *Mau* und *Tresette*. Sie spielen mit ihren exotischen Karten und den walschen Ausdrücken. *Batto,* sagen sie, *passo* oder *resto.*

Daß sich einer an den Krieg gewöhnen kann, glaubt der Fidl nicht. Auch jetzt, während er in Gefangenschaft geht, verfolgen ihn die verwundeten Soldaten, die sterbenden, verlassenen. Er sieht sie fallen, die Slowenen und Bosniaken, die alle genauso Söhne einer Mutter sind wie die Feinde auf der anderen Seite.

Der Lona schreibt er: „Sie sagen Vaterland … *Bist wieder im Land*, so heißt man bei uns einen willkommen. Keinem würde es einfallen, von Vaterland zu reden. Man grüßt ja auch solche, deren Väter hier gar kein Land haben. Und überhaupt ist Land allein genug. Es braucht keine Abgeltung. Es ist Berg und Wald und Acker und Hof und Freund und Nachbar und weiß nichts von Einberufungsbefehl, Dokument, Vereidigung und Bescheinigung. – Sie sagen Heimatliebe … Wenn diese Heimatliebe ein Krieg wird, pfeif ich drauf. Kannst es mir glauben, Lona."

„Für uns Bauersleute ist die Heimat das Hoamatl, merk dir das, Kind", erklärt die Großmutter. „Es ist das Dach überm Kopf, der Wind im Korn, die Wiese zum Draufsitzen, die Menschen, die sich untereinander mögen, die derselben Arbeit nachgehen, dieselben Sorgen haben. 1939 haben das auch die Südtiroler vergessen."

Verflucht seien die Pfarrer, sagt der Fidl, die Pfarrer, die von der Kanzel herunter von der Verteidigung der Heimat gepredigt haben. Sie haben uns empfohlen, auf dem Feld den Herrgott anzurufen, den Herrgott, der uns vor allem Unglück beschützt. Von diesen Predigern ist keiner an die Front gekommen, und kein Herrgott hat die Kugeln aufgehalten. Der Bischof Endrici hat bei Kriegsausbruch von der Stunde Gottes geredet, von Gottes geheimem Plan, von der Reinigung der Geschichte.

Der Fidl versteht nicht mehr, wie er sich das alles hat anhören können, wie er damals einem Hirten gefolgt ist, der seine Schafe zur Schlachtbank führt. *Gott straft, weil sowohl die religiöse als auch die weltliche Macht nicht mehr geachtet werden*, ist im bischöflichen Hirtenbrief gestanden. *Gott straft, weil er die alte Ordnung will.* Ob er auch die alte Ordnung des russischen Zaren gewollt hat?

Der Fidl hat genug von einem Herrgott, der seine Allmacht in einem Krieg zeigt. Aber das erfährt die Lona erst viel später. Da ist sie schon Fidls Frau und grämt sich ein bißchen, weil der Fidl vom Beten so gar nichts mehr hält.

„Ein Gott, der da nicht eingreift", sagt er und hat diese entsetzlichen Bilder wieder im Kopf, „der hat jeden Kredit verspielt. Ich habe kein Vertrauen mehr in all das, was man mir von Kind auf gepredigt hat."

„Tu trotzdem beten", rät die Lona und fängt mit dem Rosenkranz an, „der Glaube ist die Heimat der Seele. Laß sie sein, die Glaubenszweifel. Bet einfach."

Und der Fidl betet; mehr aus Liebe zu seiner Lona denn aus Überzeugung. Und die Lona ist es zufrieden.

Seltsame Ideen hat der Fidl aus Rußland mitgebracht. Jesus Christus, der erste anständige Sozialist, sagt er. Mein Gott, die Sozialisten sind ja ein windiges Pack, oder etwa nicht?

Das weiß der Fidl besser.

Die sechstausend Russen haben es von ihrer Heimat bis ins Grödental, gleich weit wie es der Fidl von hier bis in die Ukraine gehabt hat. Die Lona erschrickt, als sie die Gefangenen sieht. Wenn die Russen dort ihren Fidl nicht besser behandeln, sieht sie ihn nie wieder.

Als er ihr schreibt, daß er als Knecht auf einem großen Gutsbesitz arbeiten darf, macht sie eine Novene; neun Tage ein schmerzensreicher Rosenkranz an die Frühmesse drangehängt, das kostet sie viel, bei all der Arbeit, die der Bahnbau im Bergegger Wirtshaus mit sich bringt. Aber ihr Fidl ist gottlob weder ein Mineur noch einer der hier Tag und Nacht schaufelnden und grabenden Gefangenen. Er betreut das Vieh seines Gutsherrn, die achtundzwanzig Rösser und vierhundert Schafe. Aufs Vieh versteht er sich, der Fidl. Vier Rubel bekommt er im Monat, das sind dreißig Heller am Tag. Er muß nur Rauchzeug kaufen, weil der Lona ihres nicht mehr ankommt. „Das Essen", schreibt er, „ist reichlich und schmeckt. Es gibt sogar etwas Ähnliches wie unseren Pulggen, unseren schwarzplentenen Riebler; Kasha, sagen die Russen dazu. Und Brot genug."

Dem Himmel sei's gedankt.

Was sie um die Grödnerbahn mit einem Mal für einen Druck machen. Zehn Jahre lang hat man das Vorhaben immer wieder abgelehnt. Jetzt soll die Bahn in zehn Monaten Bauzeit fahren. Aber jetzt hat sie auch nicht mehr Sommerfrischler zu befördern, die Güter der angrenzenden Bauern und die Holzsachen der Schnitzer, sondern Soldaten, Waffen, Kriegsmaterial.

Wie sie diese armen Russen schinden. Die ungarischen Planer und Baufachleute, die österreichischen Ingenieure und Techniker tun grad, als hinge der Krieg an der neuen Italienfront von dieser Grödnerbahn ab. Sie schreien herum. Sie toben sich an den Gefangenen aus. Sie spielen die Herren, auch im Wirtshaus zu Bergegg. Die Lona bedient diese Anschaffer mit Hochmut. Aber die bemerken das nicht.

Der Vater sagt nichts. Damit unterstützt er die heimliche Verachtung seiner Tochter für diese arroganten Gäste. Als geborener Wirt gibt er sich mit ihnen ab, auch als geborener Neugieriger. Er weiß es bald, daß der Krieg verlorengeht. Er weiß es von seinem Bruder, dem Pfarrer. Der ist drei Jahre lang beim Militär gewesen, in der Herzegowina. Er kennt den Balkan. Der Balkan verspricht nichts Gutes. Der Pfarrer liest in den Zeitungen zwischen den Zeilen und streitet sich ab und zu mit seinem Bruder, dem Wirt, über die geschönten Meldungen. Der arme alte Kaiser.

Die Bauarbeiten laufen in Tag- und Nachtschichten, im Akkord. Die Grödner Schmalspurbahn untersteht als Feldeisenbahn dem Kriegsministerium.

„Schaut es schon so schlecht aus, daß vom Bahnnetz in Bosnien Schienen abgezogen werden müssen und man sich die Lokomotiven und Waggons von der Arco-Riva-Bahn holen muß? Es wird wohl nicht nur die Dolomitenfront zum Retten und Halten übrigbleiben?"

„Das wichtigste Kriegshilfsmittel für unsere Front", nennt ein Offizier die Grödnerbahn.

Da traut sich der Wirt doch zu fragen, wie denn das Zeug von der Endstation bis zur Front gebracht werden soll.

„Mit der Feldseilbahn", weiß der Offizier.

„Die müßt ihr auch erst noch bauen?" Der Wirt schaut skeptisch. Er macht sich mit seiner Fragerei bei der Eisenbahnkompanie unbeliebt.

Nur der Herr Kurat nickt. Er hat selbst auch grad keine gute Zeit. Er muß die Mädchen und jungen Weiber im Dorf vor den vielen fremden Männern warnen. Und schützen.

Für den Gastbetrieb ist der Bahnbau freilich ein richtiger Segen. Die Wirtsstube ist nie mehr leer. Die Cilia kocht gut. Das weiß die ganze Kompanie. Und die Lona kommt über dem Wirbel weniger ins Sinnieren. Aber sie schaut nach wie vor Tag für Tag nach dem Stellwagen mit der Post aus. Es ist recht selten etwas vom Fidl dabei.

Schlau ist die Lona. Für eine Feldflasche voller Schnaps schreibt ihr jeder Russe, der schreiben kann, die Anschrift in kyrillischen Buchstaben auf die Feldpost für ihren Fidl. Sie läßt sich auch erzählen, wie es so ist in der Ukraine, und schließt Freundschaft mit einigen der Gefangenen. Als sie anfängt, für die paar zerlumpten Gestalten, die sich über den Wirtshauseingang gar nicht hereintrauen, zu singen, weiß der Vater, daß die Lona an die Vergeltung glaubt und insgeheim hofft, wenn sie hier gut ist zu den armen Russen, wird man vielleicht dort auch ihren Fidl schonen.

Der Vater meint, den Russen dürfte zum Singen nicht sonderlich zumute sein, aber die sind derart gerührt, daß sie sogar weinen würden, wenn gestandene Männer sich so etwas trauten. Sie antworten der Lona mit ihren eigenen schwermütigen Liedern. Die Wirtstöchter horchen, dann klatschen sie. Später werden die Angela auf der Zither und der Bub auf der Violine die russischen Melodien nachspielen.

Die Russen singen auch in der Kirche. Der Herr Kurat weiß nicht, ob er sich darüber freuen soll. Wenn er sich ihre Psalmen anhört, die sie zum gemeinsamen Nachtgebet singen, denkt er wohl, daß sie schließlich denselben Gott haben wie er. Liest ein orthodoxer Priester eine Feldmesse, wünscht sich der Kurat eine ähnliche Andacht bei seiner eigenen Herde.

Die Russen bekreuzigen sich vor dem Essen, das ein Gfraß ist. Um neun Uhr bekommen sie an der Baustelle ein Stück trockene Polenta, kalt und hart, am Abend ein Mus aus Reis und Fisolen. Hunger haben sie immer, kalt auch. Sie wickeln Fetzen um die Füße. Die schauen aus den löchrigen Schuhen heraus. *Kleba*, betteln sie, *malenka*. Einmal hat die Mühlrainerin vierzig bettelnde Russen in einer Woche gezählt. Und dann danken sie unterwürfig, *dobre, dobre, spassiva*, wiederholen sie zur Haustür hinaus.

Voller Flöhe sind sie. Wie sollten sie auch loskommen von all dem Ungeziefer, wenn sie auf Heuböden schlafen müssen oder zusammengepfercht wie die Viecher in einer Werkstatt. Am Abend haben die Bauern ihre Stadel zu räumen, weil sie über Nacht die Russen dort einziehen lassen müssen. Nicht immer liegen sie auf Stroh, viel öfter auf den bloßen Brettern.

Ab und zu suchen ein paar Gefangene einen Gemüsegarten heim oder einen Erdäpfelacker. Erwischt ein Aufseher oder ein Offizier einen beim Stehlen, läßt er den armen Teufel aufhängen oder erschießt ihn. In ihrer Verzweiflung graben die Russen sogar Schweinekadaver aus und rühren sich das Knochenmehl mit Wasser an. Im St. Ulricher Schlachthof suchen sie nach den Gedärmen der toten Rinder in der Erde. Was Wunder, daß sie hintereinander an Typhus sterben und an Darmkatarrh.

Man scharrt die toten Russen und Serben im Acker neben dem St. Ulricher Friedhof ein, im Friedhof für Selbstmörder und Ungläubige. Stille Beerdigung heißt dieses Eingraben. Ohne Geläut, ohne Grabrede, ohne Gebet. Still.

Beim Postwirt versuchen die Russen, den wenigen Gästen, die außer den Bahnbauleuten noch hereinschauen, ihre hölzernen Kreuze zu verkaufen, die sie nach der Arbeit schnitzen, oder ihre Uhrketten und Ringe aus Roßhaar. Die Lona hat eine ganze Schachtel voll von diesem Zeug.

Fragt eine Bäuerin einen Russen um Mithilfe auf dem Hof, nickt der zuerst demütig, dann packt er zu, so gut es seine Kräfte noch hergeben. Er arbeitet, um sich einmal satt zu essen. Wenn er eine Feldflasche voller Milch dazubekommt, weiß er sich vor Dankbarkeit nicht mehr zu helfen.

Der Winter '15/16 ist besonders kalt. Jetzt sterben die Russen an Lungenentzündung. Im Sommer davor an Pilzvergiftung.

„Machen denn die Russen ihre Söhne nur für den österreichischen Krieg?" fragt der Franz, der für ein paar Tage auf Heimaturlaub ist. „Hier wie dort tragen die Russen. In Bergegg ist es Bauzeug, an der Front alles, was man ihnen auf den Buckel bindet, wenn man die Muli nicht strapazieren will. Und umgehen tut man hier wie dort mit den Russen nicht besser als mit Zugvieh, mit Tragvieh."

Zuletzt probieren diese gutmütigen Russen einen Aufstand. Sie halten das einfach nicht mehr aus, diese hartherzigen Kapos auf der Bahntrasse, diese bösen Menschen, die kein Gespür im Leib haben und diejenigen drauflosquälen, die sich nicht wehren können.

Die Aufseher treiben die meuternden Gefangenen aufs Grödnerjoch hinauf, drohen, alle zu erschießen. An einem Russen statuieren sie ein Exempel. Mehr ist nicht nötig. Die Russen kuschen wieder und sind ärmer dran als vorher.

Und dann tauft der Kurat ein paar Russenkinder, die von ihren Vätern lange nichts wissen; bis zur Ahnenforschung nicht, die ihnen im Neununddreißigerjahr das Auswandern ins Deutsche Reich erlauben soll.

Ende November 1915 steht die erste Lokomotive im Tal. Zu Weihnachten fährt sie bis nach Plan. Nicht einmal ganze fünf Monate hat es gebraucht, bis im Februar '16 der Bau fertig ist. Die Eisenbahnkompanie feiert sich dafür selbst, ausgiebig. In der Veranda beim Postwirt ist die Lona mit Abstand die beste Tänzerin. Der Flecklwalzer, der ihr am liebsten ist und bei dem das Paar auf einer Tischplatte Platz hat, wird ihr beinahe zum Unglück. Viel Wasser auf Stirn und Nacken holt sie dann wieder aus der Ohnmacht.

„Das Mieder", sagt sie, „dieses enge Mieder war schuld, das kein Durchatmen erlaubt hat."

Für die Lona ist die ganze Kriegszeit aufregend. So viele unterschiedliche Leute aus aller Herren Länder hätte sie ohne Krieg nie zu sehen bekommen. Sie hört den fremden Sprachen zu, schaut in die fremden Gesichter.

Was diese Leute wohl alle für ein Schicksal haben?

Einiges erfährt sie. Die Männer sind einsam in der Fremde. Eine, die sie reden läßt, die zuhört, ist da schon ein Trost.

Bosniaken, Kroaten, Tschechen, Ungarn, Serben. Das Kind läßt sich das immer wieder vorsagen, wie eine Litanei. Immer in derselben Reihenfolge. Zuletzt kommen die Juden. Von allen anderen weiß das Kind, wo sie zu Hause sind: die Serben in Serbien, die Ungarn in Ungarn. Nur von den Juden weiß es auch die Großmutter nicht.

„Die Juden sind überall zu Hause", sagt sie, „das heißt nirgendwo, weil man sie nirgendwo zu Hause sein läßt. Aber untergehen tun sie nicht. Sie haben ihre Wurzeln in den Sohlen."

Dann erzählt sie von Imre, dem ungarischen Juden, und das Kind kennt sich gar nicht mehr aus.

„Auch in Tirol gibt es Juden, Kind, wenige nur, Ölbergjuden. Ja, die Tiroler Juden heißen Ölbergjuden."

Er habe eine meschuggene Schwester, erzählt der Imre, die arme Sara. Die Sara verbringt ihre Tage auf dem Bahnhof. Sie wartet auf den Messias. Jeder der ankommenden Züge eine

Hoffnung: Diesmal ist der Messias dabei und sie wird ihn empfangen. Seit Jahren geht das so. *Jiddele, Jiddele, megg, megg, megg, Schweinefleisch isch gor zu fett*, rufen ihr die Kinder nach.

„Was macht ihr nur immer die ganze Welt unsicher", hat der Pfarrer den Imre gefragt, „ich glaub', euch reitet der Böse."

Aber die Juden erzählen nicht nur traurige Geschichten. Viel öfter sind es *Lozelach*, und die Großmutter lacht bis heute über die jüdischen Schnurren.

*

Im Bergegger Wirtshaus gibt es keine Not, nicht einmal einen Mangel. Die Verpflegung der Bahnbauer, der Leiter und Vorsteher und Aufseher, versteht sich, ist mindestens so kriegswichtig wie die Bahn selbst.

Die Cilia kocht Riesentöpfe voller Rindsgulasch. Der Jonas, ein polnischer Jude, schaut gern in die Küche, auch wenn sich das nicht gehört. Er hat eine besondere Sympathie für die Cilia. Weil die Cilia diese nicht erwidert, neckt er die junge Frau: „Sag feig, Cillerl, und ich schlag mit der Faust aufs Brett." Auf dem Brett liegt ein Haufen gewürfelter Fleischbrocken. Die Cilia sagt *feig*, der Jonas haut, und die Rindsstückln fliegen in die Küche. Die Cilia ärgert sich und mischt in das Rindsgulasch des Jonas eine Handvoll schweinerne Brocken.

Im Laden des Postwirts reißt der Krieg auf den Stellagen nach und nach doch immer breitere Lücken.

Der Laden ist nicht mehr als eine große Kammer, rechts der fünfstufigen Eingangsstiege eingerichtet. An Sonntagen nach der Frühmesse sperrt die Hedwig den Laden auf, nach der Vesper am Nachmittag sperrt sie wieder zu. Die Hedwig bedient ihre Kundschaft aber auch außerhalb der sonntäglichen Öffnungszeiten. Neben der Ladentür mit Glaseinsatz hängt an einem langen Gestänge eine Glocke. Zieht jemand daran, rufen sie im Haus: *Hedwig, der Laden läutet!*, und die Hedwig läuft von irgendwoher mit dem scheppernden Schlüsselbund um die Mitte und bedient den unzeitgemäßen Käufer.

Noch im ersten Kriegsjahr ist der Laden ihr kleines Paradies. Ein übermütiger Zufall hat darin die Waren zusammengewirbelt, und keiner weiß, nach welch seltsamen Regeln sie nebeneinander zu liegen gekommen sind.

Feines Tuch bietet die Hedwig feil, Seidentuch mit Blumenmuster, das die Bäuerinnen zu Trachtenfürtüchern nähen, und samtene Hutbänder, handtellerbreit, mit denen sie ihre beschädigten Plunhüte ausbessern. Den Rest an Gewandstoffen, Kleider und Unterkleider aus Rupfen, stellen die Bauern selbst her. Schafwolle verarbeitet der Walker zu Stoffen für Joppen, Hosen und für die schweren Faltenröcke der Bäuerinnen. Zwirn in Schwarz, Weiß und Blau, Knöpfe aus Perlmutt, ein paar hörnerne ab und zu, Taschen- und Kopftücher, kariert oder weiß die einen, bunt und mit kurzen Fransen die anderen, Nähnadeln mit verschieden großem Öhr, Haftln, Männlein und Weiblein säuberlich ineinandergehakt, silbrige Druckknöpfe und Schuhbänder verkauft die Hedwig, und Fliegenpapier.

An Lebensmitteln gibt es Polenta, Öl, Salz, Weimerlen, Kochschokolade in großen quaderförmigen Blöcken, Mohn- und Wienerzuckerlen. Die stochert die Hedwig im Sommer aus dem topfförmigen Glas. Die Zuckerhüte sind einen halben Meter hohe, dünne Pyramiden, oben stumpf. Als würden sie wie die Fliegen angezogen, sind immer dann ein paar rotzige Kinder herum, wenn die Hedwig die Zuckerhüte zu

Grieß zerstößt. Die Kinder lecken die Steinplatte mit ihren Zungen sauber, weil immer ein paar Brösel zurückbleiben, auch wenn die Hedwig achtsam mit der Handkante den zerstoßenen Zucker in den Sack einstreift.

Kämme und Bürsten, Haarnadeln aus Bein verwahrt die Hedwig in einer Schublade, wie auch Schuhcreme, schwarze, nur zum Nachfärben. Ansonsten reicht den Bauern Schweinefett. Weit weg von den Lebensmitteln steht die Petroleumkanne, später das Karbid, daneben Docht in Meterware für Kerzen und Wachsstöcke. Und Soda. Soda mischen die Bauern in das gekochte Fett und machen Seife daraus. Die feinen, wohlriechenden Blöcke sind eine Besonderheit. Bräute kaufen ab und zu ein solches Seifenstück oder wohlhabende Paten für ihre Täuflinge. Den guten Geruch erwarten sich die Dörfler nicht von einer Seife. Seife macht sauber. Zum Kirchgang stecken sich die Weiber Basilikumblätter hinters Ohr, die Männer Nagelen auf den Hut oder einen Rosmarinzweig. Rosmarin und Nelken gehören zu den stolzen Gewächsen. In die Blumensträuße gehören sie nicht; vor allem nicht in die Blumensträuße, die zur Prozession mitgetragen werden. Sie nehmen keine Weihe an, sagt man, die stolzen Nagelen, der stolze Rosmarin.

Auch Brot holen die Bergegger beim Wirt. Beim Wirtsbäck. Die Hedwig verkauft es aber nicht im Laden, sondern vor der Backstube im Souterrain. Große weiße Struzn, Vorschlagbreatln und viel Germgebäck. An Backtagen steht die Hedwig um vier Uhr in der Früh vor den langen Paletten und befeuchtet mit dem nassen Kehrwisch die heißen Krusten. Sie zählt die Brotstöße, die Ringe und Zöpfe und Loabn aus Germteig, die sie mit grobem Zucker bestreut. Die meisten Weimerlen verbraucht der Wirtsbäck selbst. Im Laden gehen sie nur dekaweise weg und nur vor hohen Feiertagen. Die Wirtsloabn aber sind Halbkilolaiber, rund, in vier Segmente geteilt, die in einem hellgelben Kreuz aufbrechen. Darunter lugen ab und zu, wie neugierige Äuglein, ein paar Weimerlen heraus, die die Kinder gern wegzupfen, noch bevor sie damit zu Hause ankommen. An Backtagen hängt ein feiner Brotgeruch im Wirtshaus, ein bißchen süßlich vermischt mit dem Geruch von Zuckerkranzln und -zöpfen.

Für den täglichen Gebrauch backen die Bauern ihr Brot selbst. Größere Bauern haben einen an den Hof gemauerten Ofen, den bisweilen auch kleinere Bauern mitbeschicken dürfen. Drei-, viermal im Jahr backen die Bauern; selten öfter. Einen Tag und eine Nacht ist das ganze Haus auf den Beinen. Knechte bearbeiten mit ihren kräftigen Armen den Teig in den Holzwannen. Die Bäuerin hofft, nicht zuviel und nicht zuwenig Salz zu erwischen. Sie murmelt Gebete, damit die Hochhöhltal-Tschattl nicht dazwischenfunkt, die Hexe, die über den Hochhöhltalberg herunter gern das Brot verhunzt, es nicht aufgehen und zäh und speckig werden läßt. Auf jeden Teigfladen zeichnet die Bäuerin ein Kreuz, bevor sie es in den Ofen schiebt. Das wird sie wiederholen, wenn sie den Laib anschneidet.

Monatelang stehen die trockenen und schließlich steinharten Roggenbreatln in den mehrstufigen Rahmen aus dünnen Holzstäben. Sie müssen mit dem Gesicht nach dem Morgen schauen, damit sich die Brote halten, damit sie Gesundheit bringen. Und Segen. Der Segen besteht darin, daß sie lange reichen. Ein warmer Stoß wird gern verschenkt. Ein Kosterbrot geht an die Nachbarn, auch an Taglöhner und Handwerker auf Stör. Am 16. Oktober verteilen die Erkenwalder das Gallusbrot an die Armen im Dorf. Auch das Pankratiusbrot ist ein Armenbrot. Es ist Aufgabe des Almmeisters, im Herbst von Hof zu Hof zu gehen, um Korn zu erbitten und dieses, zum Brotlaib geworden, an Bedürftige abzugeben.

Der Postwirt aber verkauft sein Brot. Auch nach Innerwiesen hinaus und ins Grödnerische hinein. Bis sich das alles dann aufhört. Bis mit dem Krieg die ganze Welt eine andere wird.

*

Der Vater der Lona hat seine Augen überall; in Wirtshaus und -keller, im Laden, in Stall und Stadel und in der Backstube. Er handelt. Nicht nur mit Ladengut, auch mit Holz.

„Nein", sagt die Großmutter, „mit den Händen nie. Gearbeitet hat der Vater nur mit seinem Kopf."

In der Kirche spielt er die Orgel. Das ist nicht üblich. Zum Organisten ist der Lehrer bestimmt. Aber der Wirt macht auch den Lehrer. Immer dann, wenn sich für dieses Nest auf dem Berg kein Lehrer findet.

Der Lehrer Sorà hat dreiundfünfzig Schüler in einer Klasse. Und kein Schulhaus. Die Klasse ist im Erdgeschoß des Pfarrwidums untergebracht. Der Sorà ist ein reizbarer Mensch, fast schon rabiat. Er schlägt die Hedwig, die jüngste Tochter des Postwirts.

„Ich tu es nimmer", verspricht er, weil der Wirt damit droht, den Herrn Sorà bei der Behörde anzuzeigen. „Man schlägt keine Kinder", belehrt der Wirt den reuigen Lehrer.

Überhaupt versteht der Wirt diese Herren nicht. Sie züchten sich die Deppen geradezu, wenn sie nichts anderes tun, als die Kinder zu schelten. Steht er selbst vor der Klasse, lobt er so viel und so oft es geht. Und die Kinder freut das, und sie wollen noch mehr gelobt werden und alles noch besser können und richtiger machen. „So ist das mit der Erziehung."

Ab und zu hat der Wirt auch ein bißchen Mitleid mit diesen schlecht bezahlten Lehrern, die sich das Mittagessen in seiner Stube fast nicht leisten können.

„Herren sind sie wohl, die Lehrer, aber kleine", sagt er dann und zeigt die Kleinheit durch die schmale Spanne zwischen Zeigefinger und Daumen, nicht breiter als das Mundstück an seiner Pfeife.

In der Klasse hängt neben dem Kruzifix ein Bild von Kaiser Franz Joseph. Dem würde es der Wirt gern einmal sagen, daß man sie leben lassen muß, die Lehrer, wenn sie etwas wert sein sollen.

Arme gibt es auch sonst genug ringsum. Sie sitzen in niedrigen Häusern, vergraben in ihren schimmeligen Sorgen. Man erzählt von Leuten, die den Knödel im Teller zerteilen, die Speckwürfel herausstochern und an den Rand schieben, ablutschen und am nächsten Tag ein zweites Mal in den Knödelteig kneten.

Die Kinder, die von den entlegenen Höfen in den Widum herunterkommen, in ihre recht bescheidene Schule, essen zu Mittag bei einem Bauern im Dorf, weil der Unterricht um zwei Uhr weitergeht. Sie bringen das Mehl für die schwarzplentenen Knödel mit oder verdingen sich zur Ernte im Sommer oder Herbst. So entkommen sie für ein paar Monate dem Hader, der in ihren engen Hütten heimisch ist. Die Eltern können einander nicht ausweichen, wenn sie beieinander nicht mehr sein mögen. Sie liegen eng auf ihrem schmalen Strohsack, und im Schlaf streiten sich ihre Knie, im Schlaf schlagen sie mit der flachen Hand auf die Zudeck, um den Bettfedernhaufen vom anderen weg- und auf die eigene Seite zu drücken.

In der Kirche knien die Mädchen mit abstehenden Zöpfen da, weil das von Schnee oder Nebel feuchte Haar im kalten Gemäuer gefriert und steif wird. Auf ihren Rücken haben die Kinder glitzernde Kristalle, und es ist nur ein schafwollener Schwetter zwischen Eismantel und Haut. Die Kospen stehen aufgereiht vor der Kirchtür. Auf Pfosen gehen sie über die Steinplatten und haben Glück, wenn sie nicht festfrieren.

Der Herr Kurat mag das gar nicht, daß sich der Wirt erst im letzten Augenblick vor die Orgel setzt, wenn er nicht gar zu spät dran ist.

„Ist nicht oft der Fall, daß ein Wirt eine ganze Kirche aufhalten kann", lacht der und spielt dann besonders innig.

Sie sind zu zwanzig auf dem Chor, Geiger, Klarinettisten, Sänger. Selbst eine Pauke schlagen sie in der Kirche. Die beste Stimme ist die seiner Lona. Ein Glück, daß sich die Musikalität vererbt. Und wenn er ein untauglicher Wirt werden sollte, sein Jüngster, ein Geiger ist er, wie man ihn suchen muß im Land.

Die Musik ist die große Leidenschaft des Wirts. Eine Kapelle gibt es im Dorf schon lang, aber erst mit dem Wirt blüht sie richtig auf. Die Bergegger Musikkapelle ist 1909 sogar in Innsbruck. Da feiern die Tiroler hundert Jahre Bergiselschlacht und Kaiserjubiläum zugleich. Die Musikanten sind derart beeindruckt von den Innsbrucker Festivitäten, daß ihr Kapellmeister fürchtet, es wird aus den Märschen nicht viel werden. Aber die Lichter auf dem Bahnhofsplatz und in der Maria-Theresien-Straße illuminieren die Bläser geradezu, und die Bergegger Musikkapelle fällt auf mit ihrem Spiel. Im Dorf tut man sie dann als Aufschneider ab, als sie von den Lampen erzählen – hell wie hundertfünfzig Kerzen –, die in Innsbruck die Nacht zum Tag gemacht haben sollen, von den hundertachtundfünfzig Musikkapellen auch und den dreiunddreißigtausend Schützen. Ist aber gar nicht erlogen gewesen.

Es verbittert den Wirt, daß er so etwas noch erleben muß: Als bald nach dem Krieg die Faschisten im Land das Sagen haben, braucht die Kapelle eine Genehmigung der Carabinieri, wenn sie eine Prozession begleiten will. Dafür ist das

Aufspielen zweimal im Jahr Pflicht. Da haben sie dem Duce zu huldigen, die walschen Faschistenmärsche zu blasen und neben diesen Uniformierten einherzugehen, die sich die Gesichter mit Gurten an die Hüte binden.

*

Der Fidl wird ein Walscher sein, wenn er aus Rußland zurückkommt; als Österreicher einrücken und als Walscher zurückkommen. Nicht nur der Krieg ist ein Betrug, auch der Frieden.

Die Gefangenschaft des Fidl dauert lang in diesen erbarmungswürdigen Frieden hinein. Lang auch dauert der Hunger daheim und das Elend.

Vorerst aber kommt der Krieg noch ganz nahe. Von der Treue der Italiener hat man seit jeher nicht viel gehalten, daß sie sich hinterrücks mit den Feinden zusammentun würden, wurde seit langem befürchtet. Und doch ist man im Mai '15 wie überrumpelt, als der Krieg bis vor die Haustür kommt.

Der Wirt vermißt seine Zeitung von früher. Was er jetzt zu lesen bekommt, ist zensuriert. Und was sie für Ausdrücke haben: *Frontbegradigung*, schreiben sie, und heißen tut das Rückzug. Nur mehr auf die Feldpost ist Verlaß. Auf die wirklichen Briefe von der Front, nicht auf die, die in der Zeitung stehen. Kein Soldat schreibt an eine Zeitung. Entweder sind es Angehörige, die die Post weiterleiten, und die Redakteure drucken das, was zu den Nachrichten paßt, die sie grad unter die Leute bringen wollen, oder der Zeitungsherausgeber erfindet sich die Briefe einfach selbst.

Die Gerüchte, die über die Kriegslage kursieren, sind selten nur Gerüchte. In der Schank schimpfen die Gäste den Wirt einen Saboteur, weil er es sich nicht einreden läßt, daß der jetzige Gebirgskrieg mit dem Tiroler Befreiungskrieg vor hundert Jahren zu vergleichen sein soll. Der Krieg um die eigenen Berge hat die Kampflust der Kaiserjäger und Standschützen noch einmal anzustacheln. Jetzt geht's nicht mehr um den orientalischen Bauch, heißt es, um diese aufmüpfigen Serben, die nicht einmal den richtigen Glauben haben, jetzt geht's um die Heimat, um die wirkliche, die ganz nahe. Nur den Walschen kein Stück von unserm Landl lassen!

„Die Aufhetzerei gegeneinander hat schon Jahre vorher angefangen", sagt der Wirt. „Die Unsrigen haben gehörig ins völkische Feuer geblasen, das da geglost hat. Sonnwendfeiern haben sie auf der Plose und was weiß ich wo sonst überall abgehalten. Bisher hat man Herz-Jesu-Feuer angezündet oder Johannisfeuer und jetzt auf einmal *Sonnwendfeuer*. Die *Wacht am Rhein* haben sie gesungen. Ist ja wenig Rhein gewesen hier bei uns, und das bißchen haben sich die Vorarlberger schon selber bewacht. Landkarten vom Trentino hat man gedruckt mit alles deutschen Ortnamen drauf, man muß sich das vorstellen. Dieser unselige Heimatschutzverein ... Vaterland, Nation, Volkstum. Was der Unfug für einen Zweck gehabt hat, das spüren wir jetzt."

Die Truppen, von denen es im Land bald wimmelt, saugen den letzten Rest an Vorrat auf, der noch irgendwo gehortet ist, bis es an allem fehlt, an Arbeitern und Zugvieh, an Futter und Dünger, an Saatgut und Milch.

Die Bergegger Wirtsleute haben ein schlechtes Gewissen, weil sie viel zu gut dastehen im Vergleich, und die üblen Zeiten für sie recht erträglich sind.

In der Stadt, hört man, soll die Bezirkshauptmannschaft sogar verboten haben, Lebensmittel an Ortsfremde abzugeben. Groß wird die Zahl der Fremden nicht mehr sein, die es hierher verschlägt, vermutet der Wirt, wo die Pässe und Übergänge schon gesperrt sind und es eine Genehmigung braucht, um über den Reschen oder nach Sillian hinüberzugehen.

Vom Tal unten und aus den Städten ziehen die Hamsterkolonnen bis zu den verstreutesten Berghöfen. Die Bozner Laubenköniginnen bieten ihr Silberbesteck an, die Grödner Hoteliersfrauen möchten ihre feine Wäsche gegen einen Batzen Butter oder ein Sackl Mehl eintauschen.

Die Außerrainer-Bäuerin will der städtischen Kürschnerin mit dem Kind auf dem Arm keinen Liter Milch geben, wo die doch auch mit der entrahmten zufrieden wäre. Die entrahmte braucht sie für ihre jungen Fackln, die grad erst geborenen Schweine, schiebt die Außerrainerin nach und besonders deutlich, auf daß die feine Stadtlerin sie auch versteht. Die Kürschnerin flucht über den Acker hinaus. Nach sieben Monaten bringt die Außerrainerin ein Kind auf die Welt. Es hat einen Wasserkopf, und die Bäuerin erinnert sich an die feine Frau aus der Stadt. An die Frau mit dem Säugling auf dem Arm und an ihren Fluch. Die Nachbarn erinnern sich auch und bekreuzigen sich.

Wie sollen die Handwerker überleben, wenn keiner mehr etwas von ihnen will, wenn ihnen alles fehlt, was sie für ihr Handwerk brauchen. Den Beamten geht es nicht besser, den Advokaten auch nicht. Ein paar findige Geschäftsleute machen das große Geld, wenn sie geschickt spekulieren, zur rechten Zeit ein- und erst dann verkaufen, wenn kein Konkurrent mehr etwas anzubieten hat.

„Schulden müßte man haben", sagt der Wirt.

Ein abgehauster Holzhändler in Gröden hat plötzlich kaum mehr Rückzahlungen zu leisten. Dafür sorgt die Inflation. Gegen die Kriegsanleihe hat sich der Wirt bis zuletzt gewehrt. Aber sie sind findig genug, die Behörden: sie verordnen. Sie verordnen Kriegsanleihen auf Sparguthaben. Wie soll da einer wie der Wirt auskommen.

Übers Geschäft hat er ja nicht zu klagen. Über den Kaffee höchstens, den man nicht mehr trinken kann, seit kaum mehr eine Bohne zu riechen ist aus dem gerösteten Rübenmehl und dem halbverbrannten Rohrzucker. Aber was ist das schon gegen die Not draußen. Was ist ein minderer Kaffee gegen das Türkenbrot, das die Wienerinnen auf ihrer Lebensmittelkarte beziehen und das sie in der Schürze eingeschlagen heimtragen müssen, weil es ihnen in der Hand zerbröseln tät.

Die Kartenwirtschaft hat dem Wirt den Kriegsverlauf erklärt. Zuerst die Brot- und Mehlkarte, im März '16 die Zuckerkarte, im Mai die Milchkarte, im Juni die Kaffeekarte, im September die Fettkarte, '17 die Marmelade- und Fleischkarte. Dann ist nichts mehr da, was man auf eine Karte schreiben kann.

Und schließlich dieser Widersinn, auch noch die Vorräte an Saatgut anzugreifen, grad so, als gäbe es nach dem großen Krieg gar kein Leben mehr. Fünf Jahre Kerker steht aufs Horten von Vorräten, auf Wucher mit Lebensmitteln gar die Todesstrafe. Aber der Wirt kennt keinen einzigen, der drangekommen wäre bisher. Nur Kriegsgewinnler kennt er.

Gold geb ich für Eisen, lautet dieser dumme Spruch. Freiwillig gibt hier kaum einer.

Nach den Eheringen kommen die Leuchter und Lampen dran, die kupfernen Dächer, die Blitzableiter, Türklinken aus Messing, Prozessionsfahnen und Kreuze, Ziborienkronen, die Weihwasserkessel vom Friedhof. Jetzt weiß es ein jeder, wie es um die Habsburger Wirtschaft steht. Daß sie ein Glockenläuteverbot erlassen, ist der glatte Hohn. Es gibt schon lange nichts mehr zu läuten. Hätten sie die Glocken zumindest nur abgenommen. Aber sie schmeißen sie einfach vom Turm herunter, wenn sie sie nicht schon in der Glockenstube in Stücke hauen. Als dann auch noch die Seile verschwinden und dem kriegführenden Staat weiterhelfen sollen, meint der Kaspar, der Stricker, das Maß sei voll, gestrichen voll.

„Die Innerwiesener Große ist im Turm geblieben“, stellt die Großmutter richtig, „die hat sich keiner anzugreifen getraut. Nur stumm ist sie geblieben. Als dann die Faschisten kommen, bieten sie den Innerwiesenern fünf neue Glocken an. Die Walschen haben genug Kanonen von den Österreichern eingeheimst. Da ist leicht großzügig sein mit fremder Beute. Und seither haben wir Glocken aus Kanonen im Turm.“

Vielleicht sind die Glocken bestraft worden, weil sie am Portiunkulasonntag den Krieg zusammengeläutet haben, vermutet das Kind.

„Vielleicht. Aber die da draußen haben ja keine Ahnung, was einem Tiroler das Geläut bedeutet“, sagt die Großmutter. „Es ist nicht nur so, daß wir jedes einzelne Dorf nach dem jeweiligen Geläut unterscheiden, die Glocken teilen auch unseren Tag ein, das Jahr. Sie regeln das ganze Leben, Geburt und Tod, verkünden Katastrophen und Feste. In der Fremde ist der Klang der Glocken wie eine Muttersprache, hat der Fidl gesagt, und der Clemens hat im Juli ’43 aus Rowno geschrieben, er möchte noch einmal irgendwo eine Glocke läuten hören. Und dabei ist der Clemens gar kein frommer Bub gewesen, auch kein frommer Soldat.“

Die Großmutter bringt dem Kind bei, beim Zusammenläuten auf die einzelnen Töne zu hören. Sie summt das *Te Deum* mit und erwartet, daß das Kind herausfindet, daß es sechs harmonisch zusammentönende Glocken sind, die das Motiv abgeben. Wie wehmütig das Zügenglöcklein bimmelt, muß sie dem Kind nicht erst vorführen.

„Wie ein trauriger Löffel, der an ein Glas schlägt, hörst du?“

In der Osterwoche 1916 bestaunen die Tiroler Bauern die ersten russischen Kriegsgefangenen auf ihren Höfen. Ob auch

Ukrainer darunter sind? Die Lona vermutet, es sind auch Ukrainer darunter. Sie ersetzen die Männer, die im Krieg sind oder anderswo genauso gefangene Arbeiter, wie sie selbst es jetzt hier sind. Beim Erdegratteln stellen sie sich ungeschickt an. Wer will es ihnen verdenken. Das haben sie ja noch nie gesehen, wie man Feldterrassen anlegt, damit das Erdreich nicht abrutscht. Auch vom Mauern verstehen sie wenig. Noch weniger vom Trockenmauern. Dafür tragen sie willig Stein um Stein in ihren großen Händen. Irgendein uralter Nähn wird es ihnen schon zeigen, wie man die Steine schichtet, damit sie auch ohne Binder halten.

Nicht nur einmal schupft ein russischer Kriegsgefangener Wasserkübel, als gelte es, sein eigenes Hab und Gut zu retten. Die Höfe neben der Trasse der Grödnerbahn leben gefährlich. Immer wieder fängt ein Stadel vom Funkenflug Feuer. Aber es brennen auch Äcker, Wälder und Stauden. Glocken zum Sturmläuten fehlen, und wo sie nicht fehlen, darf man sie nicht läuten. Der Lehrer Reden bläst zum Feueralarm in ein altes Horn. Beim Spitzmüller und zu Erhard traut man sich nicht ins Bett, bevor die letzte Grödnerbahn vorbeigefahren ist, aber man richtet das Auge auch untertags auf jede Lokomotive. Zehn Züge schnaufen in der heftigsten Zeit Tag für Tag vorbei. Der letzte lange nach dem Betläuten.

Der Siebzehnersommer ist ein Jahrhundertsommer, schläfrig und asthmatisch und knausert mit dem Regen. Die Hitze röstet Gerste und Hafer, Roggen und Weizen zu Tode. Vom Spitzlindner leuchtet der Brand aus der Sutte herauf. Man sagt, das Feuer sei von russischen Gefangenen ausgegangen. Daß sie vorsätzlich gezündelt hätten, sagt keiner.

Zu Mariä Heimsuchung hält der Herr Kurat, nein, da haben die Bergegger schon einen Pfarrer, da hält der Pfarrer Frontull das Wetteramt besonders eindringlich ab. Auf jedem Tür- und Fensterrahmen stecken geweihte Haseläste, die Haus und Hof vor Unwetter schützen sollen. Mit den Kreuzen darf man ja nicht mehr gehen. Das verwehrt die Behörde. Bewegungseinschränkung, heißt das Gebot des militärischen Oberkommandos in Zeiten wie diesen. Um Christi Himmelfahrt fallen auch die Bittage aus, will heißen, die Prozessionen und Umgänge. Die heiligen Leiber müssen sich damit zufriedengeben, vom Stammfeld übers Lichtenthal zum Festenegg, und über Buchhaus auf den Dorfplatz zurückgetragen zu werden. Und die hölzernen Sohlen der Bittgänger klappern über die Pflastersteine hinaus wie die Ratschen am Karfreitag. Drei Tage hat die Wanderung mit Traghimmel und Allerheiligstem vor dem Krieg gedauert, durch alle Fraktionen ist sie durchgegangen, vorbei an den Altären vor den Häusern, die mit Bildern, Tüchern, Birkengirlanden geschmückt waren.

*

„Die Habsburger hassen die Walschen", erzählt die Großmutter, „die Serben hassen sie nicht, die wollen sie nur gehörig strafen, aber die Walschen, die Walschen sind einfach unanständig gewesen. Katzlmacher, heißen sie die Walschen. Auch wir hier haben sie als solche gekannt, seit immer.

Nein, nix Katze, Kind, *Gatzl*. Ein Gatzl ist eine Kelle. Als Kesselflicker sind sie heraufgekommen, als Scherenschleifer oder Wegmacher. Hausrat haben sie verkauft, die walschen Tiroler. – *Justament nicht, grad nicht, ich mach keinen Frieden mit die Katzlmacher*, soll der Kaiser gesagt haben. Sie sagen, im Schlaf habe er so geredet. Er habe bös von diesem Krieg geträumt, den er nicht hätte haben wollen. Ob es stimmt?"

Der Fidl hat auch in der Gefangenschaft ein paar Trentiner und Triestiner zu Kameraden. Die aus dem Trentino, nicht alle, nicht wenige, gehen 1915 heim. Was heißt „heimgehen“, sie gehen zum italienischen Heer, in den Krieg ihres Königs Vittorio Emanuele gehen sie. Aber dort verstehen sie zumindest, was ihre Offiziere befehlen, was ihre Kameraden reden. Dort sind sie zumindest unter sich.

Später wird sich der Fidl einmal daran erinnern, was das ist, die eigene Sprache. Da wird er sich entscheiden müssen zwischen Italienern und Deutschen, zwischen Faschisten und Nazi. Erstere wird er schon kennen, von den zweiten nichts Gutes erwarten, aber das zweite Unglück wird zumindest deutsch reden.

Wenn sie nur heimkommen, die walschen Kameraden, hofft der Fidl in der Gefangenschaft.

Sobald einer Krieg führt, drückt sich der Walsch eh, sagen die Kameraden zum Piero.

Der aber meint, er tut ja niemandem weh, wenn er nach Italien geht. Nicht einmal seinem geliebten Österreich tut er weh. Er geht ja nur von diesen Leuten weg, die ihn alle bös anschauen, sagt er.

Der Francesco, der Triestiner, wäre ein Deserteur geworden, wenn ihn die Russen nicht gefangengenommen hätten. Dem Fidl gesteht er, er habe die ganze Zeit überhaupt an nichts anderes gedacht als daran, sich gefangennehmen zu lassen. Wie eine fixe Idee sei das immer in seinem Kopf herumgegangen. Der Fidl versteht das.

„Wir Triestiner sind nicht für den Krieg gemacht“, sagt der Francesco. „Gegen andere Feinde als die Russen hätten wir auch nicht lieber gekämpft. Friedliche Händler sind wir, Handwerker, Bauern. Nur zwingen können sie uns zu diesem Blut.“

Die Triestiner lästern sogar bei der Vereidigung. Sie knallen Böller ab, lachen. Sie singen ihr *Demoghela*, die Hymne der Deserteure. Die österreichischen Offiziere verstehen nicht, was die Soldaten da singen. Die schlauen Triestiner verkehren das *Diamocela-a-gambe*, was soviel heißt wie „Hauen wir ab", in ein *Diamogliele*, ein „Haut den Feind", und die Offiziere singen mit.

„Für die Armen sind alle Kriege gleich", sagt der Francesco, „für die Armen haben die Kriege kein Alter." Ärmer als den Hiob aus dem Alten Testament habe ihn der Krieg gemacht. Nicht einmal eine ganze Hose sei ihm geblieben. Vor dem Krieg sei sein Leben ein bescheidenes, aber ein anständiges gewesen.

Francesco ist ein Sozialist. Wenn er zu reden aufhört – er redet oft und viel – sagt er jedesmal: Es lebe der Sozialismus und der Friede der Völker. Immer dasselbe, wie das *Et-cum-spiritu-tuo* in der Kirche.

*

Im Siebzehnerjahr hätte auch der Fidl davongehen können. Im Wirbel der Revolution haben die Bolschewiken einen Haufen Gefangener entlassen. Einfach so. Der Fidl ist geblieben. Es ist ihm alles ein bißchen zu unsicher gewesen.

Dann dieser papierene Frieden mit der neuen russischen Regierung, der im März '18 die Österreicher bis nach Odessa gebracht hat. Sie haben ihre Leute von dort heimgeholt. Auch da ist der Fidl geblieben.

Das Kind begreift das nicht. Hat er denn nicht Heimweh nach seiner Lona gehabt?

„Er hat genausoviel Angst gehabt wie Heimweh. Angst, wieder Soldat werden zu müssen. Daheim war ja noch Krieg. Stell dir vor, Kind, es hätte dem Fidl passieren können, daß er im Feld auf einmal dem Piero gegenübersteht und auf ihn schießen soll. Angst auch vor der Not daheim. Und Angst, die

Lona könnte inzwischen einen anderen haben. Sechs Jahre sind eine lange Zeit für ein Mädchen im heiratsfähigen Alter. Und dann der Zweifel, ob er dieser Wirtstochter überhaupt gut genug sein kann. Ja, und versprochen – richtig versprochen – waren wir einander noch gar nicht.“

Der Zyprian Sternach, Wirt in Bergegg, weiß es schon vor 1917, einmal werden die Geschundenen aufstehen. Der Vater der Lona ist nicht nur ein Zeitungsleser, er sucht sich auch Leute zum Reden, von denen er meint, sie wüßten mehr von der Welt als er in seinem Dorf hinter den Bergen.

„Meutern?“ fragt er, „meutern ist das nicht. Die Soldaten tun einfach nicht mehr mit. Sie folgen den Befehlen nicht mehr. Sie gehen heim.“

Er hört von den armen Bosniaken in einer der Isonzoschlachten, die sich aus ihren Unterständen nicht mehr heraustrauen, nicht etwa deshalb, weil sie sich fürchten. Sie haben kein ganzes Gewand mehr, nur mehr Fetzen am Leib und schämen sich. In den Lazaretten liegen die Verwundeten nackt in ihren Betten. Das erfährt der Postwirt von Herrn Goldstaub, der ’15 nicht mehr heimgefahren und in Bergegg beim Wirt in Quartier verblieben ist.

Der Goldstaub soll irgendein Wissenschaftler sein, aber so genau weiß man es nicht. Ein Jude ist er auf jeden Fall, ein kluger Jud, den keiner und nichts hinters Licht führt, auch nicht die Propaganda.

„Goldstaub“, sagt der Wirt, „Sie deuten meine Fragen nach der Erklärung, die Sie parat haben.“

Mit seinem steifen Bein ist Herr Goldstaub untauglich und gibt gern zu, daß er um diesen Haxen noch nie so froh gewesen ist. Wie der Kaiser Karl, der damals noch gar kein Kaiser ist, den Grödner Bahnbau besichtigen kommt, sagt der Goldstaub, daß es der Karl fast nicht mehr erwarten kann, bis der Alte die Augen zumacht. Der Alte ist der Kaiser Franz Joseph.

„Wegen dem Ferdinand einen Krieg anfangen, das wäre nicht dafürgestanden“, sagt er auch. „Der Ferdinand, dieser Schießer, ein Hund war er, aber geht das die Serben etwas an?“

Die Weiber am Tisch fahren über einer solchen Rede vor Schreck zusammen und hindern ihren Mund mit gehöhlter Hand vor dem Lachen.

„Den 28. Juli ’14 werden die zukünftigen Schüler in der Geschichtsstunde nur deshalb lernen, weil damit der Große Krieg angefangen hat, nicht wegen des Ferdinands Tod. Im Prater“, erzählt der Goldstaub, „haben die Leute weitergefeiert und weitergetanzt, wie die Attentatsmeldung durch die Stadt gegangen ist.“

Der Goldstaub ist Wiener, und groß ist die Trauer in Wien scheinbar nicht.

„Die Revolution macht an der Habsburgergrenze nicht halt“, prophezeit er, „die russischen Soldaten tragen ihre Parolen über die Front, ich wett’s!“

„Wir haben ja nichts erobern wollen“, sagt der Postwirt zum Goldstaub. Er will es nicht einsehen, warum man nicht endlich einen Frieden macht. Der Wirt gibt den Deutschen die Schuld an der Malaise, diesem Wilhelm, der den Soldaten eingeredet hat, *zu Weihnachten seid ihr alle wieder bei Muttern*, und die Soldaten haben es geglaubt.

Der Goldstaub schiebt einen zweiten Stuhl vor den seinen, umarmt mit der Linken den Löwenkopf, lagert das kranke Bein darauf und beugt sich zum Wirt vor.

„Der Russe läßt doch seine Brüder nicht fallen. Hätte er sich ja ausmalen können, der Franz Joseph, wie das slawische Blut sich regt“, sagt er.

Vom Zaren hält er gar nichts und setzt auf den Revolutionär, den die Deutschen nach Petersburg geschmuggelt haben. Das kommt sie jetzt teuer zu stehen, weil die russischen Soldaten zu den deutschen hinüberrufen, sie sollen ihren Wilhelm verjagen, wie sie den Zaren verjagt haben, dann ist ausgeschossen.

„Die Tschechen laufen eh haufenweise über", weiß der Wirt. Später erzählt einer der verwundeten Heimkehrer, daß die Tschechen auf ihre Landsleute schießen mußten, und daß ein Vater seinem Sohn auf der anderen Seite eine Kugel in den Kopf gejagt habe.

Und der Fidl erfährt in der Gefangenschaft, wie hinter der russischen Front alles zusammenbricht. Die russischen Soldaten verlieren jede Hemmung. Sie wollen heim auf ihren Hof. Viele gehen einfach, sie gehen einfach davon oder weigern sich, Winterunterkünfte zu bauen, weil sie keinen Winter im Schützengraben mehr erleben wollen. Sie verkaufen ihre warmen Uniformen, räumen die Vorratslager, schmeißen die Reisenden aus den Zügen und setzen sich selber hinein. Die patriotischen Reden verfangen auch bei den Bauern im Hinterland nicht mehr. Sie geben ihre eh schon bescheidene Ernte nicht her, verjagen diese staatlichen Getreideeinkäufer, die den Krieg füttern.

*

„Was wollen sie denn mit dem Gupf?" fragt der Wirt, als um den Col di Lana gekämpft wird, als ginge es um den Untergang der Monarchie.

Diesmal sind sie den Walschen nicht gewachsen, fürchtet der Wirt, weil die sich zur rechten Zeit auf die rechte Seite geschlagen haben. Die Walschen hält der Wirt seit jeher für die größten Diplomaten, durchtrieben, ein bißchen hinterfotzig. Das Kriegführen haben sie nicht erfunden, das Aufstehen höchstens, das Revoltieren.

„Das hat der Franz Joseph nicht vertragen, daß ihm der

König von Italien den Krieg erklärt hat, ihm persönlich", stänkert der Goldstaub, „alles lieber als das Trentino hätte er hergegeben, der Alte."

„Wenn die Walschen unterm Doppeladler hätten zufrieden sein können, hätte es keine Bajonette gebraucht. Es ist wie in der Schule: Wenn die Kinder ein anständiges Leben unter dem Lehrer seiner Fuchtel haben, wissen sie gar nicht, warum sie ihn ticken sollten."

„Was wißt denn ihr hinter eurem Tisch vom Col di Lana, von der Tofana und von der Fontana Negra?" unterbricht der Felix, der dort gewesen ist bis vor acht Tagen, die Runde. „Ich kann euch den 1. August auf der Glanvell-Hütte schildern, wenn ihr wollt. Der Verbandsplatz ist dort und der Kommandounterstand, und die Granaten fliegen hintereinander daher und schlagen immer näher ein. Sie fahren übers Dach weg, rollen wie verrückt gewordene Kegelbahnkugeln, rütteln wie tobende Stiere an den Wänden. Die Verwundeten rennen und stolpern und hatschen ins Freie; ein schauriger Zug; sie suchen hinter Felsblöcken Schutz, in Mulden. Es zischt nur so über den Col di Bois herüber. Die Schindeln fliegen wie Vögel vom Dach auf.

Mit einem Mal eine unheimliche Stille. Ich renne in die zerschossene Hütte. Überall Bettfedern; keine zehn Füchse hätten in einem Hühnerstall einen derartigen Tumult aufführen können; dazwischen Stroh aus den Strohsäcken; wie in einer Strebhütte schaut es aus. Aus den aufgesprungenen Blechschachteln sind die Mullbinden herausgeflogen. Die Rollen ziehen sich graubraun von Staub und Dreck über den Boden wie Fastnachtschlangen. An der halben Wand hängt schief die kartonierte Photographie des Kaisers ohne Rahmen; ich richte den Alten gerade, aber er kommt prompt wieder aus dem Gleichgewicht. Die Bilder aus der Soldatenzeitung, mit denen wir die Wände tapeziert haben, wehen in Fetzen herunter. Überall fetter, kohlschwarzer Ruß, den der Luftdruck aus dem Ofenrohr geblasen hat. Zerrissene Landkarten, Listen, Befehle, Rapportberichte, Telefonprotokolle, alles wild durcheinandergewirbelt. Unter den Sohlen klirren die Scherben der Fensterscheiben, des Geschirrs.

Ein paar Soldaten laufen mir in die Hütte nach. Wir essen uns an Speck und Käse satt. Den vollen Bauch verdanken wir den walschen Granaten. Ohne sie hätte es nur trockenes Brot gegeben und hellbraunes Wasser, das sie Kaffee heißen. Zu Mittag vertreiben uns die Walschen wieder. Am Abend gehe ich ein zweites Mal in die kaputte Hütte zurück. Der Mond lugt durch die Löcher zwischen den Schindeln, der Wind spielt mit allem, was er findet, und singt dabei leidlich schaurig. – Tag um Tag tausend Tod und Teufel, probiert das einmal, meine Herren!"

„Keine Widerrede, da sei Gott vor, aber man kann es ja auch so sehen wie mein lieber Freund Josephus, dieser begnadete Mythenschinder aus Brody: für die Hinterbliebenen sind die Gefallenen wie ein Orden, hat er gesagt. Mütter tragen die Trauer um ihre Söhne wie Generäle ihre Sterne. Die feinen Wienerinnen üben sich als Pflegerinnen und nähren mütterliche Instinkte. Sie bringen ihre gefallsüchtigen Opferchen oder entwickeln sonst eine lebhafte Wohltätigkeit. Mit heldenhafter Überwindung legen sie ihre verwöhnten Händchen auf Krücken und Prothesen und stinkende Verbände. Die Zeit ist eben tragisch. Man tauscht goldene Eheringe gegen eiserne und behält die Edelsteine. Der Josephus hat das alles im Kaffeehaus mehr geflüstert als verkündet. Und das ganze Kaffeehaus hat ihm zugehört wie einem Rebbe."

Wie recht er hat, dieser Goldstaub, denkt der Wirt.

Der Lehrer Sorà zeigt dem Wirt seine neue Erwerbung. Ein Schulkamerad aus Innsbruck hat ihm die Bilderbücher geschickt, auf daß der arme Kollege in seinem gottverlassenen Nest nicht ganz von der Zeit abgeschnitten bliebe, auf daß er seine Schüler mit dem gebührlichen Unterrichtsstoff belehre.

Der Wirt blättert in dem Bilderbuch. Vorne drauf steht: *Wir spielen Weltkrieg.* Das stört den Wirt. Der Weltkrieg ist kein Spiel. Drei Kreuzer kostet die bunte Fibel aus dem Kriegshilfsbüro. „Schad ums Geld“, meint der Wirt.

Auf dem ersten Bild sind Kinder, die tun, als seien sie Große: Soldaten, Mütter, Bräute. Ein Bub in Uniform tröstet ein weinendes Mädchen. Eine Fetzenpuppe hängt von seiner Hand. Nachlässig hält es das Spielzeug am Ärmchen. Vor der Kindergruppe ein Stoffbär, ein Zinnsoldat hoch zu Roß. Der kleine Soldat, der in den Krieg will, hält in der einen Hand einen Säbel, in der anderen eine Schildpattpuppe. Neben ihm ein sogenannter Kamerad, der eine Fahne hochreckt.

Der Wirt liest:

Mobilisierung:
Teures Weib, gebiete deinen Tränen!
Laß mich ziehn! Mich ruft das Feldgeschrei.
Und die Feldpost stillt gar bald dein Sehnen.
Bringt dir gute Nachricht – portofrei.

„Was soll der Unsinn“, fragt der Wirt den Lehrer und blättert weiter. Auf der nächsten Seite dieselben Kindergesichter. Diesmal sind die Buben k. u. k. Soldaten, die eine Gruppe von Mädchen eskortieren.

„Laßt doch die Kinder mit diesem Zeug in Ruh. Es ist genug, wenn sie Räuber und Gendarm spielen, Herr Lehrer. Habt Ihr denn in Eurem unglückseligen Beruf die Rollen getauscht, Euer kleines bißchen Einsicht an die Schüler abgegeben und Euch deren ganze Einfalt aufgehalst? – Und das da“, er greift nach einer der Karten, die der Lehrer gebracht hat, „soll das Siebzehner-Weihnachtsfest sein?“

Der Wirt schüttelt den Kopf. Da sitzt ein Vater in Uniform mit breiten Beinen auf einem Sessel. Dazwischen steht sein vierjähriger Sohn, älter ist er wohl nicht. Aber einen Stutzen, einen Spielzeugstutzen, versteht sich, kann er schon halten. Er weiß auch, wie man sich anstellt, beim Zielen. Der Soldaten-Vater zeigt es ihm. Dahinter geht eine weißgekleidete Frau mit einem Säugling im Arm vorbei und schaut glückselig oder engelsgleich zu Mann und Söhnchen herüber. Ein Christbaum brennt. In einer Ecke steht ein Kachelofen.

Daß man das Leben derart verfälscht, will der Wirt nicht einsehen.

„Laßt Ihr das die Kinder auswendig lernen, Herr Lehrer?" fragt er und schiebt ihm die Karte hin:

Morgen kommt der Weihnachtsmann,
kommt mit seinen Gaben!
Trommel, Pfeifen und Gewehr,
Fahn' und Säbel und noch mehr,
Ja, ein ganzes Kriegesheer,
möcht' ich gerne haben.

„Der Weihnachtsmann ist zu verbessern, anzupassen, Herr Lehrer Sorà. Weihnachtsmänner gibt es bei uns keine." Jetzt ist der Wirt richtig zornig. „Laßt Euch vom Felix aufklären oder vom Gidl", rät er dem Lehrer und erzählt dann selber, als sei er dabeigewesen:

„Aus hundert Scharten, in denen zehnmal hundert Läufe stecken, geht es los. Von allen Seiten bleischwarze Kugeln, als wollten sie die Steine zerreißen, hinter denen die Soldaten Deckung suchen. Kein Feind ist zu sehen. Es ist, als gebärten die Steine selbst Feuer. Dröhnende, polternde, rasende Köfl, die ein eigenes, auf Marter ausgerichtetes Leben haben. In allen Ecken, Graten, Klippen, Spalten ist der Irrsinn ausgebrochen, die Steine haben die Tobsucht. Die Luft ist dick, weiß vom zerriebenen Granit. Im Mund knirscht es. Die

Wangentaschen sind rauh, wenn man mit der Zunge hineinfährt, die Bärte und Haare weiß vom Steinstaub, die Sacktücher steif vom sandigen Rotz. – Das soll Euer lieber Kamerad auf seine Bilder malen, wenn er kann."

Der Herr Lehrer aber pariert mit aufgeschnapptem Kriegerlatein.

„Sie geben den walschen Geschützen Spitznamen, unsre Tiroler Standschützen", sagt er, „*Brummer* heißen sie das Zeug oder sie witzeln: *Jetzt kommt ein Rollwagele.* Die einen nennen sie *Spuckerlen* oder eines einen *Gachzornigen*, wenn's nicht gar ein *Vaterle* ist."

Da steht der Wirt auf und läßt den Herrn Lehrer allein in sein Weinglas stieren.

Die Großmutter hat eine Schuhschachtel voll Postkarten von damals aufbewahrt, bunt, mit gelblichen Rändern, mit gelblicher Schrift:

Edelweiß für unsre Kaiserjäger steht auf einer davon, darunter zwei schöne junge Mädchen, die eine steht wie eine Heldin da und schaut ins Tal, die flache Hand über den Augen, die andere kniet vor ihrem Korb voller Edelweiß.

„Ja", sagt die Großmutter, „es hat schon solche gegeben, die ihren Soldaten Edelweiß an die Front geschickt haben, an die russische, die serbische. Die Soldaten in den Dolomiten haben aber nicht unsre Edelweiß verteidigt. – Das sind die bösartigen", sagt sie und zeigt auf den Balken: *Gegen welsche Tücke und Raubgier! Katzlmocha ziag o!* Der Katzlmocha ist ein winziger krummer Bersagliere mit einem Dolch in der Hand. Er will einen k. u. k. Kaiserjäger von hinten angreifen. Der zündet gerade lächelnd sein Pfeifl an, hebt den linken Fuß und tritt den Bersagliere nach hinten weg in den Abgrund.

Neben den Propagandakarten steckt noch ein Bündel gleicher Karten in der Schuhschachtel: Standard-Postkarten, grau wie Zeitungspapier, schmucklos, für Kriegsgefangene eben. In neun Sprachen steht da: *Ich bin gesund und es geht mir gut.* In neun Sprachen steht auch: *Auf dieser Karte darf sonst nichts mitgeteilt werden.*

„Lies, Kind: *Dein Fidl*, oder *Immer Dein Fidl.* Sonst nichts. Daß er noch lebt, habe ich gewußt, daß es ihm gut geht, nicht. – Und da: *Aufruf zur Zeichnung von Kriegsanleihen! Schatzscheine mit fünfeinhalb Prozent Verzinsung!* Der Vater hat auch mitgetan. Mittun müssen. Mit Kriegsende sind die Kriegsanleihen dann wertlos. Hinausgeworfenes Geld. Für den schlechtesten Zweck hinausgeworfen, Kind."

*

Die Grödnerbahn schnauft unermüdlich den Hügel hinauf, von Moosbruck nach Plan, sechs oder auch zehn Züge im Abstand von zehn Minuten.

„Achtzehn Tonnen pro Tag", prahlt der Chef der Eisenbahnkompanie, „das sind 250 Nettotonnen."

„Wem nehmt ihr das ganze Zeug weg", fragt Herr Goldstaub.

Der Offizier schaut den Goldstaub derart bös an, daß der sich verdrückt. „Elendiger Jud", faucht er und steht da wie ein Berg aus drohender Folter.

„Was weiß der Offizier von uns Juden, Herr Wirt? Weiß er, daß es etliche Menschenalter Verfolgter und Gequälter braucht, Vertriebener, Verbannter, um findig zu werden, vif, schlau? Sie machen schon ein ganzes Heer aus, diese ängstlichen Judenhasser, die uns ihre heimliche Bewunderung nicht verwehren können und uns grad deswegen nicht ertragen."

„Lassen Sie es gut sein, Herr Goldstaub, er ist keinen Ärger wert, dieser Offizier mit seinem eisernen Blick, der glitzert wie ein Kaisermanöver."

Der Goldstaub spottet schon wieder, daß aus dem ganzen Habsburgerreich zusammengeklaubte Gleise und Lokomotiven jetzt im Grödental stehen, weil zur Neuanschaffung alles fehlt, Geld und Material.

„Dieses Volk“, schimpft der Goldstaub, „diese neunundzwanzigste Eisenbahnkompanie, die das Tal belagert, diese fast tausend Mann an Mineuren und Holzarbeitern und was weiß ich, die man für bessere Zwecke einsetzen könnte, die hier alles auffressen, was zu haben ist, die Wiesen in Lagerplätze verkehren und die Felder niedertrampeln, sie können mir gestohlen bleiben.“

Er mag kein Militär, der Goldstaub. Aber ab und zu ist die Neugier doch größer als die Abneigung. Dann inspiziert er den Fortgang der Bauarbeiten.

„Neun Tunnels, vierzig Brücken und Viadukte, Holzprovisorien, vier Wasserstationen“, rechnet er dem Wirt vor, „was das kostet. Und dafür schuften die gefangenen Russen in Tag- und Nachtschichten.“

Der Wirt meint, das sei ja auch kein Zustand gewesen, daß man über die Grödnerstraße gar nicht mehr hereingekommen sei, weil die Kolonnen von Lastwägen mit Kriegsgut die Straße belagert hätten. Fünfzig Lastwägen am Tag, habe er gezählt. „Auf einer Straße mit 18 Prozent Steigung, Herr Goldstaub.“

Den Goldstaub verjagen die Bahnbauer, wann immer sie seiner ansichtig werden. Was hat der da herumzuschnüffeln.

„Alles unter größter Geheimhaltung, Herr Wirt“, lacht der Goldstaub, „Planung, Bau und Transport. So viel Leut' und so viel Zeug geheim. Leicht wird das nicht sein, oder?"

Bis zur Marmolata soll die Feldseilbahn führen, hat er erlauscht. Und als im zweiten Kriegswinter, einen Tag vor Weihnachten, die erste Bahn durchs Tal fährt, holt sich der Goldstaub in der Stadt eine Kamera, weil er die „Kaffeemühle“ photographieren will, aber das Gerät, das ihm gar nicht gehört, wird vom Offizier des Eisenbahnregiments konfisziert. Ein Kriegshilfsmittel dieser Wichtigkeit hat auf einer Photoplatte nichts verloren, und Geheimcodes zu verwenden ist suspekt.

„Geheimcode?“ fragt der Goldstaub. „*Kaffeemühle* soll ein Geheimwort sein? Ja hören sie es denn nicht selbst, dieses Rtsch, Rtsch? Ist das vielleicht kein Kaffeemühlengeräusch?“

Der Wirt mag diesen Goldstaub. Ein gscheiter Jud, sagt er, warum sind die Juden denn alle so gscheit? Am liebsten hat er den Goldstaub, wenn er so daherräsoniert:

„So kommt es halt hie und da in der Weltgeschichte, meine Herren. Aber das richtet sich wieder. Sind schon die Türken in Wien gewesen und die Franzosen. Irgendwann sind sie alle wieder abgezogen. Und die Katzinger haben auch noch keinen gefressen. In der Weltgeschichte, sag ich, geht's zu, wie wenn zwei auf einem Brett hutschen. Einmal ist der eine oben, dann der andere. Diesmal haben sie halt uns hinuntergerissen.“

Wo der Goldstaub sie alle aufklaubt, seine Geschichten, das weiß keiner, aber er erzählt, als sei er jedesmal grad dabeigestanden:

„Schaut, daß ihr unters Dach hineinkommt, ruft ein walscher Posten zu den zwei Kaiserjägern hinunter, die vor ihrem Unterstand die Nässe aus ihren Stiefeln aussonnen lassen, ich werd nämlich abgelöst. Und die Ablöse schießt.“

Daß der Lenz noch nicht da ist …"

Der Lenz ist Großmutters Cousin und ein paar Jahre älter als sie. Eigentlich ist er nur bejahrter, wenn älter auch weiser bedeutet. Das Kind sagt Vetter zu ihm, Vetter Lenz. Er ist jeden Sommer der erste Besucher, der seiner Base in Innerwiesen die Aufwartung macht. Dem Kind ist er fast ein Großvaterersatz. Es wiederholt seinen Namen so oft es geht, Lenz. Wenn einer wie der Frühling heißt, kann man es nicht oft genug wiederholen.

„Aber der Barthlmä ist doch motorisiert", sagt die Großmutter, sobald der Vetter Lenz daherkommt, auch in diesem Jahr zu Fuß.

Der Lenz hat nie geheiratet. Er ist immer ein Lehrer ohne eigenen Hausstand geblieben, ein Sonderling auch, aber ein liebenswerter. Er bewohnt seit jeher zwei Kammern im Haus seiner Schwester. Der Barthlmä ist sein Neffe.

Der Lenz bricht um fünf Uhr früh in St. Katharina auf. Er ist ein Geher.

„Von Natur aus", sagt er, „ein immer langsamerer, aber ein zäher."

„Du mit deinem Gang", antwortet Großmutter, „der unverwüstliche Gang gewesener Leutnants."

In diesem Sommer hat der Lenz beschlossen, daß er die Bergführerei aufgibt. Mit sechsundsiebzig.

„Und von jetzt an kletterst du nur mehr zum eigenen Vergnügen?" fragt die Großmutter.

Der Vetter Lenz wird im Haus übernachten. Darauf freut sich das Kind. Der Vetter erzählt fast so schön wie die Großmutter.

„Gehst mit?" lockt er und wünscht sich das Kind als Begleitung. „Richt den Rucksack, Lona", ordnet er an, „für drei Tage und drei Nächte."

Dem Kind ist, als breche es zu einer Weltreise auf.

„Wie der Täter, der an den Ort des Geschehens zurückmuß", lästert die Großmutter.

Sie weiß, es geht dorthin, wo einmal die Dolomitenfront gewesen ist, wo der Lenz, der Standschütze, das erste Mal auf Italiener geschossen hat.

„Ach geh", sagt der Lenz, „ich bin nie ein Kriegsseliger gewesen. Das Heldengerede hat mich schon damals geärgert. Schneidig sind wir gewesen, keine Helden. Schneidig schon. Weißt du, Lona, eigentlich will ich es mir nur immer wieder anschauen, wie die Berge jetzt eine Ruh haben, und wie sie noch genauso schön sind, und wie es ihnen gar nichts ausmacht, daß sie jetzt den Walschen gehören."

Später einmal wird die Großmutter dem Kind erzählen, daß der Lenz einen Granatschock gehabt hat und recht verstört zurückgekommen ist von der Front.

„Das Zurückgehen", sagt sie, „ist etwas anderes als Wanderlust. Der Lenz muß sich seine Erschütterung abgehen, oder weggehen. Dieser Krieg haftet ihm an wie der Buckel dem Rücken."

Und dann belauscht das Kind die beiden in der Stube, spät am Abend. Da ist es schon nicht mehr ganz klein und der Lenz schon sehr alt. Da haben seine Augen schon den milchigen Schleier, den das Alter gnädig darüberbreitet, damit sie nicht mehr alles sehen müssen. Da wächst aus seinen verknöcherten Ohrmuscheln schon struppiges Geflecht. Da sind seine Hände schon behaart wie Wurzeln.

„Ja", sagt der Lenz, „es ist ein Unheil, wenn eine Mutter ihr Kind ums Leben bringt, noch bevor es auf der Welt ist, aber laß es auf die Welt kommen, zwanzig Jahre alt werden, und schieß es dann nieder, da ist das überhaupt kein Unrecht mehr."

„Ach, du immer mit deinem Krieg."

„Anhängen tust mir das Kind nicht", sagt die Großmutter und meint den Klettersteig, den sie dem Lenz verbietet. Und dann noch: „Mach es nicht zu schaurig."

Sie weiß, der Lenz wird vom Krieg erzählen, und das Kind wird sich fürchten. Es fürchtet sich schon, wenn der Vetter aus seinem Buch vorliest, seinem Tagebuch von tausend Seiten, schätzt das Kind, weil es noch nie ein derart dickes, handgeschriebenes Buch gesehen hat. Es ist aber die Großmutter, die den Lenz immer wieder zum Vorlesen auffordert.

Der Lenz schaut aus seinen genauen runden Augen von den Seiten auf. Sie sind wie die gläsernen Specker, von denen das Kind noch einen Sack voll verwahrt. Dann zeckt er diese Specker in Großmutters Richtung.

„Besser als jeder Roman", lobt die, und den Lenz freut es.

Warum bist du in den Krieg gegangen, fragt das Kind.

„Wir sind alle Schützen gewesen. Ein Tiroler ist halt ein Schütze gewesen. Und wenn du erst einmal beim Bezirksschießstand *einrolliert* warst – so hat das geheißen –, warst du im Mai 1915 gegen die Walschen mit dabei; je jünger, je lieber. Es haben sich aber nicht nur Sechzehnjährige gemeldet, auch Sechziger. Der Älteste soll gar achtzig gewesen sein. Die Kriegstauglichen der regulären Jahrgänge haben ja schon alle an irgend einer Front gekämpft. Standschützen waren wir. Standschütze kommt aber nicht von Schießstand, sag ich; Standschütze kommt von standhalten. Wo Standschützen in Stellung gelegen sind, ist nie ein feindlicher Einbruch passiert. Verläßlich waren wir und die besten Schützen auch. Wir haben uns in den Stellungen ausgekannt. Bei den Patrouillengängen bin ich auf allen Zacken herumgeklettert. Um von der Tofana-Schutzhütte in die Stellung auf der Fontana negra zu kommen, ist es über eine siebzig Meter hohe Wand gegangen, mit zweihundertvierundsiebzig ins Gestein geschlagenen Eisenklammern. Ach, könntest es eh nicht glauben, wenn ich dir alles erzählen würde."

Doch, Vetter Lenz, ich glaub's.

„Eineinhalb Jahre Zinnenwacht. Das Zinnenplateau auf und ab, ein und aus, hin und her. Die Schützen wählen sich seit alters her ihre Führer selbst aus. Mich haben sie auch ausgewählt. Besser ist es mir als Leutnant aber nicht gegangen. Hat es in der Nacht geheißen: aufstehen, Telefon surrt, hab ich zuerst mit einem Tritt die angefrorenen Schuhe loseisen müssen. Aber komm schon, wir gehn."

Der Lenz geht am liebsten allein. Das Kind nimmt er mit, weil es neugierig ist, auch, weil es wissen soll. Wer soll denn wissen, wenn nicht die, die noch wachsen. Bis vor ein paar Jahren ist er ab und zu mit dem Emilio gegangen. Der Emilio ist damals auf der anderen Seite gestanden. Er ist damals sein Feind gewesen. Aber damals haben sie ja nicht gewußt, wer sich da gegenübersteht.

Der Emilio hat viel erzählt. Und der Lenz hat genickt.

Da haben die Walschen einmal Schuhe geliefert bekommen. Die Sohle hat eine grünweißrote Aufschrift gehabt: *Viva l'Italia*, ist da gestanden. Nach einem Tag im Schlamm ist die Sohle ein weicher Batzen gewesen. Pappendeckel, Sohlen aus Pappendeckel, wie Leder angestrichener Pappendeckel.

„Sie haben auch die Gesinnung von uns Soldaten angestrichen", sagt der Emilio. „Sie haben sie verwendet, mit dem Namen des Vaterlandes eingefärbt. Dann haben sie uns wie Kehricht auf einen Haufen geworfen, uns, den Kehricht des verluderten Lebens, der zu verkommen hat. Wir haben nur mehr Schnaps gesoffen. Um zu vergessen, um das auszuhalten. Ohne Schnaps wird man im Krieg verrückt. Und dabei sind wir Italiener ja gar keine passionierten Trinker. Aber die größte Katastrophe war schließlich, wenn der Schnaps ausgegangen ist. Nach dem Krieg habe ich keinen Schnaps mehr riechen können."

„Col di Lana", sagt der Lenz.

„Monte sangue", antwortet der Emilio.

„Wir nehmen ein Taxi", schlägt der Vetter vor, „wir können uns das schon leisten."

Beim Aussteigen in Sexten fällt es ihm dann wieder ein, wie er zwei Jahre nach Ende des Krieges einen Ausflug hierher gemacht hat, und wie er am Rohbau eines Stadels vorbeigeht und grad in dem Augenblick ein Brocken Erdreich neben ihm abrutscht, und wie er flink wie ein Wiesel hinter der nächsten Hauswand in Deckung geht.

„Das ist mir lange nachgehangen", erzählt er, „diese Vorsicht, diese Angst vor jeder Gefahr, die da unentwegt lauert. Das Ducken bei jedem plötzlichen Geräusch, bei jedem Windstoß. Dieser erste Gedanke vor jedem Straßengraben, ob der wohl eine gute Deckung wäre. Der prüfende Blick auf jeden Hügel, ob der wohl steil genug wäre, um einem Unterstand Schutz zu geben."

Onkel Lenzens Augen sind braun und klein, aber nicht hurtig. Sie sind bedächtig und gewissenhaft. Der Lenz schaut sich die Welt sorgfältig an, er wiederholt sie sich, bis er sie auswendig kann.

„Weißt du, Kind, wie die Häuser nach dem Beschuß ausgesehen haben? Diese Sextner Häuser aus Balken? Die Balken haben sich aus den Verbindungen gelöst, sind über- und durcheinander auf einem Haufen gelegen wie eine ausgeleerte Zündholzschachtel. Und über die brennenden Turmstiegen, aus denen die Funken herausgestoben sind, ist das geschmolzene Metall der Glocken als heißer Guß heruntergeronnen."

In der kleinen Pension, in der sie übernachten, stehen die beiden Betten übereck. Das Kind dreht die Tuchent um, legt den Polster auf die Fußseite, damit sein Kopf mit dem des Vetter Lenz zusammenstößt. Wie ist Krieg, fragt es und erschrickt, weil der Lenz erzählt, als liege er nicht unter der Decke, sondern stehe grad jetzt auf der Rotwandspitze:

Ein Lohen und Flackern hinter uns, ein Jaulen in der Luft, ein Bersten auf den Graten. Leuchtraketen tauchen den Hang in schillerndes Gleißen, Gewehrfeuer, zuerst stoßweise, dann als wildes Gebrodel. Das Kollern des Maschinengewehrs. Schußserien pfeifen über uns weg, ein beklemmendes Sausen. Das Prasseln erstirbt. Dann die Granaten: Winseln, Gurgeln, Einschlag. Die erste Lage rammt in den Boden, wirft Grasfetzen und Steinbrocken in die Luft. Von oben her knattert es, ächzt, knickt. Schwarze, feuchte Erdklumpen fliegen turmhoch über die Bäume. Dann klatscht der Dreck wieder herunter. Ein dumpfes Fauchen, ruckweise fängt es an, dann schließt es sich. Einschlag. Der Boden zittert. Rauchwolken brechen hintereinander aus dem Gipfel. Felsstücke, Eisenträger, Holzstämme fliegen auf, bleiben ein paar Sekunden im Leeren stehen, wirbeln nieder, zersplittern auf den Rainen. Bäume sausen wie Reisig durch die Luft, dann ein Donner. In hundertfachem Echo zergrollt er an den Bergen. Felsblöcke verschwinden, Splitter surren von vorn, von hinten, von links, von rechts, gellen durch die Luft, ein schauriges Gepfeife. Alles springt auf, läuft, hetzt. Die nächste Lage muß hinter uns einschlagen. Der ganze Abschnitt ein feuriger Krater, ein Wüten, als ginge die Welt unter. Was schreit der Nachbar da? Taub sind wir alle.

Schwefelgelbe, schwere Schwaden hängen wie eine Dunstglocke über uns. Jeder hustet und keucht und würgt an dem Zeug aus der Lunge.

Das Echo dieses Höllenlärms geistert noch lange in den wilden Wänden herum. Und darüber der blaue, unbeteiligte Himmel. Ein verirrter Zeisig pfeift, flattert über mir, läßt sich auf dem nächsten Felsblock nieder, tschirpt und tiriliert um sein Weibchen, schlägt übermütig mit den Flügeln.

Fliag weg, Zeisele, das da ist kein Platz zum Bleiben.

Über dem Zeisig schläft das Kind ein und fürchtet am Morgen, etwas von des Vetters Erzählung verschlafen zu haben.

Über den Fischleinboden hin weint das Kind über den armen Jive.

„Ich kann dir ja nichts mehr erzählen, Kind, wenn du zu weinen anfängst", sagt der Lenz, und das Kind wischt mit den Fäusten über die Augen, schneuzt sich und ist tapfer.

Der blutjunge Jive, ein eingeschüchterter Hirtenbub aus Kroatien. Er versteht keinen deutschen Satz. Und es ist keiner da, mit dem er ein Wort wechseln kann, der arme Teufel. Wird er einmal nicht herumgejagt, wippt er auf einem Stein mit den Beinen und summt dumpf vor sich hin.

Hoi, Krowot! kommandieren die anderen und zeigen ihm mit Händen und Füßen, was für eine Arbeit er zu tun hat. Für den Jive ist auch das Taschentuch überflüssig, das an die Soldaten verteilt wird. Ein großes Tuch, ein halbes Leintuch fast, das in großer, deutlicher Schrift und in großen, deutlichen Bildern die wichtigsten militärischen Ausdrücke in neun Sprachen erklärt.

Einmal probiert der Jive, einen Brief zu schreiben. Heim will er schreiben, der Mutter, wie alle Kameraden das auch tun. Er schwitzt beim Schreiben und malt seltsame Zeichen aufs Papier, Zeichen, die von weitem besehen, eine Ähnlichkeit mit Buchstaben haben, aber diese Buchstaben kommen in keinem Alphabet der Welt vor. Es sind Buchstaben, die er einfach erfindet. Nach ein paar Wochen kommt sein Brief zurück. Neben der Ortsangabe steht ein Fragezeichen und darüber: unbekannt.

Ich gehe in den Offiziersunterstand und finde Jives Geburtsort in den Personaldokumenten. Der Jive lächelt dankbar. Er glaubt, mit der neuen, richtigen Adresse hätte ich die Dringlichkeit seiner Botschaft erwirkt. Er wartet mit Inbrunst. Er wartet auf diese Antwort, die nie kommt. Nach jeder Postausgabe drückt er sich mit seiner enttäuschten Hoffnung, den Kopf zwischen den Schultern und mit schleifenden Stiefeln, still verlegen zur Seite.

Überhaupt diese Post, diese Briefe. Die Soldaten lesen alle angestrengt im Kerzenlicht. Sie lesen wieder und wieder diese Briefe, die sie längst auswendig kennen, bis die Holztür im Unterstand wie ein Sargdeckel über ihnen zufällt.

Dem Jive muß man es dann erklären, daß der Krieg verloren ist. Nein, nicht, daß er verloren ist, daß er aus ist. Das genügt. Er schaut von einem Kameraden zum anderen, sucht die Gesichter ab, um zu begreifen. Dann, wie er meint, verstanden zu haben, reißt er die Arme in die Luft: Krieg kaputt, bumbum kaputt!

„Dreizinnenhütte, Paternsattel, so weit kommen wir heute. Und morgen gehen wir auf der alten Militärstraße zur Lavaredo- und Auronzohütte und weiter bis zur Forcella di Mezzo."

Dann erzählt der Vetter wieder. Das Kind sieht das alles vor sich, leibhaftig.

Die Trägerkolonnen, die wie schwarze Lindwürmer die Wege entlangziehen. Bis aufs Zinnenplateau hinauf muß jeder Bissen Brot, jedes Scheit Holz getragen werden, alles das eben, was der Soldat für sich zum Leben und für den Feind zum Sterben braucht. Selten nur werden die Lasten den Rössern aufgebunden. Ab und zu auch den Mulis, die von oben wie Kamele ausschauen, vollgepackt wie sie sind. Viel öfter aber packt man Russen voll, gefangene Russen, die einige von uns eskortieren, damit sie nicht überlaufen. Tag für Tag stapfen sie durch knietiefen Schnee, sechzehnhundert Höhenmeter hinauf, sechzehnhundert wieder hinunter. Ringsum sind alle Hügel in Bewegung. Rechts und links donnern Lawinen an den Russen vorbei oder nehmen sie mit. Sie brechen vor Erschöpfung über dem Schnee zusammen, verzweifelte Gesichter. Und dann das Glück über ein Stück Maisbrot oder einen Knochen zum Abnagen. Wie viele sind in der Kälte erfroren? Wie viele haben sich im Nebel verirrt?

Keine Truppe hätte man derart martern können wie diese armen, gutmütigen Russen. Bis zu dreimal am Tag gehen sie den weiten Weg bis zum Plateau, mit Brettern, Dachpappe, Stacheldraht, Proviant. Und dann stehlen einmal ein paar von ihnen ein paar Laibe Brot. Bestrafen hätte ich sie sollen? Ach Gott, sie hätten sich viel eher eine Kriegsauszeichnung verdient.

Die armen Russen, sagt das Kind, diese armen Russen.

„Ja, auf ihren Köpfen hat man Holz gehackt."

Dem Kind schaudert.

Dann füllen sich ganze Züge von Trainfuhrwerken mit Schwerverwundeten, die im Eiswind zu Dutzenden erfrieren. Nein, falsch, das war später, auf dem Pasubio. Nächstes Jahr, wenn ich noch lebe, gehen wir beide auf den Pasubio. Kahl sind die Hänge dort, wo einmal Wald gestanden ist. Für Bauholz haben wir die Stämme gebraucht, für Feuerholz auch. Was wir nicht gerodet haben, haben die Granaten zerstört, die Bomben. Verbrannte Bäume noch Jahre danach, angesengte Stümpfe, jeder einzelne eine zersplitterte Welt, jeder Baum ein Galgen, mit aufgeplatzter Rinde, in der die Würmer nisten. Granaten sind schlimmer als ein Schneebrett, schlimmer als eine Lawine.

Am Pasubio sind es achttausend, achttausend Lawinenopfer. Viele der Toten gibt erst das Frühjahr jeweils wieder frei. Die Leichen liegen in langen Reihen da, heil, als seien sie grad eben gestorben. Auch die Tragtiere liegen so da, in einer langen Reihe, wie sie dahingetrottet sind; der Schädel des einen am Hinterteil des anderen, mit den Lasten fest auf die Buckel geschnürt.

Ach, und dann dieser eine da, nein, kein Russe, ein Bosniak ist er. Sitzt unter der Lawine und weiß nicht, wie ihm geschieht in dieser Schneewelt. Wie wir beim Ausschaufeln auf ihn stoßen, schaut er ganz groß, greift sich auf den Kopf, fährt mit der Hand unter den weißen Tuchfetzen, die Tarnung, die uns alle wie Eisbären ausschauen läßt. Dann lächelt er, weil sein Fez noch da ist. Alle lachen, schlagen ihm mit der flachen Hand das weiße Pulver aus dem Gewand. Der Bosniak sitzt einfach da und schaut der Klopferei zu, als ginge sie ihn nichts an. Der Offizier hält ihm die Feldflasche mit Rum hin: trink! Der Bosniak riecht daran, lächelt, schüttelt den Kopf, verkreuzt die Arme vor der Brust, senkt die Stirn.

Herrgott, verlangst du in dieser Lage noch einen Glauben?

Die Zigarette nimmt der Bosniak, dankt nickend fürs Feuer, lächelt wieder und stapft davon.

Bitte, schnell ausschaufeln! steht auf dem Zettel, den die Mannschaft durchs Ofenrohr schiebt. Zu zwölft sind sie im Unterstand verschüttet. Ein Zufall und ein Glück, daß der Flor den weißen Zettel über dem weißen Haufen sieht.

Der Weber-Flor, Vetter Lenz?

„Dem Weber-Flor sein Großvater, Kind."

Und die Verschütteten?

Sie leben, alle zwölf. Unter der Lawine Verschüttete sind tot, wenn sie auf dem Rücken liegen. Die auf dem Bauch liegen, leben oft lang.

Es gibt Wochen gespenstischer Stille, einen einförmig grauen Himmel, eine farblose Welt, eine Nebelkappe, dicht wie eine Wand, keine Sicht, kein Punkt, an dem sich das Auge in dieser weißen Wüste ausrasten könnte. Da befällt einen jeden ein stumpfer Überdruß.

Und mit einem Mal knurrt und murrt und poltert und rumpelt es. Lawinen. Die Schützengräben werden zu Schneetunnels. Über den beheizten Unterständen bilden sich Eishallen mit Zapfen von überwältigender Größe, überwältigender Form.

Das Postenstehen in dieser Schneewelt ist eine Qual. Gegen die Eiskristalle, die der Wind mit aller Wucht ins Gesicht haut, setzen wir unsere Gasmasken auf. Manch einer sieht ohne Schutz nach einer halben Stunde aus, als sei er in die Krallen einer wildgewordenen Katze geraten.

Oft genug hat nur mehr der Wein die Trostlosigkeit der Zeit verhängt.

Einfach nur ausharren, hilflos dastehen und ausharren, im Winter genauso wie im Sommer, es zermürbt. Verlassen von der ganzen Welt drücken wir uns an die Felsen. Stundenlang wechseln wir nebeneinander Schweigen, wie andere Menschen Worte wechseln, zählen die Minuten, knirschen mit den Zähnen, schauen in die Wolkenfetzen, über denen ein ausgelaufener Sonnenfleck vergilbt, warten auf das Ende.

Der Krieg hat so viel Bewegung versprochen, so viel Tat. In Wahrheit ist alles ein endloses Warten, Starre, ein Erleiden.

Und dann regnet es wieder Steine.

Es bekommt ein jeder dieses irrlichternde Geschau, der hundertmal gestorben ist, der hundertmal den Tod hat anwettern hören.

Wenn wir wissen, es ist etwas Ungutes zu erwarten, bereiten wir Standschützen uns drauf vor. Wir tun den ganzen Krieg über dasselbe. Wir schreiben Feldpostkarten. Liebe Rosl, liebe Mutter, liebe Kinder, dann etwas Beruhigendes, Tröstliches, zum Schluß manchmal ein paar Worte der Sorge in diesem wehmütig gebrochenen Ton.

Die ungelenken Bauernhände auf dem Papier. Es hat etwas Rührendes. Und diese vorzeitig runzelig gewordenen Gesichter darüber mit ihrer Ahnung von Schmerz. Sie haben Heimweh nach ihren Äckern, ihrem Vieh, nach ihrer kargen, knausrigen Erde. Und keiner denkt daran, daß ich ihre Briefe lesen werde, weil ich sie lesen muß, weil das die Kriegszensur ist. Wohl ist mir dabei nicht. Eigentlich ist es sogar schamlos, peinlich sowieso. Schamlos vor allem, weil meine Briefe keiner zu lesen bekommt, weil ich ein Leutnant bin und ein Leutnantbrief nicht zensuriert wird.

Wie oft bin ich darauf gestoßen, auf diese kindliche Wendung am Schluß: *Euer geliebter Bruder, Dein geliebter Gatte.* Es weiß sich ein jeder an einem Ort von einem Menschen geliebt. Und das schreibt er halt hin und es ist wohl richtig verstanden worden dort, wo es hin hat sollen.

„Bist eine gute Geherin", lobt der Vetter.

Das Kind zieht seine Füße nach. Nie würde es sich beklagen. Nie würde es sagen, daß es erschöpft sei. Über des Vetters Geschichten vergißt es auch beinahe auf die Schwere seiner Beine und versucht, es dem Lenz nachzutun, der nur von den Knien abwärts geht.

Aus dem Pasubio wird nichts mehr. Vetter Lenz wird nach diesem Sommer müde werden.

„Müde von Weh“, sagt die Großmutter. „Es hat mich immer geschaudert, wenn der Lenz von den Rössern erzählt hat, mit und auf denen sein armseliger Troß heimzu gezottelt ist.“

Nicht einmal mehr gefressen hat sein Samarkand vor Erschöpfung. In den Tagen davor rupft er stundenlang Gras. Das tut den Rössern nicht gut. Ein Roß ist keine Kuh. Wie er so dasteht, unsicher, erbärmlich, ist es grad, als sei ihm das Gewicht seines eigenen Körpers zu schwer. Er stampft und schlägt und wirft seinen Schweif herum gegen die Bremsen, diese Schwärme von dicken Bremsen, die ihm keine Ruhe lassen, die ihn auch dann noch quälen, wenn die Soldaten es einmal nicht tun. Beim Einspannen rinnt ihm schon nach ein paar Minuten der Schwächeschweiß das Fell hinunter.

An seinem letzten Tag ist er mit hängenden Ohren und zitternden Flanken dagestanden. Mager, nein, dürr, daß man seine Kappe an den Rippen hätte aufhängen können. Als der Lenz nach der kurzen Rast wieder weiterziehen will, ein erbärmliches, blutarmes Wiehern. Den Sattel im Arm drückt er sein Gewicht gegen das Tier, zieht es hinter sich her. Mit einem Mal geht ein wildes Zucken durch seinen Körper, ein Stolpern. Samarkand ist eingeknickt, sein Hals wird lang wie der einer Giraffe, er löst mühsam das Vorderbein, schlägt es ein paar Mal vor sich ins Gras. Eine letzte Anstrengung, noch einmal aufzukommen. Es geht nicht. Die Augen in den Höhlen zerschunden, starr, die Zunge hängt lang zwischen den gelblichen Zähnen, ein loser, zuckender Fleischklumpen.

Wochenlang sind abgebrühtes Fichtenreisig oder Erika und Kaffeesud sein einziges Fressen gewesen. Es hat nichts anderes gegeben. Und jetzt bringt es der Lenz nicht übers Herz, den armen Samarkand zu erschießen. Erlösen, sagen sie dazu. Er reibt Samarkands Rücken, die wunden Stellen vom zerschlissenen Lederzeug, hilft der gequälten Kreatur auf die zitternden Beine, führt sie, den Arm um ihren Hals geschlungen, zum Bach hinunter, fährt mit der Hand kosend über ihre nassen Nüstern, kämmt mit den Fingern ihre Mähne, redet ihr gut zu. Samarkand wiehert, müde, schwach. Wieder liegt er mit eingeknickten Vorderbeinen da, mit steifem Hals, zurückgeworfenem Kopf. Im aufgesperrten Kiefer sieht man den violetten Fleck des Gaumens.

Stirb schnell, Samarkand. Es soll dich kein anderer Schinder finden.

„Wieviel Zuspruch die Welt in einem Krieg nötig hat, diese ganze versehrte Kreatur, Mensch und Tier und Gewächs…"

Der Lenz wird nicht mehr wandern, aber er wird noch lesen. Dem Kind vorlesen, wie es sich für einen Lehrer gehört.

Von den Gewittern in den Bergen: „Für Sekunden macht die Grellheit des Blitzes blind. Unheimlich leuchten die Felswände auf. Zwischen Lagazuoi und Sasso di Stria wirft es den Donner hin und her. Dann rauscht es. Durch den Schützengraben tobt ein Bach…"

Vom Hunger und vom Essen und vom Gehen: „Die Menageträger können wegen der Angriffe nicht losgeschickt werden oder liegen samt Hungerration unter dem Schnee begraben. Es gibt kein Telefon, um Hilferufe – Rufe nach Brot – zu funken, weil die Masten umgestürzt, die Drähte irgendwo im Weiß versunken sind. Kein Holz, um die Gams zu braten, die ein Standschütze widerrechtlich gejagt hat. Kein Wasser zum Trinken. Zum Waschen Schmelzwasser, spärlich. Die Dreckkrusten schaben wir uns von der Haut. Nur die Läuse und Flöhe erfrieren nie. Dann kommen irgendwann um Mitternacht doch die Menageträger. Sie bringen Kaffee, Suppe, Rindfleisch, alles kalt. Ich lasse mir die Suppe in die Menageschale füllen, trinke sie schnell aus, nehme das Bröckl Rindfleisch in die Hand, dann kommt der Kaffee hinein, den ich mir bis zum nächsten Morgen aufbewahre. Alle machen wir es so. Siebenhundert Infanteristen, siebenhundert lebende Leichname, einzeln abfallend, heißt es in der Militärsprache. Einzeln abfallend marschieren wir dahin, jetzt schon gestorben. Und der Blick fällt stur auf die kottriefenden Stiefel des Vordermannes ..."

Und dann von ganz lange vorher, von damals, als sie den Krieg erst noch ahnten: „Der Offizier liest vor den habtachtstehenden Standschützen die Kriegsartikel vor. Er liest die Litanei herunter, die jedesmal wie das Amen im Gebet mit einem *Wird erschossen* ausgeht. Wird erschossen, wird erschossen. Ein Sarner neben mir sagt: Wenn das alles so ist, wie der das vorliest, ist das ganze Regiment hin, bevor es den ersten Walschen gesehen hat."

„Ach, diese Erinnerung", sagt die Großmutter, „sie hat gar keinen einleuchtenden Grund, kommt einfach daher wie ein alter Rabe."

Wie ein alter Löwe, Großmutter. Manchmal bricht die Erinnerung als ein Löwe aus dem Holz.

Warum ich den Fidl geliebt habe, Kind? Ich weiß nicht. Eigentlich habe ich ihn kaum gekannt. Wir hätten sie zählen können, die seltenen Gelegenheiten, wo wir einander begegnet sind, bevor er eingerückt ist.

Es gibt viele Gründe für die Liebe, Kind. Sehnsucht oder Neugier oder Warten. Ja, auch Warten ist ein Grund. Einer für Frauen. Mein Heimweh nach dem Fidl war wie ein Genuß. All die Stunden am Tag, wo ich an ihn dachte, wo ich für ihn hoffte und mich um ihn sorgte, diese lange Beschäftigung im Kopf mit dem Mann, der weit weg ist. Nie hätte ich mich derart lang in Gedanken mit ihm abgegeben, wenn er dagewesen wäre. Vermißte werden in allem groß. Viel größer als Anwesende jedenfalls.

Es hätte nicht zusammengepaßt, auf einen Mann so inständig zu warten, und ihn dann nicht zu lieben. Ein schlechter Mensch hätte ich da sein müssen.

Mit jedem Brief ist meine Zugetanheit gewachsen; das habe ich nicht verschwiegen. Der Fidl ist in seinen Briefen zurückhaltender gewesen. Aber damals konnte ich noch nicht wissen, daß Männer eine Scheu haben, ihre Herzen zu beichten, daß sie fast schamhaft sind in ihren Gefühlen."

Einem Schweiger begegnet sie, fast schon stumm. Sein Schweigen ist alt, lange niedergelassen in seinem Herzen. Da hat er die Milchkruste noch in den Mundwinkeln und zählt schon die Worte. Matt ist sein Schweigen und ein bißchen verwirrt. Er behält die Eigenart jahrelang bei, beim Reden die Lider über die Augen zu legen, als schämte er sich, beim Reden, das fast unstatthaft ist, auch noch die Augen zu verschleißen. Es ist ein leiser Kummer über seinem Leben, kein Weh, ein standhafter Kummer, der ihn so gleichmäßig traurig aussehen läßt, traurig wie ein zusammengeklappter Sonnenschirm über einem leeren, herbstlichen Gastgarten, wie ein verlassenes Schwalbennest zwischen den Eiszapfen unter einer Dachschräge.

Und dann heißt dieser Mensch zu allem Überfluß auch noch Fidelius, ein Spott ist dieser Name, wo das Glück doch immerzu von ihm davonläuft. Nie ist er festgesiedelt, nie wirklich zu Hause, ein Saisonnier auf dem elterlichen Hof, ein Saisonnier auf der Alm. Und überallhin geht die Einsamkeit mit, grausam treu. Aus den sechs Jahren Krieg und Gefangenschaft bringt er ein unbestimmtes Suchen mit und ein verschämtes Bild von Heimweh. Vertraut ist ihm die Liebe noch nicht, aber es ist der Kummer, der ihn schon gütig gemacht hat.

Eigentlich hätte ein Heimkehrer wie er gar nicht ans Heiraten denken dürfen. Ohne Notwendigkeit am Leben geblieben, sagt er, keine Ahnung, wofür er aufgespart wurde. Das Wissen, wie belanglos die Welt sei, habe er mit den Gefallenen gemeinsam. Ein müder Rückwanderer wie der Fidl hätte nur mehr ans Ausruhen denken dürfen.

Einmal sagt er zur Lona: „Wenn du dich um etwas zu kümmern hast, kannst du dir auch vorstellen, du seist für etwas auf der Welt."

Sie schaut lange in dieses trockene Gesicht, in dem ein vornehmer Stolz sitzt, den diejenigen für sich in Anspruch nehmen, die mit Überzeugung am Leben leiden, und nimmt sich vor, dieses frierende Häufchen Seele zu wärmen, diese vergrabene Traurigkeit zu trösten.

Weil er mit nichts anderem als dem Gram rechnet, fürchtet er sich fast, als sich schließlich ein Trost ankündigt. Er kommt ihm beinahe zu schnell. Das Glück hört ein Mensch doch nicht kommen, nur das Unglück überfällt einen. Aber die leise Wärme, die sich behutsam über die beiden breitet, macht Fidls Nächte traulich und seine Tage ruhig.

„Vielleicht ist es so, daß sich Flüche mit haltloser Bereitwilligkeit erfüllen und man Segen ums Einlösen erst lange bitten muß", sagt Großmutter. „Jahrelang schlüpft der Fidl am Morgen ins Wohlsein wie in einen zu groß geratenen Mantel, der gar nicht für ihn gedacht ist."

Der Fidl vertraut sich seiner entschlossenen Lona an, staunend über diese Entschlossenheit, die doch das Wesen einer jeden ist, nur gut oder weniger gut verborgen. Er geht mit ihr ein ganzes Leben lang in seiner bescheidenen Anhänglichkeit, in seiner stillen Treue und seiner zärtlichen Ergebenheit.

Er hat in den sechs Jahren in der Fremde die Überzeugung verloren, daß der Mensch handeln könne, etwas bestimmen. Er hat gelernt, an die Zufälligkeit zu glauben, und wundert sich über jene, die vor lauter Tatendrang und Entscheidungsfreude die Schläge zudecken, die das Schicksal als Zeichen setzt.

Der Fidl kommt mit einem Kennzeichen zurück, mit einem Merkmal, das in seinem Gesicht zu lesen ist. Kein Mensch kommt mit einem fertigen Gesicht auf die Welt. Es setzt sich allmählich zusammen. Dem Fidl setzt es sich in der Fremde zusammen. Jetzt gehört es ihm. Die hohen, markanten Backenknochen, die breite Stirn, die scharfen Kinnkanten und diese Unerschütterlichkeit im Blick, die auch eine Art von Schwermut ist.

Der zurückgekommene Fidl kann für die Menschen vor den Kriegerdenkmälern keine Achtung aufbringen. Ihr Gebet ist ihm wie ein Frevel; sie kaufen damit ihre Seelen frei, sagt er, den Druck auf ihrer Seele, ihre Verantwortung. Nicht den Gefallenen zum Gedächtnis zünden sie Kerzen an, sondern sich selbst, den Davongekommenen, zur Beschwichtigung.

Der Fidl erzählt von anderen Kerzen. Von den Kerzen in diesen harten, russischen Wintern, mit deren Flammenspitze er ein Auge in die Eisschicht des Fensterglases schmilzt, um die Sonne aus dem Nebel kriechen zu sehen, der den Morgen verschleiert und dem anbrechenden Tag ein unheimliches Rätsel aufgibt. Nach kurzem wächst der Eispanzer wieder zu und rings ums Haus weht die leise, klammernde Kälte; die Erde schickt ihren gefrorenen Hauch nach.

„Könnte ich singen", sagt der Fidl, „ich würde dir dieses ukrainische Lied voller Melancholie vorsingen, das um den Vogeldung geht, den eine Schwalbe im Flug fallen läßt. Wohin fällt er? Selten genug auf die linke Schulter eines Mädchens. Selten genug verspricht er einem Mädchen ein Glück."

Der alte ukrainische Bauer aber sagt: „Es kommt doch, wie Gott will."

Ja, und der Mensch erfährt immer wieder die Einsichten, die er schon vor langem besorgt hat.

Gottlob müssen unsre Kinder all das nicht erleben, denkt sich die Lona, und der Fidl hofft, sie mögen all das nicht erleben müssen.

Sie tun einander erzählend gut, die Lona und der Fidl, sie streichen sich die erinnerte Trauer weg, versichern sich der Vergangenheit, die eine gemeinsame ist.

Das Kind stellt sich vor, wie sie sich einander zuneigen, und wie der Fidl leise bei seiner Lona anklopft, und wie sie ihn freundlich hereinläßt und willkommen heißt, und wie er ihr behutsam folgt und auf ihr Locken wartet und auf ihre schönen Hände, die ihn berühren, und wie er auf ihre Wärme antwortet und auf die Nässe und auf das Pochen, und wie sie dann beide untergehen in den Wellen, die hin- und herwogen, und wie die beiden Körper nicht mehr auseinanderzuhalten sind im In- und Auseinanderfluten.

„So ist das, Kind."

Das Kind taucht mit Großmutter in vordenkliche Erinnerung ein. „Behalt das", sagt die Großmutter.

Und das Kind hat sich zu entscheiden, ob sie *Vergiß-das-nicht* meint, oder *Ich-schenk-es-dir*.

*

„Nein, Kind, sie war nicht bös, meine ältere Schwester. Sie hatte nur den Kopf voll mit anderen Sachen. Wenn eine mit achtzehn ein Haus zu führen hat, wie das unsre eines gewesen ist, noch dazu in solchen Zeiten, dann zahlt sie das mit einer Kälte in der Seele, wenn du willst. Träume hat sie nie gehabt, die Cilia, nur einen hellen Kopf. Gewirtschaftet hat sie geschickt, gelebt weniger. Mein Erbarmen mit den Russen hat sie nicht verstanden."

Wie sie auch nicht versteht, wie die Lona diesen Fidl nehmen kann, den armen Schlucker. Liebe? Da lacht die Cilia nur mitleidig. Wer sich mit so etwas abgeben kann! Nicht viel Vernunft muß eine haben oder nicht viel zu tun, wenn ihr die Liebe das Größte ist. Sie selbst hat nicht einmal Zeit, an derartige Kindereien zu denken. Und sie blinzelt verächtlich mit diesen Augen, die von einem schlichten Grün sind, einem Gläsergrün.

Sie haßt den Krieg, der mitten in die Erntezeit hineingeplatzt ist und mitten in eine aussichtsreiche Saison. Sie haben diese Gegend grad erst entdeckt, die Fremden, und nun soll es schon wieder vorbei sein? Schöne Ansichtskarten hat der Vater vom Gasthaus der Familie Sternach machen lassen. Wie ein Schloß thront das Wirtshaus über dem Tal. Alles für die Katz. Auch wenn die Fremden wollten, kämen sie nicht mehr herein ins Grödnerische, weil die Züge fast nur mehr Mobilgemachte befördern und Rüstzeug und Verpflegung für die

Soldaten anstatt feiner Überseekoffer. Und wo sollen die Grödner mit ihren Schnitzereien hin? Wer nimmt denn noch etwas, wenn die Habsburger mit der ganzen Welt verfeindet sind.

Fürs Wirtschaften sind nur mehr Frauen zuständig. Nicht, daß sich die Cilia davor fürchten müßte. Sie ist schon lange für alles zuständig, auch ohne Krieg. Da können ihr die Wienerinnen und Salzburgerinnen nur leid tun, die vom Sparen und Haushalten keine Ahnung haben und im vergangenen Sommer noch unbesorgt im Badl gelegen sind und vom großen Appetit geschwärmt haben, der ihnen in der Bergluft kommt. Jetzt hungern sie in den Städten. Jetzt haben sie niemanden mehr, der sie verwöhnt.

Da ist der Bauernstand doch besser dran. Auch wenn der Ertrag der Felder mit jedem Jahr schrumpft und die Abgaben erbarmungslos eingefordert werden; auch wenn der Bauer für das Getreide kaum mehr etwas bekommt; auch wenn das Kilo Fleisch auf neunzig Heller gesunken ist und es sich auszahlt, die Milch ans Vieh zu verfüttern anstatt zu verkaufen; auch wenn der Schleichhandel das einzige ist, was sich noch rentiert; ein Bauer verhungert nicht. Kein Heer der Welt kann jedes Gerstenkorn zählen und jede Weizengranne überprüfen. Wieviel Milch eine Kuh wirklich gibt und wieviel Ferkel eine Sau wirft, bestimmt auch in Kriegszeiten der Bauer mit.

Die Pioniertruppe und das Eisenbahnregiment, die im Tal stationiert sind, machen die Lage für die Bauern ein bißchen kompliziert. Aber die geschickteren unter ihnen nutzen sie zu ihrem Vorteil aus.

Unter den Offizieren und technischen Beamten beim Grödner Bahnbau sind schon ein paar, die der Cilia gefallen würden. Ab und zu rufen sie die vorzügliche Köchin, die sie ist, zur Belobigung aus der Küche. Das schmeichelt der Cilia dann. Aber auch Offiziere sind Soldaten, und Soldaten gehen wieder und meinen es nicht einmal dann ernst, wenn sie da sind.

Daß aber nur die Lona Post bekommt, das verbittert die Cilia. *An Lona Sternach, die Perle von Bergegg,* schreibt ein russischer Kriegsgefangener als Adresse. Und auch sonst danken sie alle der Lona, schwärmen sie alle von der Lona, erinnern sich alle an die Lona. Die Angela, die mit den Hintergedanken, ist von Natur aus ein bißchen gespreizt. Sie trägt als erste und einzige weit und breit einen Bubikopf, den die Leute im Dorf argwöhnisch beäugen. Sie macht das Schriftliche für Wirtshaus, Laden und Bäckerei und sich sonst mit niemandem gemein. Die Hedwig verkriecht sich gern in ihrer Schüchternheit. Aber daß man auf die Cilia so ganz vergißt, das macht sie fast eifersüchtig.

Die Lona tut nichts lieber, als sich mit diesem fremden Volk abgeben. Wie viele Pudel Schnaps sie heimlich verschenkt, weiß der Himmel. Unvorsichtig ist sie außerdem. Da übernachten drei Offiziere im oberen Stock, und der Lona fällt nichts Besseres ein, als ein paar gefangene Russen, die sich im Eingang aufwärmen, in die Stube zu holen. Die Cilia wettet, daß sich die Lona wieder einmal eine kyrillische Adresse hat schreiben lassen. Oder sie hat die Russen ausgefragt, wie es so ist in Rußland überhaupt und in der Ukraine im besonderen. Dienste dieser Art bezahlt sie gern mit Schnaps. Die ausgehungerten Russen sind ja mit dem ersten Stamperle schon beschwipst. Sie fangen zum Singen an. Käme jetzt ein Offizier herunter, er würde die Wirtschaft zusperren lassen. Die Lona versucht dann wohl, die Russen zum Gehen zu überreden, aber die Männer hören auf diesem Ohr nichts. Irgendwann schlagen sie vor, die Lona möge ihnen zum Abschied die Feldflaschen mit Schnaps füllen. Volle Feldflaschen und wir sind weg, versprechen sie. Die Lona läßt sich erpressen, und die Russen singen weiter und schenken sich aus den gefüllten Feldflaschen nach. Damit die Offiziere im oberen Stock nicht eventuell stören, gehen zwei Russen hinauf und schieben jeweils einen Kasten vor deren Kammertür. Lange nach Mitternacht müssen die Angela und die Hedwig mit der Lona die Kästen wieder von den Türen wegrücken.

Nicht, daß es sie nicht gegeben hätte, die Vertreter dieses *glänzenden Elends*, die auch um die Cilia geworben haben. Aber da wäre sie ja zu den noch größeren Hungerleidern geraten als die Lona. Der Fidl ist zumindest ein arbeitsamer Mensch, das muß man ihm lassen. Was aber tun die Offiziere? Es ist auf der Welt ja doch recht viel länger Frieden als Krieg, und da gibt es außer paradieren und herumtachinieren für die Offiziere nicht viel Beschäftigung. Repräsentationspflichten, sagen sie, Auflagen wegen der Reputation. Die kosten nur Geld, das die Militärs nicht haben. *Schulden wie ein Stabsoffizier*, das ist nicht bloß eine Redensart. Die Kaution hätte die Cilia leicht vorweisen können als Offiziersbraut. Standesgemäß leben hätten sie mit der Mitgift vom Postwirt schon können, aber Tornisterkinder in die Welt setzen, die alle paar Jahre irgendwo anders leben und gar nicht wissen, wo sie herkommen und wo sie hingehen, das gehört sich nicht.

Fesch sind sie halt, die Leutnants, und schneidig die Kavalleristen. Goldfische sind sie keine. Sie sind der Schwarm der jungen Mädchen, aber keine Partie, sozusagen.

Als ihr der Schurl erzählt, sein Kommandant habe angeordnet, jeden Mann einzeln in eine korbartige Schablone zu stellen, um die Mäntel des gesamten Regiments in gleicher Entfernung vom Boden abschneiden zu lassen, da lacht die Cilia laut über diesen schreienden Unsinn.

„Das ist gar nichts", weiß der Gyula, „bei uns hat jeder Offizier und jeder Mann bei der Parade einen schwarzen Schnurrbart haben müssen, auch wenn die Schwärze auf der Oberlippe bei einigen von Stiefelwichse gekommen ist."

Da ist die Cilia mit ihrem bescheidenen Cölestin besser dran. Der versteht zwar nicht, warum seine Braut zum Heiraten keine Zeit hat, aber er ist geduldig und sitzt stundenlang in der Veranda neben der Tür, weil er von da in die Küche hinein- und der Cilia zuschauen kann. Er ist von einer zirbenen, etwas nichtsnutzigen Gesundheit, riecht ein bißchen nach Roß und ist stumm wie ein Beichtstuhl.

Später bedient er an Sonntagnachmittagen die Gäste, die ihn zum Feiertagskellner ernennen. Net-net-Cölestin, das ist Großmutters Spitzname für ihren Schwager, der zwischen die halben Sätze, die er bestenfalls redet, immer wieder ein Nicht? Nicht? einschiebt. Seine Cilia wird ihm jahrelang ins Wort fallen und ihn vom beschwerlichen Vorsatz erlösen, seine Rede über die Lippen zu lassen.

„Vergessen hat sich die Cilia nie“, sagt die Großmutter. „Auch neben ihrem Cölestin ist sie munter geblieben und hat ihre Lust beaufsichtigt wie ein Nachtwächter die Schritte auf den Wegen.“

Das Kind mag die Tante Cilia nicht. Es mag auch Tante Angela nicht. Sie haben beide etwas Erfrorenes.

Die Großtanten kommen in der Sommerfrischzeit ab und zu nach Innerwiesen heraus auf Besuch. Da nehmen sie die Großmutter in Beschlag und hören gar nie zu reden auf.

Pst, sagt die Angela, wenn das Kind etwas fragen will. Das Pst! zieht die Angela aus dem Mund wie ein Stück Weimerleloabn aus der Milchkaffeehaut, und Großmutter sagt hinterher entschuldigend, ihre Schwestern hätten von Kindern eben keine Ahnung und lebten als Witwen wie die alten Jungfern.

Da nimmt sich das Kind vor, ganz still zu sein und ganz brav und nur dazuhocken und etwas aufzuschnappen von den Dorfgeschichten, von den alten Zeiten, den unbekannten Namen und Ereignissen, die die drei Frauen austauschen.

Die Kränkung damals zu Weihnachten, die wird es nie mehr vergessen. Das Kind will über das Fuchspratzl von Tante Cilias Pelzstola streicheln, und die Cilia schlägt ihm einen Klaps auf die Hand. Das beleidigt das Kind. Es beleidigt das Kind auch dieser Tante-Cilia-Blick, der aus einer teilnahmslosen Seele kommt, der ein Sternenfirmament gleich viel bedeutet oder gleich wenig wie das Balkongeländer. Und dann streicht sie dem Kind mit fünf Fingern über die Wange wie mit fünf Spinnen.

Hätten sie dir nicht helfen können, fragt das Kind, wenn Großmutter von der Not erzählt, die mit jedem ihrer Kinder gewachsen ist.

„Können schon, aber sie haben nicht."

Jeden einzelnen Loabn, jeden einzelnen Struzn bezahlt die Lona, wie jeder andere Kunde auch. Großmutters Bruder, der junge Postwirt, fährt zweimal in der Woche seine Brotfuhre aus, nach Innerwiesen, Freienstern, Unser Frau und ins Ulmental. Er bleibt eine Weile bei seiner Schwester sitzen, erzählt das Neueste – und kassiert.

Die drei Schwestern der Großmutter kaufen sich Villen in der Stadt, die sie zu Zinshäusern machen. Nur die Lona trägt ihre Erbschaft in die Raiffeisenkasse, wo das Geld aber keine Zeit hat, sich zu vermehren.

Tante Angela läßt ihren Neffen Veit dann zwar neun Monate lang bei sich in der Stadt wohnen, so lange dauert die Handelsausbildung in der Privatschule, er hat aber wöchentlich Milch und Butter mitzubringen, Mehl und Erdäpfel. Die Lona kauft das alles in Innerwiesen nicht billiger ein, als es die Angela in der Stadt einkaufen würde. Es ärgert den Veit, daß seine Tante die Kiste Äpfel, die er vom Onkel aus dem Eichholzerhof geschenkt bekommen hat, in ihre eigene Kammer stellt und dem Neffen den einen Apfel pro Tag vorzählt.

„Nie habe ich mir gewünscht, mit meinen Schwestern zu tauschen", sagt die Großmutter, „ich hätte nicht gewußt, worum ich sie beneiden sollte."

Die Angela ist bitter geworden, griesgrämig. Und war doch einmal ein sanftes, fast edles Geschöpf, hat mit einer noblen Kurzsichtigkeit in die Welt geschaut, beim Reden die Augen aufgeschlagen wie im Gebet, flehentlich. Wer aber beständig fleht, der ist nicht fromm. Mit achtzehn löst Angela ihren Vater an der Orgel ab, an der sie bleibt, bis sie in die Stadt zieht. Es ist ungewöhnlich, daß eine Frau in der Kirche die Orgel spielt. Wahrscheinlich ist Angela überhaupt die einzige Frau in ganz Tirol, die in einer Dorfkirche die Orgel spielt. Sie spielt gut. Sie ist auch – zum Unterschied von ihrem Vater – in der Kirche immer pünktlich. Das Orgelspiel hebt die Angela über die anderen Dörfler hinaus. Einer Sängerin, wie sie die Lona ist, widerfährt eine solche Ehre nicht.

Die Angela heiratet einen Tunichtgut, der in Bozen das Herrl spielt und das Geld seiner wohlhabenden Frau verbraucht. In der Welt, in die er aufsteigen will, muß man sich besser präsentieren, als man haust und ißt. Ein armer Bergegger Bauernbub ist er, mit zwei linken Händen. Auch Männer rechnen sich das ab und zu aus und spekulieren mit der hohen Mitgift ihrer Braut. Seinen Hausdienerposten gibt er bald auf und verlegt sich aufs Handeln. Felle, Leder, alles was sich so ergibt, verschachert er in der Stadt. Nicht immer redlich. Das verabscheut die Angela. Sie droht ihrem Mann, es den Käufern zu sagen, daß sie es mit einem Schwindler zu tun haben, wenn nicht gar mit einem Gauner. Sie droht mit ihrer weichen, warmen Stimme, in der die Gehässigkeit eingewickelt ist wie ein scharf geschliffenes Werkzeug in flauschige Daunen.

Sie muß sich zerstreuen, die Angela. Sie besucht alle Gerichtsverhandlungen in der Stadt, zu denen sie Zugang hat.

Ihr Mann beklagt sich, daß er kein warmes Essen mehr bekommt, weil seine Frau ihre Tage im *Palazzo di Giustizia* zubringt.

So kurz erst sind sie ein Paar, und schon ist das Eis der Gleichgültigkeit eingebrochen; ihr Leben verwahrlost, vermodert. Sie legen sich nieder wie Bruder und Schwester; sie schlafen wie Bruder und Schwester; sie erwachen wie Bruder und Schwester. Gleichgültig sind ihnen ihre Körper, derart gleichgültig, daß sie sie einander nicht mehr zeigen; gleichgültig sind ihnen ihre Seelen, derart gleichgültig, daß sie sie einander verheimlichen. Mit flüchtigem, stumpfem Blick stellt Simon fest, daß sich tausend feine Striche wie seltene Strömungslinien, die der Wind ab und zu auf seltene Gewässer legt, von Angelas Hals und Schultern zu den Brüsten ziehen, geschrumpelten Erdäpfelschalen gleich. Sie verkommen in demselben zeitlichen Ebenmaß. In bedächtigem, verläßlichem Groll läuft ihr Leben ab, bis sie dann irgendwann den Kampf einstellen und einander verbunden bleiben wie die Krücke dem hinkenden Fuß.

„Wie recht der Vater doch gehabt hat. Zu des Vaters Lebzeiten wäre eine Heirat mit diesem Hallodri nicht in Frage gekommen. Aber die Angela hat ihn durchgesetzt, ein Jahr nach Vaters Tod. Sie hat es oft bereut."

Er wird nicht alt, ihr Simon, und seine Witwe geht wieder zum Postwirt zurück.

Sechsundvierzig ist die Cilia, als sie endlich doch heiratet.

„Muß es noch sein", fragt die Lona unvorsichtig und die Cilia antwortet hochtrabend, es sei nicht bald eine mit sechsundvierzig eine junge Frau.

Aber sie wird auch eine junge Witwe werden.

Die beiden Schwestern bewohnen nach ihrer Rückkehr aus der Stadt vorerst die Villa Plarein, die einmal so etwas wie die Dependance des Gasthauses Sternach hätte werden sollen. Sie streiten sich gern und viel. Sie finden immer einen Grund.

„Streiten muß man lernen", behauptet die Angela, „man braucht es im Leben oft genug."

Als die Cilia im wilden Gefecht einmal ihrer Schwester das Bangert vor die Füße wirft, das ihr verruchter Ehemann, der nie etwas anderes als ein Schlawiner gewesen ist, mit einer Städterin gezeugt hat, gibt die Angela seelenruhig zurück, daß sie darum schon länger wisse als ihre schadenfrohe Schwester, und bringt diese damit um den besten, boshaftesten, lange aufgesparten Trumpf.

Angela zwinkert nervös mit den Augenlidern, verkneift sie blitzartig und unablässig, Cilia hüstelt gleichzeitig. Angela wirft einen verächtlichen Blick zu Lona hinüber: schau nur, wie sie hüstelt! Cilia wirft denselben von der anderen Seite her nach: schau nur, wie sie zwinkert!

„Wie verhärmt es doch ist, dieses Gesicht der Angela", sagt Großmutter, „diese abgestandene Teilnahme darin, als sei sie ständig Zeugin einer fremden Hochzeit."

Da ist die Angela schon uralt, bewohnt mit ihrer Schwester Cilia eine Kammer im Bergegger Wirtshaus und wird von ihren Nichten versorgt, als sie um drei Uhr in der Früh vom Bett in den Fernsehsessel wechselt, um sich die Boxkämpfe anzuschauen, die aus Amerika übertragen werden. Boxen hat sie zu ihrem Lieblingssport erklärt, zu ihrer Lieblingsunterhaltung.

Die Cilia findet so etwas dümmlich. Sie selbst blättert stundenlang in Atlanten. Die Welt sehen, sagt sie mit zweiundneunzig, das habe sie versäumt, die Welt zu sehen.

„Ach, Kind, dieses gelegentliche Behagen meiner beiden Schwestern, es ist wie ein verbotenes Requiem auf ihre Jugend."

Beim Begräbnis der Angela baumelt die Bahre, an Schnüren aufgehängt, unschlüssig über dem Erdloch. Die Totengräber stehen verlegen da, weil die Aussparung zu klein ist für den Sarg. Die Cilia murmelt, für viele Umstehende hörbar: Sie wird euch ihren letzten Prozeß anhängen.

„Die Angela ist gestorben, weil sich niemand erhofft hat, daß sie am Leben bleibt, Kind."

*

Er besuche am liebsten seine Lona, sagt ihr Vater. Der ganzen Bescheidenheit zum Trotz, herrsche bei der Lona eine wohltuende Harmonie.

Aber es freut sich auch die Lona, wenn sie wieder einmal nach Bergegg gehen darf. Drei-, viermal im Jahr übernimmt der Fidl Kinder und Haushalt und wünscht seiner Lona ein schönes Wetter auf dem einstündigen Fußweg ins Nachbardorf.

Es ist immer schon finster, wenn sich die Lona vom Postwirt verabschiedet. Den Vorsatz, diesmal bestimmt früher aufzubrechen, hält sie nie ein. Mitternacht ist es. Als sie durchs Finsteretal geht, bekommt sie es mit der Angst. Da sieht sie die Lichter der Gaisbacher Hexen, die den Wanderern das Weitergehen verleiden. Sie hört Kinderweinen, das diese Weiber so verwechselbar nachzuahmen verstehen. Bis zum Aveläuten in der Früh treiben sie ihr Unwesen, aber die Lona darf sich nicht aufhalten lassen. Sie zieht den Rosenkranz aus dem Kittelsack, küßt das geweihte Kreuz, und mit einem Mal wird aus dem Kinderweinen Musik. Sie muß die Gedanken an die Perchten verscheuchen, die den Seelenzug der ungetauften Kinder anführen. Zitternde Hundln sind diese armen Seelen, und hinter ihnen die Geisterprozession der verdammten Toten. Jetzt ist sie schon beim Steiner Kirchl,

Maria Einsiedel, gottlob. Sie sieht die Dorfhäuser, die noch ein wenig finsterer sind als der Himmel. Antrisch ist eine Nacht, wenn man allein ist. Sie stellt sich eine Weile unter den Tropfstall. Wasserstrahlen wie Glasseile rinnen herunter. Unter einer Dachtraufe ist man vor bösen Geistern sicher.

Armer, guter Fidl, er wird ungehalten sein, so spät.

Der Fidl macht wie immer voller Glück die Tür auf und heißt seine Lona willkommen.

Er will nicht gleich einschlafen, wenn sie beieinanderliegen. Er erzählt gern. Er erinnert sich gern. Und die Lona ist eine dankbare Zuhörerin. Weil sie Ostereier mitgebracht hat, das Patengeschenk ihrer Geschwister, sagt der Fidl: Pysanky. Schwarzrot waren die ukrainischen Ostereier, und es hat ihn zu Tränen gerührt, daß auch die Russen hecken. Daß die Russen ihn zum Hecken einladen.

„Sie tragen die Eier auf bestickten Tüchern, die blau- und rotfarben sind, ein Weichselrot und ein Ritterspornblau. Auch Geschenke überreichen sie auf bestickten Tüchern. Und die Kirchen sind von ihnen voll“, erzählt er, „sie schmücken die Rahmen um die Ikonen herum. Und wie sie singen, die Ukrainer. Weithin trägt ihr Gesang. Sie halten die Töne, die nicht aus den Stimmbändern kommen, sondern aus der Brust, von dort, wo das Gemüt ist, wo Lied und Los miteinander verwachsen sind, lange an. Banduristen begleiten die Sänger. Oft sind sie blind. Blinde Banduristen, blinde Sänger. Es würde dir gefallen, Lona, das Instrument, halb Laute, halb Harfe, mit unzähligen Saiten.“

„Es ist halt so, daß der Mensch nicht nur vor Freude singt; sonst hätte es wohl wenig Anlaß gegeben für die Ukrainer“, glaubt die Lona.

Sie kennt Fidls Geschichten. Sie hört sie jedesmal wieder gern. Und hält ihre eigene Erinnerung daneben.

Das Leben in der ukrainischen Gefangenschaft unterscheidet sich kaum vom Leben in Innerwiesen. Vom Leben der armen Bauern in Innerwiesen. Die Bäume wachsen ähnlich, die Wälder fast noch schöner: Weißbuchen, Erlen, Linden, Birken, Eichen. Die Tiere, mit denen der Fidl zu tun hat, sind Rinder und Schafe, Pferde, Schweine und Hunde. Die Arbeit, die er verrichtet, ist dieselbe: Säubern der Ställe, Säubern der Rinder, Melken, Striegeln der Rösser, Scheren der Schafe. Nach dem Tagwerk füllt er einen alten, geteerten Stiefel mit Wasser, verspritzt es in kurzen Strahlen auf dem Fußboden und kehrt den Dreck zusammen. Er hat es auf der Ahornalm mit dem angefeuchteten Sägemehl nicht viel anders gehalten.

Die Zeiten der Bauern sind eigene Zeiten. Der Ablauf des Lebens ein eigener Ablauf. Was sind da vier Jahre, sechzehn Jahreszeiten. Jahreszeiten, die kein Mensch beeinflussen kann, keiner bestimmen. Sie laufen ab. Wie sollte da ein Mensch sein Leben bestimmen wollen. Auch das Leben läuft ab.

Es geschieht dem Fidl noch nach Jahren, daß er durch eine Erschütterung aus einem Traum fährt und sich im Viehwaggon glaubt, der die österreichischen Gefangenen nach den langen Fußmärschen ins Sammellager nach Kiew fährt. *Tepluski*, sagen die Russen zu diesen Waggons. Zu vierzig oder mehr stecken sie drin. Zwei Reihen Holzpritschen sind da, für die, die sich einen Platz darauf erstreiten.

Wieder dieser Ofen in der Mitte, wie auf der Fahrt in die Karpaten damals. Das Ofenrohr geht diesmal zum Dach hinaus. Neben dem Ofen ist die Hitze nicht auszuhalten, weiter weg frieren die Kleider an der Außenwand an. Vor der Nase steht der Frost wie ein frisch gedengeltes Sensenblatt, er brennt in den Ohren wie rasende Wespenstacheln. Durch den Schlitz der mit Brettern vernagelten Fenster sieht der Fidl den Himmel, der sich wie eine schwarze Blechkuppel wölbt, über der Erde verschweißt.

Drei Kameraden sterben im Waggon. Die Leichen bleiben einfach liegen, bis die Begleitmannschaft wechselt. Die Begleitmannschaft muß genauso viele Gefangene abliefern wie sie übernommen hat. Ob tot oder lebendig steht in keiner Vorschrift.

An jeder russischen Bahnstation ein Häuschen, in dem es heißes Wasser gibt, *Kapiatok*, nennen es die Russen. Aber den Gefangenen erlaubt man nur selten, den Waggon zu verlassen. Dauert ein Ausfall auf der Strecke gar zu lang – und der Ausfälle, auch der langen, gibt es mehr als genug – dürfen sie den Wartesaal vierter Klasse aufsuchen. Der ist fast immer so voll, daß sich kaum ein Gefangener mehr hineinzwängen kann. Ganze Familien hausen dort. Wochenlang. Flüchtlinge von überall her, mit Sack und Pack und kleinen Kindern, die zwischen den Bündeln herumkriechen. Alle kauen Sonnenblumenkerne, die sie aus unsichtbaren, unerschöpflichen Verstecken herausklauben. Die Schalen schießen sie derart geschickt aus den Mundwinkeln, daß der Fidl über das bewundernde Zuschauen seinen Hunger vergißt. Die braunen Hülsen liegen wie ausgerissene Maikäferflügel herum.

In jedem russischen Wartesaal hängt ein Heiligenbild im Goldrahmen, der von Fliegen schwarzgepunktet ist. Vor jedem Heiligenbild brennt ein Licht. Die Bäuerinnen bekreuzigen sich davor, knien nieder und berühren mit der Stirn den Boden. Dann wischen sie mit dem Ärmel über Augen und Nase und opfern ein großes Licht für den Sohn, der an der Front ist oder dorthin muß. Junge Frauen mit Filzstiefeln und in geblumten Baumwollröcken stiften eine kleine Kerze für ihren Bräutigam und schielen zu den Germanski, den Kriegsgefangenen, gegen die ihre Männer vielleicht gekämpft haben.

Ein Alter geht auf den Fidl zu, berührt seinen Arm, dann hebt er mit zwei Fingern Fidls Kappe aus der Stirn und schüttelt den Kopf. Der Pope hat doch nicht recht gehabt. Die schrecklichen Germanski, hat er gesagt, haben ein Horn auf der Stirn. Dann gibt der Alte dem Fidl ein Stück Brot. Schönes, weißes, russisches Brot. Warum sollte ihm der Soldat nicht erbarmen, der doch auch eine getaufte Seele ist, jedenfalls hat er sich vor der Ikone verschämt bekreuzigt.

Vom Bahnhof in Kiew geht es auf einem Fußmarsch, der nicht aufhören will, nach Darnitza, dem Durchgangslager. Dreißig Kilometer sind es, aber für die ausgelaugten Männer ist es, als wären es dreihundert.

„Los", schreit der Wachtposten, „los, dreißig Werst, wenn der Satan nicht schwindelt!" Dann haut er auf die *Plenny* ein, die nicht weiterkönnen.

Im Lager bleibt der Fidl nur ein paar Wochen, aber er trifft solche, die schon monatelang hier sind. Ein Posten sollte die Angekommenen zählen, aber er mag heute nicht. Er schaut aus dem Augenwinkel über die Schar drüber und trägt eine geschätzte Zahl in sein Protokoll. Von einem Personalblatt wird der Fidl erst vier Jahre später erfahren. Da kommt der Gustav in sein Dorf, ein Wiener, der aus zwei Lagern geflohen ist, dann vor der Revolution. Erst jetzt geht dem Fidl so richtig auf, wieviel Glück er gehabt hat oder wieviel günstiges Schicksal oder guten Zufall – andere würden Gnade dazu sagen.

Nach welchen undurchschaubaren Gesetzen werden die Kriegsgefangenen verteilt? Eineinhalb Millionen sollen es sein. Sie arbeiten in Fabriken und Bergwerken oder kommen auf russische Güter wie der Fidl und seine Kameraden, die Italiener, die Slawen.

Auf dem Platz vor dem Lager trennt ein Kapo Tschechen, Polen, Serben und Italiener von den Deutsch-Österreichern und Ungarn. Die einen rechts, die anderen links. Der Fidl gerät, weil er nicht recht aufmerksam ist, und weil er aus Gewohnheit einfach bei den Trentinern bleibt, in den Haufen, den die Russen samt und sonders als Slawen anreden. Die Slawen aber schickt man, so gut es geht, aufs Land, zu Bauern, Grundbesitzern und Pächtern. Der Fidl bleibt sogar – es ist wie ein Wunder – bei Sergio. Später wird Carlo dazukommen. Die Ukraine ist ihr Glück.

Und dabei fürchtet der Fidl im ersten Augenblick gar ein schlechtes Omen: Das armselige Häufchen Kriegsgefangener fährt in die ukrainische Ortschaft ein und muß auf der Dorfstraße anhalten. Vor einem Haus, halb im Weg, steht eine Gruppe flüsternder Menschen. Drei Männer, einer am vorderen, zwei am hinteren Ende, versuchen einen Sarg durch die Tür zu schieben, kippen ihn zur Seite, weil er etwas zu breit scheint für die schmale Öffnung. Sargträgern und Totengräbern scheint es gern und überall an Augenmaß zu fehlen.

Einer der Männer klemmt die Zunge zwischen die Lippen, kneift die Augen vor Anstrengung und verbissener Vorsicht zusammen, legt seine schwere Hand auf die winzige, wie geschrumpfte Schulter der Toten, die in der hölzernen Kiste gefährlich zum rechten Sargbrett hinüberrutscht. Aber es bleiben sowohl die Hände der Toten ineinander verschränkt, als auch der hagere Kopf, ein Vogelkopf fast, gerade.

Der vordere Sargträger hat ein hängendes Augenlid und einen zerklumpten Fuß. Die Tote, uralt war sie wohl, liegt in ihrem Hochzeitskleid da. In den fünf Jahren seiner Gefangenschaft erfährt der Fidl irgendwann von dem schönen Brauch der Ukrainerinnen, die sich ihr Hochzeitskleid bis zur Sterbestunde achtsam verwahren, um sich dann darin begraben zu lassen.

Auch in der Ukraine macht der geistliche Herr die Tür zum Himmel auf, das Tor zur Hölle zu. Er hat die Unreinen zu verscheuchen, die in den Bergen lauern und Seelen verschwinden oder unerlöst im Sumpf herumirren lassen. Sein Bart steckt im Ausschnitt des Mantels, von einem Stück Zwirn gebändigt. Die wehende Soutane zwängt er zwischen den Stiefelschäften ein. Er will sich das Gezerre und Geschiebe mit dem Sarg nicht anschauen und liest in seinem dicken Buch.

Ob der ukrainische Pope von den Bauern auch Giebigkeiten bekommt, wie der Innerwiesener Pfarrer? Es ist in den Urbarbüchern vermerkt, wieviel an Roggen, Weizen, Hafer und Gerste, Hühnern und Eiern, Fleisch, Wild und Most jeder einzelne Innerwiesener Bauer jährlich zu entrichten hat.

Die trauernden Ukrainerinnen, die eine dreitägige Totenwache hinter sich haben, tragen lange hölzerne Stangen mit brennenden Kerzen darauf und beobachten neugierig das Manöver; mit vorwurfsvollem Blick ob der unwürdigen Schikane der Leiche die einen, mitleidig lächelnd über den unruhigen Weg zur ewigen Ruhe die anderen. Die Kinder fürchten sich ein bißchen und können doch nicht wegschauen.

Es wäre dem Fidl lieber, es würde ihn anstelle eines Leichenzuges ein Hochzeitszug aufhalten. Aber er wird auch den noch erleben.

Gleich lang wie eine Totenwache dauert eine Hochzeit, und zu den Geladenen gehört das halbe Dorf. Aufgeputzt steht das Brautpaar da und läßt die endlosen Reihen von Besuchern und Gästen geduldig an sich vorbeiziehen. Die Geschenke trägt ein ehrbarer Mann, der hinter dem Bräutigam steht, in eine Liste ein. Am Abend wird er diese mit seiner ganzen Wichtigkeit verlesen. Eine Unmenge Wandteppiche bringen die Gäste daher. So viele Wände wird das Paar gar nie haben, um sie alle aufhängen zu können. Gespielt und getanzt wird ohne Unterlaß. Die Männer stampfen mit dem rechten Fuß auf, daß die Bodenbretter krachen.

Eine Woche nach der Hochzeit besucht das junge Paar mit einem Tuch voller Dankkolatschen die Brauteltern. Schon eine Weile vorher hat die Mutter ihre Tochter darin unterwiesen, wie sie die Nelkenwurz aus der Tschornohora kochen soll. Den Sud hat sie dann ihrem Mann in den Wein zu gießen, auf daß der sich an seiner Angetrauten recht entzünden möge.

Zu dreißig oder fünfunddreißig sind sie, die Slawen, zu denen der Fidl nur zufällig gehört. Sie stehen im Hof der *Zemskaja Uprawa* und warten auf die Bauern und Gutsherren, die sich von der Verwaltung der Landkreise die Gefangenen abholen. Es geht ein bißchen zu wie auf einem Roßmarkt. Die Bauern, sie schauen aus wie Bären, mustern die Gefangenen, greifen an die Muskeln ihrer Oberarme und Schenkel, schauen in ihre Münder, drehen ihre Hände um. Der Gefangene, den der Bauer mitnimmt, gehört ihm. Er ist nicht nur für ihn verantwortlich, der Gefangene ist auch sein Eigentum.

Ein Gutsherr fragt den Fidl, ob er sich mit dem Vieh auskennt. Er fragt das auf deutsch. Hirte sei er, gibt der Fidl Auskunft. Senner würde der Gutsherr wohl nicht verstehen. Er sagt dem Fidl, daß er nach dem Durchschnittslohn der russischen Landarbeiter entlohnt würde. Fünfzig Prozent davon gingen an die *Zemskaja Uprawa*, den Rest behielte er für die Lebenshaltungskosten des Gefangenen ein, dem drei bis sechs Rubel pro Monat in bar zustünden – je nach Leistung eben und Zufriedenheit des Gutsherrn.

Was kümmern den Fidl diese Berechnungen. Er nickt zu allem. Er ist mit allem einverstanden. Der Gutsherr redet mit wohlwollenden Augen und einem entwürdigenden Mund,

und der Fidl ist unschlüssig, auf welchen Teil in diesem stolzen Gesicht er sich verlassen darf. Aber er wird schon im dritten Dienstmonat vier Rubel bekommen, beinahe die Höchstsumme. Hat sein Gutsherr etwa eine soziale Ader? Die Großzügigkeit seines Gutsherrn ist ein Aufwand, den sich die Reichen erlauben können. Dieser Aufwand hat obendrein einen willkommenen Begleiter: er sichert in manch einem Fall sogar das Vermögen oder steigert noch den Ertrag. Die seltsame Dankbarkeit, die der Fidl verspürt, ist ein wenig peinlich.

Bevor der Fidl mit seinem neuen Herrn den Sammelplatz verläßt, springt er vor einem jungen Mann zur Seite, der in wildem Galopp auf dem Roßrücken stehend daherreitet. Es ist der jüngste Sohn seines zukünftigen Herrn.

*

Der Fidl schaut über die grasigen Weiten, die nirgendwo aufhören. Es haben auch die Föhrenwälder auf dem Weg hierher nicht aufhören wollen, die lichten Birkenwälder danach. Die Landschaft ist gut, lind, ohne Geheimnis und doch voller Wunder, vor denen man sich nicht zu fürchten braucht. Ein gesegneter Boden ist es, auf dem der Fidl steht, das weiß er sofort, fruchtbar. Es wächst von allein auf diesem Humus.

In der ersten Nacht liegt er in seiner Hütte lange wach. Er stellt sich in die Tür, schaut einer lautlosen Eule zu, lauscht dem wetzenden Flüstern der Grillen. Vögel werden ihn all die Jahre begleiten. Sie flattern auf und schwirren zurück wie wehende Seufzer. Er sucht die Raben in den Bäumen und fürchtet sich zugleich vor diesen Hellsehern unter den Vögeln. Den Himmel aus Melodie aber, gesungen von unsichtbaren Lerchen, hat er gern über sich.

Bis zu seiner Hütte trauen sich die Wölfe wohl nicht.

Wölfe sind scheu. Trotzdem hängen die Leute am Dorfrand rote Stoffetzen an die Zäune, um sie abzuhalten.

Da war der Fidl noch Soldat, da stand er noch an der Front, als er von seinem Kameraden nur mehr die Hutfedern gefunden hat. Bis heute weiß er nicht, ob es wirklich Wölfe gewesen sind, die den Soldaten gerissen haben. Sein Wasser nachts im Freien abzuschlagen, ist auch der Kälte wegen gewagt genug gewesen. Er hört ihn noch deutlich, den Wind, der die Eisgraupeln jagt. Ein Trappeln wie von Mäusepratzln auf dem Harsch. Bei jeder Bewegung krachen und knistern die gefrorenen Kleiderhäute. Und er weiß noch, wie er ins Sinnieren fällt. Er denkt an Belangloses, an Notwendiges. Wie Zugvögel lassen sich die Gedanken nieder, flüchtig, rastlos. Er spürt den Wahnsinn kommen, wie eine Flut spürt er ihn. Es ist ihm, als höre er das Hirn unter der Schädeldecke wabern wie einen rohen Brotteigbatzen, in dem der Germ aufgeht. Es rauscht in den Schläfen, weht unter den Augenlidern, Nebelschwaden wechseln mit Lichtkreisen, Farbringen, die über vollen Tafeln leuchten. Gläserne Schlutzkrapfen schwimmen wie seltene Fische in blauschimmerndem Butterschmalz, die Speckknödel sind Kugeln aus durchsichtigem Gold, im steinernen Krügl klingelt der Leps und schwappt hin und her wie ein windiger See. Er träumt ja nicht. Er ist ja hellwach. Daß er nicht mehr normal ist, weiß er mit einem Mal, daß er die Gelegenheit verpaßt hat, normal zu sein, das heißt, draufloszukämpfen, die Haut zu retten.

Der Fidl dankt dem Himmel still und laut, daß er jetzt ein Gefangener und kein Krieger mehr ist. Er ist zufrieden; zufrieden mit der Arbeit, der vertrauten. Zufrieden, weil er schon nach ein paar Wochen nicht mehr eingesperrt wird und ab und zu im Dorf herumgehen darf.

Aber die Bilder verfolgen ihn noch, die Bilder vom Krieg. Sie werden ihn noch lange verfolgen, eigentlich ewig. Unter den Trümmern des Geschützturmes ineinander verkrallte Haufen verkohlter Körper. Blut sickert über Steinblöcke und zerrissenes Eisen, Wimmern und Stöhnen von denen, die sich in den spanischen Reitern verstrickt haben. Mit zäher Grausamkeit ins Nichts gequälte Leben, die schaukelnd im Draht hängen. Das verzweifelte Hin- und Herlaufen der anderen, mit fuchtelnden Armen, aufgerissenen Mündern, bis sie plötzlich vornüberkippen, liegen bleiben. Kriechende, strauchelnde, sich wälzende Soldaten. Hunderte von Stimmen, die gellen, kreischen, fluchen, klagen, beten, den letzten Seufzer aushauchen.

Blutiger Speichel vor Martins Mund. Er erstickt am eigenen verfluchten Schaum. Sein Röcheln geht durch Mark und Bein. Wie heißt er noch, der Bosniak, der sich die Fäuste in die Höhlen seiner ausgebrannten Augen gräbt. Den Blutfleck seines Freundes auf der Brust, wird Istvan zur markierten Zielscheibe für den feindlichen Schützen. Seine linke Gesichtshälfte ist weggerissen, und er versucht wie irr, sich in Deckung zu schleppen.

Mensch, stirb bitte, stirb doch, jetzt stirb endlich!

Der Granattrichter voller Schlamm. Ein Trichter, groß wie ein See. Von dorther dieses seltsame Geräusch. Es dämmert. Der Trichter noch grauer als untertags. Ein Schatten in diesem Grau, nur wenig dunkler als der zähe Schlamm. Ein Kopf, eine Hand. Herrgott, ein Mensch. Naz, es ist Naz. Die zusammengebundenen Gewehre erreichen knapp den Versinkenden. Sechs Männer sind es, die Anweisungen geben, die Naz zurufen, den Gewehrkolben zu greifen, den Rettungsanker. Die Hand, grau und verschmiert, rutscht am Kolben ab, immer wieder. Es kann keiner hinein in diesen Trichter, in dieses glucksende Zeug, ohne selbst darin unterzugehen. Stive läuft um das Schlammloch herum. Er zielt auf Nazens

Hinterkopf, verfehlt ihn. Der wendet den schlammigen Schädel. Verzweiflung. Ein einziger, schriller Schrei. Dahinter bricht die schauerliche Ruhe einer gemordeten Welt zusammen. Der zweite Schuß trifft. Die lehmtriefende Hand steht noch lange obenauf. Wie aufgepickt.

Die Soldaten aber steigen durch den verwüsteten Graben, über Löcher, Verschüttungen, immer auf und nieder, immer kreuz und quer. Unter dem eingestürzten Schutt liegt ein Toter. Der Fidl packt ihn an den freigelegten Schultern, zieht. Seine Hände halten den Oberkörper einer Leiche. Der Rest steckt in einem Graben voller Schmerz.

Warum verzweifelt er nicht über den gefallenen Freund, der tagelang neben ihm gestanden und gelaufen ist, mit ihm gegessen und geschlafen hat. Der Fidl versteht das nicht. Wo das eigene Sterben Tag um Tag zum Greifen ist, darf sich einer nicht zu Tode erschüttern lassen. Der Fidl hat sich auferlegt, mäßig zu trauern.

Mutter, ich bin wohlauf, sagt Kreszenz. Es ist das letzte, was er sagt, Mutter, ich bin wohlauf.

Und dann dieser Leichenzug … Die bosniakischen Kameraden binden den Toten mit Leibriemen, Stricken oder Drähten die Füße zusammen, schieben einen Stecken oder einen Ast durch. Ein Bosniake links, einer rechts, so ziehen sie die Leichen auf dem Boden bis zum Grabloch. Die Schädel klappern über Stock und Stein. Von den Körpern sind Uniform und Wäsche bald abgestreift. Die Steine, mit den hängengebliebenen Fetzen von Haut und Haaren, schauen aus, als hätten sie die Räude. Aus den zerrissenen Hosen ragen die Stümpfe der weggeschossenen Beine, in den Händen noch Grasbüschel, im Todeskampf ausgerissen.

Sie füllen die Leichenteile in Sandsäcke, verwenden sie zum Ausstopfen der Spalten in den Laufbrettern, zur Befestigung der Schutzwälle, zum Untermauern absackender Türbögen. Wenn einer unerwartet auf eine Leiche tritt, ist ihm das plötzlich entweichende Gas ein schneidender Schrecken.

Im Traum sieht der Fidl die Seelen der Soldaten, die in der anderen Welt noch in Zügen marschieren, im Sturmschritt hasten, in Schwarmlinien laufen. Und laden. Und schießen. Und fallen.

Der Herr des Fidl residiert am Dorfrand, gut abgesetzt von der übrigen Armseligkeit. Der Herr ist ein Russe, ein Graf oder sonst etwas von Adel. Seine Kinder reden deutsch und französisch. Aber es sitzt sich nicht mehr so sicher auf seinem Gut. Unter den Bauern rumort es. Es ist diese brenzlige Zeit, die dem Fidl nützt.

Der Gutsherr drischt auf den Rappen ein, daß man das Klappern auf Flanken und Haxen weithin hört. Der Fidl hält den ausgefahrenen Arm seines Herrn auf. Das kann er nicht mitansehen, das Einschlagen auf ein wehrloses Roß. Der Herr dreht den Prügel um und will ihn auf den Fidl hinuntersausen lassen. Der duckt sich, und der Gutsherr läßt den Arm sinken.

Die Zeiten für Gutsherren sind schlecht. Auch die schöne Tochter Alexandra, die ihr Vater Schura ruft, spielt immer seltener auf dem Klavier. Ein elegantes Mädchen in rotgewirkten Röcken ist diese Schura, mit leuchtenden seidenen Tüchern um die Schultern, die an Sommerwiesen erinnern, mit Korallenschnüren am Hals und Safianstiefelchen an den zierlichen Füßen. Die aufgeregten Bauern haben, zum Unterschied vom Fidl, von den Sonaten der Gutstochter nie viel gehalten. Jetzt regiert nur mehr der Zorn, der Zorn auf einen, der nicht einmal so weit schauen kann, wie er Boden hat, und der diesen Boden nicht einmal selbst bearbeitet.

Wenn wir keine Kohlen mehr bekommen, werden wir die Kessel mit den Klavieren der Bourgeoisie heizen, rufen einige, die zu den Roten gehören.

Der Fidl aber sieht Schura gern zu, wie sie am Abend so dasitzt vor dem Klavier. Eine seltsame Lampe steht darauf mit einem beweglichen Schirm. In der nächtlichen Schwüle voller Mücken. Das schwache Licht leuchtet dem Fidl eine leise, müde Heiterkeit ins Herz.

Ab und zu spielt Schura ukrainische Lieder. Aus diesen Liedern steigt eine Wärme auf wie von ofenwarmem Brot. Die Lieder gehen um kleine Dinge, um balzende Vögel und alte Bäume, das Gras auf den Wiesen, das Korn auf dem Acker und ums tägliche Leben. Um blitzende Sensenblätter, knirschende Deichseln.

Vielleicht ist der Fidl ein bißchen in diese Schura verliebt. Vielleicht, weil sie ein so stiller Mensch ist, so still, wie er noch keiner begegnet ist. Das mag er. Das entspricht ihm. Sie ist in diese Stille eingewoben wie in ein feines silbriges Gewirk. Es ist ihr wie ein Kloster, in dem sie ein großes Versprechen leben muß, irgend etwas Hohem geweiht, etwas Vollkommenem. Auf sanften Sohlen, einem Schatten gleich, geht sie durchs Leben und hat doch ein warmes singendes Versprechen in den Hüften. Sie steht wie eine Erscheinung mit einem Mal da und es ist, als legte sie andauernd ihren Zeigefinger auf den geschlossenen Mund, um den Lärm des Lebens zu besänftigen, um durch das Kreuz, das sich aus Lippen und Finger bildet, um Stille zu beten.

Was auch um Schura herum geschieht, es vermag das Silbergewirk nicht zu zerreißen, keinen Faden darin zu zerstören. Sie hebt wie aus einer Andacht den Kopf, wenn etwas Lautes um sie herum geschieht, und staunt, daß etwas zu hören ist. Sie redet langsam, Wort für Wort, jedes Wort ein Hauch. Verwirrt schaut sie auf die Bäuerin, die ein Gewitter von Beschwörung und Überredung auf ihre Mutter hinunterläßt. Als müßte sie sich vor diesen daherrasenden Wörtern schützen, schlingt sie beide Arme eng um ihre Brust und fürchtet sich.

Einmal sieht der Fidl seine Schura weinen. Der Tropfen wächst im linken Augenlid, zögert, hängt an der Wimper und kann sich nicht entschließen, herunterzurinnen. Sie steht vor ihrem Vater und zeigt ihm diese wäßrige Trauer im friedlichen Gesicht, die wie ein stummer Tadel ist. Sie gleicht einem dieser Kinder, die sehr still sind und deshalb sehr unheimlich.

Die Schura muß doch spüren, wie meine Seele sich ihr zuneigt, hofft der Fidl. Aber sie wartet stumm. Sie wartet auf ein Geständnis. Der Fidl geht auf sie zu, genauso still, wie es die Schura ist, und sie kommt ihm entgegen in ihrer Jungfräulichkeit, die etwas Herbes hat, wie trockener Wein. Dem Fidl ist, als führte sie die Umarmung wie ein Schicksal aus.

Von dieser Schura bewahrt der Fidl eine Photographie auf, Schura am Klavier. Die Lona hält das Bild mit zwei spitzen Fingern. „Schön", sagt sie, „wie nicht von dieser Welt."

*

In den Fensterkreuzen der Holzhäuser hier in diesem ukrainischen Dorf stehen Ikonen, Muttergottesbilder. Sie sollen das Unheil abwehren und die Teufelsweiber vertreiben, die Neugeborene vertauschen. An Sonntagen brennt in der *schönen Ecke,* die daheim der Herrgottswinkel ist, vor den Heiligen eine kleine blaue Lampe. Eine Unmenge Fliegen drängt sich in die Wärme. Schatten zucken über die glänzenden Stirnen, die blutrot bemalten Bärte des heiligen Nikolaus, des heiligen Vinzenz, des heiligen Feodosius, den der Fidl nicht kennt. Er soll auch nie dahinterkommen, was es mit dem Knüppel für eine Bewandtnis hat, den der fremde Heilige in der Hand hält und der noch dazu in ein weißes Tuch gewickelt ist.

Dem Fidl kommt es so vor, als sei der Glaube der Ukrainer an den großen Gott kein allzu tiefer. Die einfachen Leute glauben eher an die heilige Jungfrau Maria und an alle übrigen Heiligen und Wundertäter. Nicht weniger fest glauben sie an den bösen Geist. Aber vielleicht sind sie gar keine Zweifler, sondern es ist eher ihre Anspruchslosigkeit und ihre Zurückhaltung, die sie daran hindern, sich direkt an Gott zu wenden. Wie könnten ihre gewöhnlichen Nöte auch eines göttlichen Eingriffs angemessen sein. So richten sie sich lieber an Zuständige, die etwas darunter stehen, oder an die Muttergottes. Die Muttergottes auf der mit bunten Steinen geschmückten Tafel hat rötliche Pupillen. Mausaugen.

Auf der Wand unter den Ikonen eine Reihe schöner Bilder. Bilder von Klöstern und Heiligtümern, eingerahmt von Gottesmüttern, die in der Luft schweben, und weißen Engeln, die ausschauen wie Hennen, mit bestickten Handtüchern verziert. Das Bild aber, das den Fidl am tiefsten beeindruckt, ist die Darstellung des Jüngsten Gerichts. Halja, die Bäuerin, in deren Stadel der Fidl später nächtigen wird, hat das Bild auf dem Jahrmarkt für zwei Gänse erstanden. Es dient zur Verbannung der bösen Feinde. Das Bild besteht aus drei Teilen. Oben sitzt, zwischen Heerscharen von Heiligen, das Auge Gottes in einem strahlenden Dreieck. Dieses schamlose Auge Gottes, das um jede Verfehlung der armen Seelen weiß, die in der Bildmitte aus ihren Gräbern aufstehen. Die Seligen schweben zum Himmel, die Verdammten fahren zur Hölle. Aus dem Feuer kriecht ein Schlangenleib. Die Schuppen schillern in bunten, leuchtenden Farben. Aus der finsteren Tiefe sticht bedrohlich der kleine züngelnde Schlangenkopf. Eine Spalte, die so etwas wie eine Liste ist, eine Preisliste der Sündenstrafen, fällt fast aus dem Bild heraus. Wer lügt, brät im Feuer, an der Zunge aufgehängt, der Schlemmer am Bauch. Der unredlichen Krämerin vom Bazar ziehen zwei schwarze Gewichte die Brustwarzen bis zu den Knien aus, der Prasser bekommt glühende Brosamen auf den nackten Rücken gestreut.

Es gibt haufenweise Sünden und haufenweise Strafen, aber groß ist die Angst der Ukrainer vor dem letzten Gericht nicht.

Auch auf dem Innerwiesener Friedhof gibt es ein Bild des Jüngsten Gerichts. In seine gemauerte Nische eingelassen, gleicht es dem in Haljas Stube aufs Haar, bis auf die Größe, die ein Vielfaches davon ist. Und auch in Innerwiesen fürchten sich davor nur die Kinder.

Ende Oktober trägt eine feierliche Prozession die Ikonen ins Dorf zurück, die den Sommer über das Wachstum auf den Feldern bewirkt haben. Es regnet schräg, ergiebig, und doch knien die Menschen nieder, legen die Stirn auf das nasse Pflaster.

Im Winter dann ein Knirschen auf den Wegen, ein Knarren der Sohlen auf dem sperrigen Schnee, der unter dem Gestampftwerden ächzt. Neben glattgeschliffenen Streifen von rutschenden Kindersohlen das gesiebte Weiß, das nagelgespickte Stiefel stechen. Die Münder schnaufen stoßweise Wolken aus, menschliche kleine, Rössermünder große. Von den Schlitten tönt ein gläsernes Läuten. Der Frost schickt dem singenden Gebimmel ein metallenes Echo nach.

Beim Schlag der Glocken bekreuzigen sich die Bauern, ohne stehenzubleiben, dreimal. Zu den Bettlern, die vor den Kirchen hocken, sind sie milde, bedenken sie mit ein paar Münzen, gleichsam als zahlten sie Eintrittsgeld in dieses leuchtende Gold.

Drinnen schleichen behende wie die Fledermäuse, die nach der Andacht an der Decke hängen, schwarze Weiber zwischen den Lichtern herum; man hört sie nicht; sie zupfen die Dochte zurecht, kneten die weichen Wachsstummel, drücken sie zu hohen Kerzen aufeinander. Das Lied des Popen erhebt sich aus der Unterwelt, finster und schwer, und wechselt mit dem bimmelnden Singsang aus einer weiblichen Kehle ab.

Am Gründonnerstag, heißt es, sind die Glocken nach Rom unterwegs. Ein Glück, daß sie fliegen. Sie kämen hier nicht weit. Auf den vom Regen aufgeweichten Wegen hängt sich bei jedem Schritt der Schlamm kleistrig und klatschend an die Stiefel. Im Dorf spritzen die Lachen.

Kulyk hat die Flut schon im Winter geahnt. Er glaubt an Mäuse. Zu Dreikönig haben sich die Mäuse aus Stadel und Kammer in den Schnee davongemacht. Der Frühling bringt Unglück, prophezeit Kulyk da und trägt Heu und Korn auf den Boden. Am Montag der heiligen Woche hat er um die Häuser herum den Regen gerochen, der am Mittwoch fallen wird. Am Karfreitag steht das Wasser im Hausgang. Am Karsamstag sitzen die Dörfler mit den ungeweihten Eiern, die Kinder mit ihren nutzlos gewordenen Ratschen auf den Dächern der Häuser und schwenken den Rettern ihre bestickten Tücher entgegen. Unten brüllt das Vieh.

Zu Ostern erwarten sich die Bauern von Gott eigentlich ein bißchen mehr Respekt vor der von ihm ausgedachten Welt. Sie wünschen ja nicht Reichtum, nicht Überfluß, nur nicht einen grad in einem solchen Ausmaß gnadenlosen und der heiligen Zeit widersprechenden Verdruß. Sie haben schließlich als Geschöpfe Gottes auch ihre Interessen. Die Kinder verargen es dem Auferstandenen, daß er sie für ein ganzes Jahr um das Ratschen gebracht hat und um die Honigkolatschen, die ihnen dafür zustehen.

„Oh Passion des Herrn, die uns vom Tode zum Leben geführt hat", beten die Weiber.

Der Fidl denkt an die Scheiter, die die Innerwiesener am

Karsamstag weihen. Sie spalten dünne Stäbe von den Hölzern ab, sengen sie an den Enden an, stecken sie nach der Weihe, zu Dreiergruppen gebündelt, in die Ackerränder.

Dunkel sind die Menschen hier. Dunkle Augen, dunkles Haar, stämmig, mit breiten Gesichtern. Viele Frauen rauchen Pfeife. Sie sind gastfreundlich, freigebig. Der Fidl gewöhnt sich bald an das ungesalzene Brot. Schal hält es sich länger, nimmt keine Feuchtigkeit auf, setzt keinen Schimmel an.

Stockend reden sie miteinander, der Gefangene und die Einheimischen. Aber Bauern reden selten flüssig. Ans Karge beim Austausch von Wörtern ist der Fidl seit jeher gewöhnt. Er meint auch, daß man nicht unbedingt reden müsse, daß es reiche, wenn man einander versteht. Im Verstehen hat er Übung. Er versteht Rösser und Rinder, das Gewächs auf dem Feld, den stummen Staller, den Wind Majstró und seinen nordöstlichen Bruder Grego, der den Regen bringt. Er versteht es, auf das alles zu hören.

Einen Verrückten gibt es im Ort, mit dem der Fidl fast Freundschaft schließt. Verrückt nennen ihn die anderen, für den Fidl ist er halt ein bißchen verschroben. Er hat seine Hütte bunt angemalt, wie ein Kopftuch. Vor der Hütte hat er geflochtene Körbe in die Bäume gehängt, mit allem möglichen Federzeug beklebt. Auch Stepan verbannt das höllische Gesindel durch Ikonen von seinem Haus. Dafür nimmt er es mit sonstigen Eindringlingen weniger genau. Bevor er weggeht, sichert er das Hoftor. Den Holzschlüssel legt er aufs Fensterbrett unter die Ikone, als wolle er den Verschluß schamhaft wieder aufheben.

Der Stepan sitzt stundenlang auf der Holzbank vor seiner Hütte, rechts und links von ihm eine Puppe. Die Puppen kleidet er an jedem Sonntag neu ein. Er füttert sie mit einem kleinen Löffel, wischt ihnen über die Münder. Dann hält er sie hoch, damit sie ihr Kröpfl machen. Er wedelt mit einem bunten Besen aus Hahnenfedern über die Köpfchen und schmeichelt von den falschen Haaren den Staub herunter. Gegen Abend legt er die Puppen in eine kleine Holzkarre mit Deichsel, eine Art Leiterwägelchen und fährt sie im Dorf spazieren. Die Kinder laufen hinter ihm drein, lachen und necken ihn. Wenn ein Mädchen aber nur dasteht und wehmütige Augen bekommt, hält Stepan vor ihm an, schaut, welche der beiden Puppen grad wach ist, nimmt sie heraus und legt sie dem Mädchen in den Arm. Das Mädchen ist dann ein bißchen verlegen, weil die Kinder ringsum brüllen, das Mädchen sei wohl gleich verrückt geworden wie der alte Stepan, aber es würde viel lieber die Puppe wiegen, an den schönen Kleidern herumzupfen und Puppenmutter spielen.

Dann laufen die Kinder dem armen Hinkenden nach. Die Beine des Mykola sind nicht miteinander gewachsen. Das eine ist krumm, verbogen, und richtet sich nicht einmal im Schlaf gerade. Er flucht laut nach jedem Satz und hängt gleich ein *Vergib, o Herr!* an.

Stepan kredenzt dem Fidl gern seinen heilsamen Trunk, den er selber aus allerhand bunten Kräutern, Wunderwurzeln und Hexenblättern mit viel Neunzigprozentigem ansetzt. Er braucht auch für sich viel Gorilka oder ähnliches, weil er allein ist. Wie ein gewaltiges Trinkkind hält er mit beiden Händen die Flasche. Der Joppenärmel rutscht zurück, darunter die abgestoßene, zerschlissene Hemdkante. Unter dem Kragen hüpft der Adamsbutzen auf und ab wie der Bolzen an einem Gestänge. Er muß seinen Gram hinunterspülen, der arme Stepan, weil seine Frau die beiden kleinen Mädchen mit ins Wasser genommen hat, damals, vor Jahren, ihrer beider Töchter mit den großen, schwarzen Augen, denselben Augen, wie sie seine Puppen haben, da neben ihm auf der Bank, und mit den steifen Zöpfen, die deshalb so stramm abgestanden sind, weil seine Frau bunte Bänder ganz eng in die Zöpfe hineingeflochten hat.

Einfach so ins Wasser gehen, an einem Tag, der so märzig ist, daß man die Hoffnung auf das Frühjahr schon greifen kann, und die Kleinen mit ertränken, gehört sich das?

Einen Hund, eine rechte Straßenmischung, hält der Stepan auch. Der Rüde mag den Fidl, weil er ihn von der Kette läßt. Da hebt das Vieh dann vor Freude an jeden Baum sein Haxl und bellt die armen Hasen in jedem Verschlag an.

Der Fidl mag diese ukrainischen Bauern, ihr einfaches Leben, ihr einfaches Denken. Sie denken ans Überleben. Es ist ein Denken in Gewichten, denen eines Sackes Mehl, eines Schafes, eines Batzens Schmalz.

Unzweideutig sind die Bauern, rauh, zerrissen und klar.

*

Dem Fidl geht es gut in der Ukraine. Und er ist gern bei seinem Vieh. Einen Grund zum Fürchten hat er nicht. Der Gutsbesitzer fürchtet sich mehr als sein Gefangener. Die armen Bauern lassen sich nicht mehr alles gefallen. Sie stehen endlich auf. Man hat sie zu oft zum Narren gehalten. Nach der Befreiung unter dem Zaren, die ja keine wirkliche gewesen ist, haben sie noch weniger als vorher, weil der Gutsherr einen Pachtzins für Acker und Weide verlangt, den kaum einer zahlen kann.

„Verstehst du das, Kind, daß die Bauern nur mehr einen einzigen Ausweg sehen: die Gutsherren abschaffen … und Schluß?"

Im Nachbardorf legen die Bauern Feuer an Dillen und Ställe. Die Flammen züngeln hoch auf in der Nacht, prasseln, zischen, fahren mit dumpfem Zerbersten aus den Dächern. Der Wind treibt brennende Strohbündel – die Seelen der umgekommenen Mütter – vor sich her in die unheimliche Nacht. Es gibt das Dorf nicht mehr, keine Hütten, keine Gärten. Nur die Öfen schimmern noch lange weiß aus dem verkohlten Schutt.

Die wütenden Bauern treiben ihr Vieh auf die Herrenweide, holen sich das Holz aus dem Herrenwald, führen das Korn vom Herrenacker in den eigenen Stadel, erklären die Brachen zu ihrem Besitz und hängen nicht nur einen Gutsherrn auf. Die Dörfler verjagen auch viele Gefangene. Wenn der Herr keine Arbeiter mehr hat, hört sich die Gutswirtschaft von selber auf, sagen sie sich vielleicht. Andere wieder sehen im Gefangenen den Arbeiter, der dem armen Taglöhner seinen kleinen Verdienst wegnimmt, und vertreiben ihn deshalb.

Dem Fidl tut keiner etwas. Den Fidl verstecken sie sogar, als er beschließt, sich nicht auf dem Kommando der neuen Machthaber zu melden. Er versorgt das Vieh, anstatt für den Gutsherrn jetzt eben für eine Reihe von Bauern, von denen er gar nicht weiß, welches Roß und welches Schaf dem einen gehört, welches dem anderen. Großzügig geht er mit seinem Murmeltierfett um, von dem er einen Vorrat in der blechernen Tabakdose von daheim bis hierher gerettet hat, er verfüttert an kranke Tiere sein ganz besonderes heimliches Gebräu, mischt Salben aus Kräutern, Wachs und Harz. Er trägt das schwarze Hirtenhemd, das ihm Leonid schenkt, ein schwarzes Hemd, in Teer ausgekocht.

Leonid ist der beste Mäher weit und breit. Ein so guter Mäher, daß man im Dorf darüber sogar seinen Familiennamen vergißt, und ein jeder einfach Leonid Mäher zu ihm sagt. Er geht mit der Sense um wie ein Weber mit seinem Schiffchen, mühelos, leicht. Ließe man Leonid Mäher mit der Sense los, er würde ganz Rußland niedermähen, vorausgesetzt, das Gras wäre taufrisch, das Brot resch und die Kasha dick.

Am Feierabend zieht Leonid Mäher eine geschnitzte Pfeife hinter dem Gürtel heraus, gießt ein Glas Gorilka hinein und spielt Hochzeitslieder. Er teilt mit dem Fidl seine Machorka, und beide blasen müde den Rauch aus der Nase.

Die Ukrainer beschenken den Fidl mit dem Wenigen, das sie haben. Am Abend sitzt er lange in ihren Stuben und denkt an daheim, ans Kartenspiel, an die Weiber, die Flachs spinnen oder Wolle. Wenn sie um neun Uhr noch arbeiten, bringt ihnen die Bäuerin, die mit dem Vorlesen aus der Heiligenlegende aufhört, eine Schale warmer Milch. Heimweh? Vielleicht ist das Heimweh.

Der Sergio, der im selben Dorf arbeitet wie der Fidl, ist verzweifelt, weil er es sich nicht schnell genug überlegt hat und nicht mit seinen Kameraden gegangen ist, die sich nach der Gefangennahme zu den Italienern geschlagen haben.

Im Achtzehnerjahr wird auch der Sergio gehen. Wohin, weiß er nicht. Das wirft er dem Fidl gern vor, daß die Österreicher das Trentino evakuiert haben. *Engeres Kriegsgebiet*, hat es geheißen, und die Trentiner sind in den Barackenlagern untergekommen, weit weg von daheim.

„Euch hat man dort gelassen, wo ihr gewesen seid, und es hat auch in euren Bergen geknallt und gedröhnt."

Der Sergio weiß nicht, ob er jemanden von den Seinen findet, wenn er heimkommt.

Die russischen Kustari erinnern den Fidl an die Trentiner Wanderarbeiter. Die Kustari sind Seiler und Gerber, Kürschner, Sattler oder Schuhmacher und gehen den weiten Weg in die Städte, weil sie in den Dörfern verhungern müßten.

„Gut haben wir es auch nicht gehabt", sagt der Sergio, „wir sind von euch in Tirol nicht wie die Handwerker auf Stör behandelt worden, sondern schlechter."

Ein Handwerker auf Stör im Haus ist für den Fidl schon

im Kindsalter ein Fest. Der Nigglschuster ist voller Neuigkeiten, übertreibt gern ein bißchen und unterhält am Abend eine volle Stube. Auch der Silvester, der Schneider, ist nie um eine Geschichte verlegen. Handwerker auf Stör verpflegen die Bäuerinnen während der Arbeitswoche besonders gut. Beim Schlachten bedenkt man sie dann mit ein paar Würsten, zu Ostern mit Eiern. Kein Trentiner genießt jemals eine derart bevorzugte Behandlung.

Die Ukrainer auf Wanderschaft sind aber mit den Trentinern nicht zu vergleichen. Es findet sich hier im Dorf kaum ein Bauer, aus dessen Familie sich nicht zumindest einer in der Stadt verdingt. Öfters als einen Beruf übt er alle Arbeiten aus, die man ihn ausüben läßt, oder er schuftet als Knecht bei reicheren Nachbarn, auf den Gütern des Adels oder der Kirche, der Klöster. Es kann ihm kaum irgendwo schlechter gehen als daheim.

Hundertachtzig Desjatinen Land hat der Gutsherr des Fidl und eine Desjatine ist mehr als ein Hektar. Für einen Bauern aber muß eine halbe reichen. Und so entscheidet der Bauer auf seinem Feld zwischen zwei Wahrheiten: der Wahrheit der Reichen und der Wahrheit der Armen.

Um vieles besser macht das alles auch die Revolution nicht. Die Dorfversammlung verteilt Grund und Boden nach der Zahl der Esser. Von Zeit zu Zeit verteilt sie einen Streifen um. Manch einer bekommt das Stück Acker für eine einzige Saatfolge, das sind drei Jahre. Die Bauern lösen aus ihren aufgestückelten Wirtschaften kaum etwas. Und doch ist dem ukrainischen Bauern die kleine Sicherheit, nicht zu verhungern, mehr wert, als die Unsicherheit des Arbeiters in der Stadt.

Die Wahl des Rates der Volkskommissare ist angesagt. Die ukrainischen Bauern halten den Wahltag als Festtag und läuten die Kirchenglocken. Bevor sie den Wahlzettel in die Urne werfen, bekreuzigen sie sich. Die Ortslehrerin hat die Bauern beraten, wen sie zu wählen haben. Im Nachbarsdorf wählt ein Bauer für die ganze Gemeinde. In einigen Orten stimmen die Bauern auch geschlossen für eine Liste.

Die ukrainischen Bauern sind sozialrevolutionär gesinnt. Die Bolschewiken mögen sie nicht; obwohl die ja ganz ordentliche Vorschläge haben. Je kleiner ein Bauer ist, desto mehr leuchtet es ihm ein, daß Grund und Boden zum Volkseigentum gehören. Aber dann sind diese zugewiesenen Bauernschaften zu groß zum Sterben und zu klein zum Leben, und auch die Bolschewiken ziehen Abgaben ein, und sie verbieten dem Bauern, das, was selten genug übrigbleibt, zu verkaufen. Da zweifeln die Bauern an der großen Zukunft. Überhaupt ist ihnen die ganze Streiterei um Parlament und Räte fremd. Davon verstehen sie nichts. Und obwohl sie der Meinung sind, jede Regierungs sei schlecht, nehmen sie hin, was die Obrigkeit anordnet. Daran sind sie gewöhnt.

Es ist die Dorfversammlung, die das Leben regelt, die für alles zuständig ist. Sie schlichtet sogar Streitigkeiten in der Familie. Sie trägt Sorge, wenn eine Mutter im Kindbett stirbt, wenn ein Vater einen Unfall hat. Sie trägt Sorge, wenn der Stadel abbrennt oder der Gaul verreckt, wenn der Hagel das Korn niederwalzt oder der Frost alles verdirbt. Die Dorfversammlung besteht aus den eigenen Leuten, aus Leuten aus der eigenen Welt. Darin sind die Bauern ein bißchen aufgehoben.

Überall ist die Welt der Bauern eine eigene Welt, von der Jahreszeit bestimmt, von der Natur oder vom Herrgott. Es ist immer ein Hin und Her zwischen Wohlstand und Not, und das Dorf bleibt ein eigensinniges Gebilde. Nur der Krieg kann auch ihm das Genick brechen. Wenn die Soldaten, die nicht mehr ackern dürfen, trotzdem essen müssen, wenn das Zugvieh, das hinter den Pflug gehört, zum Geschützziehen gebraucht wird, das Eisen für alles andere als für Werkzeug und Gerätschaft, dann geht es auch dem Bauern ans Mark.

Überflüssiges gibt es ja schon vor dem Krieg nichts. Vor dem Krieg …, wann ist denn für die Ukrainer vor dem Krieg? Schon der Zar hat nichts lieber getan, als Kriege führen, danach folgt der Große Krieg und schließlich die Revolution, die auch einer wird.

Mit der Revolution kommt die rote Farbe in diese Welt, sie streicht die Fahnen auf den Plätzen an, auf den Türmen und Balkonen, die Kopftücher der Frauen. Die roten Revolutionäre begräbt man in roten Särgen, und die Musikanten werfen rote Märsche in die Erdlöcher hinunter. Und es legt sich ein blutiger Nebel über Rußland. Und irgendwo aus den Sümpfen steigt ein rötlicher Dunst.

Eine neue Front steht in der Ukraine auf, der Hunger. Gestern haben die Bauern vor den Ikonen die Stirnen gesenkt, heute fluchen sie in die *schöne Ecke*, morgen setzen sie die alten Heiligen wieder ein, oder neue.

„Gott hält hundert Pud Bosheit für die Welt bereit, und für neunundneunzig davon haben sich die Menschen hier in Rußland angemeldet“, sagt Haljas Vater, „Erbarmen über Gottes Welt.“

„Pantelejmon, du meine bittere Not“, sagt Halja, die Bäuerin, bei der der Fidl unterkommt. Sie streitet sich stündlich und lauthals mit ihrer Schwiegermutter. Die ist eine strenge Frau, mit einem Gesicht wie eine Baumwurzel, knollig, hart. Einmal kommt die Junge mit einem Tuch voller Kerzen vom Bazar, stellt sie vor den Ikonen mit den Enden nach oben auf. Die Schwiegertochter hofft, die Heiligen werden schon wissen, wem ihr Fluch gilt. Wem derartiges angetan wird, der kann nämlich nie mehr selig werden.

„Auf daß dir das heilige Pfingstfest das Augenlicht nähme!“ flucht die Alte, wie sie die Kerzen mit dem Docht nach unten sieht. Wie kochendes Wasser auf heißes Eisen zischen ihre Worte aus dem verkniffenen Mund. Gestern hat sie „auf daß dir das heilige Osterfest das Augenlicht nähme!“ gezischt. Die Alte glaubt an Festtage genauso inständig wie an die Heiligen. Sie möchte an einem Samstag sterben, sagt sie, weil die Muttergottes sie am Samstag direkt in den Himmel abholen würde.

Später wird die Lona zu ihrem Fidl sagen, daß sie von den Heiligen nicht groß etwas hielte. „Heilige sind stur“, sagt sie, „wie sonst könnte einer ein Heiliger werden, wäre er nicht stur, verbissen?“ Sturen Menschen geht die Lona lieber aus dem Weg, und wenn sie Heilige sind.

Es wird die Alte gewesen sein, vermutet der Fidl. Die Alte wird jemanden aus dem Dorf dazu angestiftet haben: Nach der ersten Nacht im Stadel der Halja ist das Tor mit Teer verschmiert, das Schandmal für ehebrecherische Frauen oder für sonstige Luder.

Dann wird im Dorf auch die Kasha knapp. Da denkt der Fidl dann doch ans Heimgehen. Und die Halja weint, nein, eigentlich ist es ein Wimmern, ein gedämpftes, nachhaltiges Wimmern und inniger als das der ganzen Familie bei seinem Weggehen, die Mutter eingeschlossen. Ein letztes Mal zerreibt Halja in der Kupferschüssel Mohn und Zucker für den letzten Apfelstrudel mit blitzsauren Äpfeln, den sie dem Fidl backen will. Und ein letztes Mal wird er die Stücke in bernsteinfarbenen Honig tauchen, in Honig aus irdenen Töpfen, den immer Bienen umkreisen, die summen und gefährlich zischen.

Er schreibt niemandem, daß er bald heimkommt. Er wird der Krumerin nicht den großen Zeh küssen, wie ihm Halja aufgeträgt: „Wenn einer nach jahrelangem Fortsein in die Heimat zurückkehrt, muß er der ersten Verkäuferin auf dem Bazar den großen Zeh küssen.“

*

Ein paar Tage vor dem Heimtransport hört der Fidl, daß sein Name unkenntlich falsch in der Gefangenenliste steht, sein Geburtsort auch. Der Schreiber hat auf kyrillisch eben das notiert, was er ungefähr verstanden hat.

Der Gustav aus Wien klärt ihn auf. Rechtsanwalt hätte der Gustav werden sollen zu Hause, die Stelle als Praktikant war ihm schon zugesagt, da geht es nach Serbien, dann nach Rußland, und als Kriegsgefangener „bis dorthin, wo Rußland schon Asien ist“.

„Das Suchblatt des Reichsverbandes hätte alle paar Monate umgeschrieben werden müssen, hätte man jede einzelne Station aufnehmen wollen, die ich durchwandert habe, jedes Lager, jede Flucht, jedes Versteck. Gleichgeblieben ist die Jahre hindurch nur das V. P., das *voenno-plenny.*“ Kriegsgefangener.

Wie es denen nach der Gefangennahme ergeht, die keine Slawen sind, auch das erzählt ihm der Gustav nach und nach:

Wie Zirkustiere treibt man sie durch Kiew, Straße auf, Straße ab, durch die gaffenden Menschen durch, die ein schadenfrohes Spalier abgeben. Auf einem Platz vor Hunderten von Zuschauern die beschämende Leibesvisitation. Aber man hat ihnen ja schon vorher alles abgenommen, nein, gestohlen. Russische Soldaten sind es, die ihnen Uhren und Taschenmesser, Geld, Eßbesteck, Briefe und Notizbücher aus den Taschen holen. Elend untergebracht, ohne Essen, ohne Hoffnung warten sie im Kiewer Sammellager die unsichere Zeit ab. Gustavs einzige Gewißheit ist die Nummer, die Gefangenennummer zweihundertsiebenundfünfzig. Fünfundzwanzig Kopeken bekommen sie als Kostgeld. Aber woher soll die Kost kommen, wenn es nichts zu kaufen gibt, und für das wenige, das angeboten wird, das Dreifache zu zahlen ist?

„Dann das Lager ... mein Gott, diese Erdbaracken! Bei uns hält man das Vieh besser. Zwei Meter tief in die Erde gegrabene Löcher, die Grubenwände mit Balken ausgekleidet, auf deren Überständen das Dach sitzt. Die Fenster zu ebener Erde lassen an hellen Tagen kaum Licht ein, im Winter deckt sie der Schnee zu. Die Pritschen drei oder auch vier Stockwerke übereinander, ohne Strohsack, ohne Decke. Glücklich der, der einen Mantel hat. Am Barackenende ein Ofen, in zwei Ecken jeweils eine Petroleumlampe, der Zylinder rußschwarz, die wackeligen Teile zusammengedrahtet, darin eine Spiegelscherbe, die nicht viel Licht findet, das sie umsonst vervielfältigen könnte. Diese ölige Lampe, stinkend und blaß, erinnert an Grablichter. Zehn Mann essen aus einem Blechgeschirr und werden nie satt."

Ob die Gefangenen satt werden, hängt vom Lagerkommandanten ab, der von den zweieinhalb Kopeken pro Mann Mehl und Fett, Zwiebeln und Erdäpfel einkauft – oder in die eigene Tasche streift. Oft gibt es keinen Brennstoff, oft gibt es keine Kochtöpfe, und das Zeug liegt herum, bis es verkommt. Die Rationen an Brot und Fleisch, die die Intendantur liefert, schrumpfen umso mehr, je höher die Marktpreise steigen. Und sie steigen mit jedem Kriegsmonat. Bis man Hufe kocht und Rindsköpfe und diese als Fleisch ausgibt.

Aber da gehen die Gefangenen auch schon in Lumpen, suchen stundenlang, hockend wie Affen, an Körpern und Kleiderfetzen nach Läusen, schaben mit den Fäusten Wanzen von den Wänden und ersäufen sie in Blechtrögen.

Ruhr, Skorbut, Flecktyphus, Tuberkulose. An Krankheiten ist die Vielfalt groß, und alle sind sie zum Greifen nahe, weil Krankenlager ein Luxus sind, den sich die Russen für die elenden Österreicher nicht leisten.

Wasser gibt es im Winter keines. Wer wäre auch noch imstande, es von weit her zu tragen, halb- oder todkrank, wie die meisten von ihnen sind. Wer sich dazu aufrafft, wäscht sich das Gesicht mit Schnee.

Vom Lagerkommandanten hängt Wohl und Weh ab. Meist ist es Weh. Der Lagerkommandant sieht in den Gefangenen lauter Verbrecher. Und die Wachposten sind die Abziehbilder der Kommandanten. Letztere sind nicht selten Reserveoffiziere, die sich von der Front haben drücken können.

Nach einem Jahr hat der Gustav noch keine Nachricht von den Seinen aus Wien. Das sickert dann von irgendwoher durch, daß schon im Fünfzehnerjahr auf der Zensurstelle in Petersburg eine Million Pakete liegen, daß ganze Stöße von Briefen einfach verbrannt werden. Geht einmal etwas durch Petersburg durch, hat die Post noch zwei weitere Möglichkeiten, hängenzubleiben. Einmal die Zensur im Militärdistrikt, dann die in der Kanzlei des Lagers – und schließlich gibt es keinen mehr, der unter dreitausend Internierten den Richtigen findet.

Mit jedem Tag ist der Gustav der Verzweiflung näher. Er gerät in eine verstörende Aufregung. Er muß gehen, nur mehr gehen, nur nicht stehenbleiben, rundum, gradaus, kreuz und quer, in Serpentinen, im Zickzack. Und immer geht die Leere mit, der Abscheu. Der Abscheu gegen alle und alles. Er hält keinen mehr aus. Nicht den, der lacht, nicht den, der redet, nicht den, der schweigt. Der Hustende regt ihn auf, der Schnarchende macht ihn rasend. Er vergrübelt seine Tage mit Lächerlichkeiten. Ob er sein Eßbesteck wegwerfen oder doch lieber noch behalten soll, ob er besser einen neuen Blechbecher kauft oder eine Schale. Und wenn eine

Schale, dann was für eine Farbe? Warum rot, nein, blau natürlich. Wer sagt blau, am besten ist sicherlich grün.

Dann fällt ihn wieder diese lähmende Niedergeschlagenheit an, die mit gereizter Unruhe wechselt oder mit einem ganz widernatürlichen Schlafbedürfnis, bis alles in leerer Einsamkeit untergeht.

Ist die steinerne Mauer, aufgeschichtet in harter Stummheit, erst dick genug, bricht innen der Wahnsinn auf, still und scheu beim einen, wild und unbändig beim anderen.

„Und dann plötzlich, an einem harmlosen Morgen, räumt das Lagerkommando die Baracken. Aus der einen jagen sie die Gefangenen in den Wald, in die andere werfen sie Strohsäcke und Decken. Den Kranken wickelt man neue Verbände, die Ansteckenden sondert man ab, wir bekommen Stiefel und Uniformen aus einem russischen Depot. Bis in die Nacht zahlen sie uns die rückständigen Gelder aus. Wir haben keine Ahnung, was da mit einem Mal geschieht. Nach zwei Tagen ist die Mission des Roten Kreuzes wieder weg, unsere Stiefel und Uniformen auch. Die wandern ins Depot zurück. Die Gefangenen werden aus dem Wald geholt, die Strohsäcke verschwinden wer weiß wohin, die Decken verscherbelt der Wachposten."

Nach Monaten des Nichttuns, des Herumwartens und Zeittotschlagens ist der angekündigte Arbeitseinsatz wie eine Erlösung. Forstarbeit, Straßenbau, Grubenarbeit – bis die Revolution ausbricht.

In dem Drunter und Drüber ist Flucht nur ein bedingtes Wagnis. Aber der Gustav weiß gar nicht, ob er heimgehen soll, wenn es ihm denn gelingt. Es dauert nicht lange und er bekommt zu Ohren, wie man die Heimkehrer empfängt. Der Gustav redet sich in einen heiligen Zorn hinein. Er zählt die Schikanen auf, denen die angeblich *revolutionär vergifteten* Heimkehrer ausgesetzt sind.

„Revolutionär vergiftet, das mußt du dir einmal auf der Zunge zergehen lassen: revolutionär vergiftet", schreit er, „und die teilt man dann ein in Einwandfreie, Bedenkliche, Verdächtige und Straffällige. Da liegt die akribische Protokollaufnahme und die nicht weniger akribische Untersuchung der Umstände ihrer Gefangennahme schon hinter ihnen. Ja haben die Behörden dort denn keine anderen Sorgen, keine andere Beschäftigung? Drei Wochen in Quarantäne wie ansteckende Kranke und aus der Überwachung entläßt man die Rückkehrer gar nicht mehr, plagt sie mit ständigen Exerzier- und Appellübungen, vereidigt sie wieder auf den Kaiser, den Karl diesmal, und führt sie den Ersatzkörpern zu. In diesem Elendsleben ist alles gehupft wie gesprungen."

Wer will da noch wohin fliehen. Vom nächsten Arbeitslager geht es zum Bahnbau. Es gibt Brot, aus dem die Strohhalme herausschauen wie die Stacheln aus einem Igelfell. Die gefangenen Arbeiter unterstehen russischen Gendarmen. Sie sind auch unter den Russen gefürchtet, verhaßt. Diese Gendarmen sind ärger als die wilden Hunde im und ums Lager herum. Die Hunde verschwinden in kurzer Zeit. Hundefleisch schmeckt, wenn man vergißt, woher es kommt. Die Gendarmen bleiben. Sie bleiben, bis die Bolschewiken kommen. Die lösen nicht nur die Gendarmerie auf, sie ersetzen auch die gemeinsten Lagerkommandanten.

Brot, Friede, Freiheit – was kann es Größeres geben? Was kann sich ein Soldat Besseres erwarten, oder ein Gefangener oder ein Arbeiter? Warum läßt sich das Versprechen nicht einlösen? Weil die Revolutionäre das Leben in Grundsätze stecken, bis dieses papierene Leben ausschaut wie ein aufgeschossener Seminarist in zu knappen Kleidern. Aber die Starrheit ihrer Überzeugung gibt den Revolutionären noch einen Glanz von unerbittlicher Gläubigkeit.

Alles verkehrt sich in Not und Chaos. Die russische Welt

gerät durcheinander, gerät ins Stocken, bis nichts mehr da ist: keine Arbeit, keine Post, keine Lebensmittel, nicht einmal mehr ein Zuständiger für die Kriegsgefangenen.

„Es gibt in ganz Rußland nur mehr ein einziges Kännchen Petroleum, und das hat Lenin", sagt ein ernüchterter Revolutionär.

Die Gefangenen machen sich die Wirreen zunutze; jetzt wollen sie endlich heim. Sie machen sich auf nach Westen. Aber in den Städten treffen sie nur Hunger, Verwirrung und – Friede ist nicht. Die Russen sind dem neuen System gegenüber genauso hilflos, wie sie es dem Zaren gegenüber gewesen sind.

Gustav geht zu den Internationalisten. Nicht aus Überzeugung, sondern aus Not, und weil ihm nichts anderes bleibt. Vielleicht stimmt das nicht ganz. Er hat die Revolution begrüßt, er hat die bevorstehende Freiheit gefeiert. Und jetzt? Soll er als Internationalist unter die Räder eines fremden Bruderkampfes geraten?

Sie fliehen zu dritt. Sollten sie das Glück haben, Roten und Weißen auszuweichen, kommen sie durch.

Nicht weit vom Fidl gibt es einen Bauern, der im Frühjahr der Achtzehnerjahres seine Kriegsgefangenen hergeben mußte. Er sucht Arbeiter, die außer Essen und ein Dach überm Kopf nichts brauchen. Gustav und seine Kameraden wohnen den Winter über mit Hühnern, Schafen und Kälbern in einem Raum. Aber es wohnt da auch noch die Familie des Bauern. Es ist recht eng. Sie essen alle aus einer Schüssel. Die Bäuerin füttert ihr Kind mit dem Brei, den sie in ihrem Mund zerkaut und eingespeichelt hat.

Die noch junge Sonne legt sich auf die geduckten Dächer der Hütten und treibt den Rauch aus den Kaminen vor die krummen Türen. Es tropft gleichmäßig und gleichgültig von den Eiszapfen. Der Winter beginnt sich zu zersetzen.

„Über unsere gütige, russische Erde ist ein Heer von Mördern hereingebrochen. Sollte mir der Allmächtige ein langes Leben schenken, werde ich einmal mithelfen, diesen heiligen Boden mit Weihwasser von seinem dreckigen Blut zu säubern", sagt der Bauer und lebt, wie seine Väter gelebt haben, haut jeden Morgen sein Weib und beschläft es jede Nacht, verflucht seine Kinder, zerschlägt das Geschirr, betet zu den Heiligen und ackert sein schwarzes Feld.

*

Wann hört der Krieg eigentlich auf? In der Ukraine hört er nie mehr auf. Ob der Große Krieg Not und Elend bringt oder der Bürgerkrieg, macht für den ukrainischen Bauern keinen Unterschied.

Der Fidl ist in der langen Zeit hier fast einer der Ihren geworden – aber nur fast. Je bitterer das Leben, umso kleiner die Nachsicht.

Der Gustav, mit dem er sich fast angefreundet hat, drängt. Sie müssen weg. Sie werden sich bei den Schweden – oder sind es inzwischen die Dänen – melden. Bei der nächsten Mission eben, die in die Gegend kommt.

In Odessa zweifelt der Fidl ein letztes Mal, ob er wohl gut daran tut, übers Schwarze Meer zu fahren. Er schaut in den Himmel.

„Der Mond kommt heute nacht noch einmal auf die Welt", sagt er zum Gustav „wie im biblischen Schöpfungsbericht."

Am Tag nach der Hochzeit richtet die Lona den Kasten im Buchenhaus ein. Die Wäschestücke ihres Fidl klaubt sie weit auseinander, weil es so wenige sind, und damit das Fach, das sie für ihn reserviert hat, nicht so schütter ausschaut. Der Fidl steht lächelnd hinter ihr und wartet darauf, daß sie unter dem Hemdenstapel auf die Notizbücher stößt.

„Ich muß noch ein Versprechen einlösen“, sagt er.

Er hat die Notizbücher lange genug mit sich herumgetragen. Die Notizbücher des Carlo Dallago. Carlo und Sergio, wie Brüder sind sie ihm gewesen, die beiden Trentiner. Sie haben zusammengehalten. Das war auch vonnöten unter all den Österreichern, die deutsch geredet haben, ungarisch oder slawisch. Und sie hätten ’18 auch zusammen heimgehen sollen. Da erkrankt der Carlo auf der Lunge. Auf der Lunge ist er immer schon schwach gewesen. Der Carlo muß seinen Freund zur Abreise fast zwingen, weil der warten will; warten auf den kranken Kameraden, den kranken Landsmann.

„Wie könnt ich allein vor der Adele stehen“, sagt er, „wie könnt ich dich ihr nicht mitbringen.“

Der Carlo aber wird in der Ukraine sterben. Davor übergibt er dem Fidl seine Notizbücher, damit die Adele etwas hat, wenn sie allein bleibt. Woher weiß der Carlo, daß der Fidl heimkommt?

Es stehe nichts Intimes drin, sagt der Carlo noch, das Intime seien die Briefe gewesen, und die habe seine Adele ja. In den Notizbüchern habe er sich seines Kriegslebens versichert, des Lebens bis zur Gefangenschaft.

„Kannst schauen, nero su bianco, wie es mir ergangen ist“, sagt er auch, „nicht viel anders als den meisten halt.“

Der Fidl wickelt die beiden Bücher in Zeitungspapier und steckt sie in seinen Tornister. Er hat ein wenig Italienisch gelernt in der gemeinsamen Zeit, oder besser, Trientnerisch. Nur in Wort, in Schrift nicht, und auch in Wort nur wenig. Die Trentiner haben deutsch geredet, gebrochen deutsch. Deutsch schreiben haben sie nicht können, vermutet der Fidl. Ein paar Mal denkt er daran, die Bücher nach Varisello zu schicken, ein kleines Dorf im Roveretanischen. Es wird sich von Innerwiesen nicht groß unterscheiden. Carlos Varisello, Fidls Innerwiesen, was diese Orte für eine Bedeutung bekommen, hier in Rußland.

Als der Fidl eines dieser Bücher so in der Hand hält, wird er wehmütig. Er streicht über den stoffbezogenen Rücken, dunkelrot. Er dreht das Buch um, schlägt den hinteren Deckel auf.

Comperato a Innichen, li 12 aprile 1915. Costa corone 0.90, steht darin. Fast eine Krone hat es also gekostet. Wie kommt der Carlo nach Innichen?

Vorne ist eine Hülse für den Bleistift, der fehlt. Mit Tintenblei hat der Carlo geschrieben. Die ersten Seiten voller deutscher Wörter, militärische Ausdrücke, Städtenamen. *Hornist* steht da und daneben *trombettiere*, oder *Patrone* und daneben *cartuccia*, *Zug* und *plotone*. Da kann der Fidl etwas lernen. Venedig-Venezia, Florenz-Firenze, Lemberg-Leopoli. Dann die Kampflinie am Fluß Seret: Buczacz, Tanislau, Demesdiza; das kennt der Fidl.

K. u. k. 56. Regt, 15. Comp., Feldpost N. 27.

Dazwischen auf deutsch eine Reihe von *Frührapporten* von der Nachtwache in Enns.

Das zweite Büchl ist dem Fidl vertraut. Das nämliche hat er auch bekommen, damals am 1. Jänner '15. Es gehört zu den Weihnachtsgeschenken für die Truppe. Dreißig Zigaretten, vier Zigarren, Nüsse, Gebäck, ein Stück Käse, weißes

Brot, drei Gläser Wein, weiß er noch, und eben dieses Notizbuch mit dem dunkelgrünen Deckel, auf dem *Kriegs-Notizen* steht, darunter das Siegel mit dem Doppeladler und ein Mistelzweig als Verzierung. Innen fettgedruckt: *Kalender für das Jahr 1916.*

Im Sechzehnerjahr ist der Fidl schon in Gefangenschaft. Es hat also in jedem Kriegsjahr dasselbe Geschenk gegeben. Alle Fest- und Feiertage sind aufgelistet. Als gäbe es für einen Soldaten Fest- und Feiertage. Aber vielleicht stehen sie gerade deshalb so auffällig da, damit der Soldat in dieser Kriegswelt nicht darauf vergißt. Katholische Feiertage, protestantische, jüdische neben drei Karten der Kriegsschauplätze im Osten und im Süden.

Am Ende des Notizbuches hat Carlo ein paar karierte Blätter eingeheftet, mit kyrillischen Buchstaben beschrieben die einen, mit den Zahlen von eins bis zwanzig und der ungarischen Übersetzung die anderen, einzelne ungarische und russische Wörter dazu und eine Reihe von Namen seiner Kameraden.

Was wird der armen Adele über diesen Büchern in Kopf und Herz vorgehen? Ob da die dünnen Narben nicht wieder Wunden werden wollen? Auch der Fidl würde lieber nichts mehr aufrühren. Es ist alles noch nicht lange genug her. Und er liest doch:

17 agosto, partenza. Am 17. August ging's also los für den Carlo.

Ein eingeklebtes Photo, ein ganzes Bataillon in Marschadjustierung vor der Hofburg in Innsbruck beim Geburtstagsfest des Kaisers, *18 agosto 1914.* Den Carlo findet der Fidl darauf nicht.

24 agosto Galizia, 26 agosto Leopoli, birra.

Neun Kronen für einen halben Liter. Der Fidl erinnert sich an dieses Bier, Bier in Strömen, schmackhaft, billig. Und die „felsflos“, wie der Carlo gesagt hätte, haben sie sich dort mit Schnaps angefüllt.

29 agosto, campo di battaglia.

Campo di battaglia. Schlachtfeld. Dicht wie Schwärme von Staren fliegen die Schrapnells durch die Luft. Die Granaten reißen Löcher auf, groß und tief wie Gräber. Hunger und Durst dazu. Und dieses kärgliche Wasser, das sie nicht trinken dürfen, trüb von Schlamm und Erde wie es ist.

Lonunk, heißt es da. Armer Carlo, Löhnung will er sagen, Löhnung von zwei Kronen am Tag.

2 gennaio 1915, Carpazi.

Der Fidl vergißt sie auch ohne Notiz nie mehr, diese Fahrt in die Karpaten, diese Kälte im Zug. Ein kleines Kohleöfchen im Waggon, das raucht und stinkt, daß sie die Fenster immer wieder aufreißen müssen, um in den Abgasen nicht zu ersticken. Dann ein Fußmarsch von drei Tagen, der eher ein Waten ist über eine Straße voller Wasser, Schnee und Schlamm, wo sie bis zu den Knien einsinken, in Wollstrümpfen bei dieser Kälte. Damals hätte der Fidl keinen Kreuzer mehr für sein Leben gegeben.

6 gennaio 1915, inizio di battaglia. Die Schlacht beginnt.

Sobald die „battaglia“ aussetzt, richten sie Straßen her, schaufeln Schnee, reparieren Gleise, wenn Werkzeug und Material nicht nach ein paar Minuten zu Stein gefrieren. Essen fassen sie nur in der Nacht, damit der Feind den Rauch aus der Feldküche nicht sieht. Ein häßlicher Winter, feucht, windig. Der Wind nimmt sich die Häuser als Wetzstein und tobt durch die Felder wie ein triefender Räuber. Der Schnee ist schwarz von all den gefallenen und verwundeten Russen.

Svornlinee, ... was meint der Carlo da? Schwarmlinie, ja Schwarmlinie meint er. Der Fidl muß sich diese seltsamen deutschen Wörter laut vorsagen, dann hört er den Carlo reden oder den Sergio – und versteht.

Tre corone e sessanta, ogni dieci giorni.

Mit dem Lohn kaufen sie sich Essen, wenn sie jemanden finden, der Eßbares anbietet. Drei Kronen, sechzig Kreuzer alle zehn Tage.

Komarow, Rudka, die zwei Dörfer am linken Ufer des Styr. Was der Carlo darüber wohl erzählt? Von den armseligen Hütten wird er schreiben, vor denen sie alle staunen, die Köpfe schütteln. Hütten aus zwei oder drei Räumen, von denen einer Küche, Stube und Schlafkammer ist, der andere Keller und Vorratslager, der dritte Stall. Männer und Frauen sind in ihren langen Hemden aus grobem Hanf kaum zu unterscheiden. Die Beine mit hanfenen Binden umwickelt bis zum Knie, keiner trägt Schuhe.

Suspaiz niente!! Zwei Ausrufezeichen.

Es braucht wenig Wörter, um zu wissen, worum es geht. Tagelang fehlen Erdäpfel, Bohnen, alles, was in dieser kargen Welt „Zuspeis" heißt. Zu den zehn Deka Fleisch am Abend bräuchte es einen ganzen Haufen von Zuspeis. Die Kelle voll Suppe hilft höchstens gegen den Durst.

Sempre nider e fovez.

Man hat selten anderes gehört im Feld, immer nur dieses Nieder und Vorwärts, gebellt wie aus einem Maschinengewehr. Was es bedeutet, hat auch ein Fremder bald heraus, und es ist doch Verunsicherung genug, nie genau zu wissen, ob der *beffel*, wie der Carlo schreibt, auch der ist, den man meint. Ob bei der *ibum* auch vorschriftsmäßig ausgeführt wird, was man von dir will. Arme Hund, denkt der Fidl, wir waren alle arme Hund, aber die, die nicht deutsch geredet haben, waren noch ärmer.

„Mei koksir", hat der Carlo gesagt und: „Hon no svilpak in brossak."

Kochg'schirr und Zwieback im Brotsack. Der Fidl hat ihn gern reden gehört, diesen Trentiner. Von Wien hat er geschwärmt, wo er einmal im „Morodeaus“ gelegen ist, schon damals wegen der Lunge, und wo er dann „Sennbrum“ gesehen hat und den „Pratel“. Und dann erzählt er von der Zita, die die Soldaten im Spital besucht. Erzherzogin Zita von Parma, die Gattin des Thronfolgers, die jedem Soldaten eine Medaille schenkt mit dem Herz Jesu und der Muttergottes drauf. Vor dem Spital stehen auf dem Platzl Marktstände wie daheim beim Kirchtag. Die Soldaten wollen etwas kaufen, aber es gibt alles umsonst, „tutto gratis“, erzählt der Carlo, Ansichtskarten und Zigaretten und Schokolade, und beim Heimfahren schämt er sich dann beinahe mit seinen vollen Taschen.

Es ist recht wenig, was der Fidl von diesen Aufzcichnungen lesen kann, aber er hat ähnliches erlebt, und er ist auch nicht besonders erpicht auf Kriegsgeschichten.

Ein unterstrichenes Datum: *24 gennaio 1915*, daneben ein Name, *Mario*, und ein kleines schwarzes Kreuz. Es ist der Todestag seines Buben, der ein Jahr alt ist und an einer Krankheit, die drei Tage dauert, stirbt.

Sollte ich heimkommen und einmal Kinder haben, ich zöge es vor, daß sie sterben, sobald sie ein Jahr alt sind, als daß sie als Soldaten ein Kriegsjahr erleben müssen. Das hat sich der Fidl an der Front nicht nur einmal vorgesagt.

Als der Carlo krank daniederliegt, betet er viel. Er hat auch davor gebetet. In seinem Notizbuch stehen auf der ersten Seite das Avemaria, das Paternoster und eine Reihe von Stoßgebeten. „Madonnasanta!“ ist sein Ausspruch, sobald es gefährlich wird; andere fluchen.

In der Gefangenschaft ist der Fidl froh gewesen, daß er allein war, daß keine Frau sich um ihn georgt hat, daß er sich um keine Frau und keine Kinder hat sorgen müssen. Der

Carlo hat bis zum Schluß nicht gewußt, ob die Seinen in Varisello bleiben können, ob sein Haus noch steht.

*

„Hochzeitsreise?“ fragt die Großmutter, „Hochzeitsreise hat es im Zwanzigerjahr noch keine gegeben, Kind. Damals ist man wallfahren gegangen, bestenfalls.“

Das hat die Lona auch vor.

„Wir fahren nach Varisello, Lona. Dort finden wir schon eine Muttergottes“, sagt der Fidl, „ob deutsch oder walsch, macht der Muttergottes nicht viel aus, was meinst du?“

Varisello ist ihr recht. Vor allem ist ihr die Adele recht. Sie soll endlich von ihrem Carlo wissen. Daß er tot ist, weiß sie schon lang. Ob es ein Trost ist, etwas von damals in der Hand zu halten, als er noch lebte?

„Wir tun einfach, was sich der Carlo gewünscht hat“, sagt der Fidl, und die Lona nickt.

Schon kurz nach Bozen wird der Lona im Zug übel. Und bis nach Rovereto dauert es noch zweimal so lang. Ob man von Rovereto nach Varisello zu Fuß gehen kann? Vielleicht ist die Lona schon schwanger. Zum Fidl sagt sie noch nichts. Man darf derartiges nicht verschreien.

Wie gut sie die Adele versteht. Die schreibt einmal recht bestürzt an ihren Carlo, daß sie ja nicht hat wissen können, daß er die Feldpost nicht immer auf die Hand bekommt, daß ab und zu ein Kamerad die Karte in Empfang nimmt und diese etwa gar vorher liest. Von ihrem Verdacht hat sie nach Galizien geschrieben oder von ihrer Hoffnung, die vielleicht eine gute ist, aber nur so in Andeutungen und als Vermutung und ganz vorsichtig, und zuletzt hätte sie das gewollt, daß ein anderer, ein Fremder, den es nichts angeht, davon erfährt.

Das erzählt die Adele dann stockend, halb deutsch, halb italienisch und hält das Mädchen zwischen ihren Knien und streicht der kleinen Carla übers Haar, die schon schulpflichtig ist und ihren Vater nicht kennt.

Wenn sie nur halb so gut deutsch könnte wie ihr seliger Mann, bedauert sie immer wieder, wieviel hätte sie zu erzählen. Aber das eine bißchen, das die Lona Italienisch versteht und das andere, das die Adele Deutsch redet, ergeben zwischen den zwei Frauen eine ganze Verständigung.

Die Adele hält die beiden Notizbücher in der Hand wie ein Brevier. Am liebsten würde sie Handschuhe zum Umblättern überstreifen wegen ihrer groben Bäuerinnenhände. Dann wird sie ganz aufmerksam und nachdenklich. Sie kommt von den Zeilen gar nicht mehr weg.

„Er hat in den Briefen ganz anders geschrieben“, sagt sie, „ganz harmlos, ganz geschönt ..., aber vielleicht ist es auch nur Vorsicht gewesen oder paura, sì paura*. Sie haben die Heimatbriefe der Trentiner streng zensuriert ... o piuttosto: le hanno inquisite*. Ein Trentiner ist von vornherein kein verläßlicher Soldat gewesen.“

Die Adele kennt die Frontbriefe ihres Carlo auswendig. Wie oft sie darin gelesen hat, kann keiner zählen. Jetzt hält sie das gegeneinander, seine Tagebücher und seine Briefe.

In der Küche ist es still. Das Rascheln der Seiten, das Atemholen der Adele ab und zu, sie hängen über diesem andächtigen Schweigen wie ein Lärm.

„Quanto amareggiamento, quanta solitudine, un estraneo inmezzo ai suoi compagni ...“*, Adele sagt das leise und wie

---

* Angst, ja, Angst

* ... oder vielmehr: sie haben sie untersucht.

* Wieviel Verbitterung, wieviel Einsamkeit, ein Fremder inmitten seiner Kameraden ...

zu sich selbst, dann legt sie mit einem Mal ihre Hand auf Fidls Arm und drückt zu:

„Aber, non è vero, Sie, Herr Federspiel, Sie sind doch gut gewesen con la buon' anima di mio marito*?"

„Ja, ich habe ihn gern gehabt."

Die Lona weiß, jetzt wird die Adele weinen.

„Scusate", sagt sie, „scusate ... come se non avessi già pianto abbastanza in tutti quegli anni ... tutti quei ricordi ...* ich bitt schön, i möcht hoamgehen, hat mein Vetter im Spital gebettelt, no, è stato un ricovero per ammalati di mente*, weil damals einer verrückt gewesen ist, der es nicht mehr derpackt hat. Ein schüchterner Mensch ist er gewesen, mein Vetter, ein bißchen ängstlich und lieber für sich allein. Nach dem Granateinschlag, der ihn ein zweites Mal in die Luft haut und auf einen toten Kameraden hinunterwirft, kann er zu zittern und zu weinen einfach nicht mehr aufhören. Ich bitt schön, i möcht hoamgehen, er sagt nie mehr etwas anderes, im Spital nicht und nicht zu den Offizieren, die ihn bald wieder in der Kompanie haben, bis er schließlich in den Kugelhagel einfach hineinrennt.

Und dann dieser spavento a morire*..., da kommt die Streife wie ein Sturm mitten in der Nacht, reißt vom Keller bis ins Unterdach alles auseinander. Sie suchen meinen Schwager, der seinen Heimaturlaub um achtundvierzig Stunden verlängert hat. Ein Uniformierter schreit mich an: *Bargeld, Haus und Hof, alles beschlagnahmt wegen Beihilfe zum Hochverrat* und dann noch lauter: *Das Verbrechen der Desertion verjährt nie, nie, in Ewigkeit nicht.* Da ist mein Schwager aber

---

* zur guten Seele meines Mannes

* Entschuldigt... als hätte ich in all den Jahren nicht schon genug geweint ... all diese Erinnerungen

* nein, es war eine Irrenanstalt

* Todesschreck

schon wieder eingerückt. In verità, wären ein paar Jahre Kerker schrecklicher gewesen als die Front?“

Der Fidl zögert. Er wartet auf den richtigen Augenblick. Er hat noch etwas zu übergeben und zupft schon lange an dem Bindfaden, mit dem Carlo das Paket fest verknotet hat. Adele versteht nicht gleich, was der Fidl ihr da überreicht.

„Ach“, sagt sie dann „so viele von meinen Briefen sind also doch angekommen.“

Sie holt ein kleines zusammengeheftetes Bündel; einzelne, unterschiedliche Blätter, karierte und solche mit Zeilen, die sie selbst gebunden und zwischen zwei Deckel gefaßt hat.

„Mein Memoriale“, sagt sie zur Lona und klopft mit dem Finger darauf. Geburtstag, 31 gennaio 1894, Hochzeitstag, 18 gennaio 1913, Tauftag ihres Mario, am 16 gennaio 1914. Das ist die erste Seite im Memoriale. Die nächste Eintragung ist schon der Kriegsausbruch, die Abreise ihres Carlo nach Rovereto und Trient.

In Carlos Tagebuch liest Adele von den neunzig Soldaten am Bahnhof, von denen er einer ist. Von ebenso vielen Zuschauern oder Abschiednehmenden, die weinen oder schreien oder stumm staunen über diese erschreckende Welt. Verzagte Frauen umarmen mit grauen Gesichtern ihre frischen Männer; Kinder riechen aus den Uniformen ihrer Väter die Kleiderstärke heraus. Der Zug fährt ein, und die ganze Menge ist ein einziger Schrei: Evviva!

„Wer soll leben“, fragt die Adele, „wo sie doch fast alle in den Tod gefahren sind. In den eigenen oder in den der anderen? Sie reden alle vom Augustjubel … ich weiß nicht … in unserem Dorf und in den Dörfern ringsum hat keiner gejubelt. Tasig* waren die Leute, composti, capite?* Ein kopfhängerischer Ernst, als hätte ein jeder das Unheil geahnt.

---

* kleinlaut (Tiroler Dialekt) – * gefaßt, versteht ihr?

Und doch waren wir Trentiner nicht weniger fügsam als die Deutschtiroler. Dem Kaiser nicht folgen, nicht gehorchen? Ma non se ne parlava nemmeno!* Obwohl, verzeihen schon, Herr Federspiel, verdient hätte er es sich nicht, der Kaiser. Seit wir hier Grenzland waren, ist Jahr für Jahr mehr Militär gekommen. Es hat sich überall eingemischt, es hat alles bestimmt: wer Beamter werden darf und welcher Verein zugelassen wird. Die Italiener aus dem Reich haben überhaupt kein Sein mehr gehabt hier heroben. Das hat viel böses Blut unter den Leuten gemacht, tanto inasprimento, capite*? Und dann: Hat ein einziger Österreicher von einem Trentiner etwas gehalten? Hochnäsig sind sie mit uns umgegangen, frostig. Das kränkt mit der Zeit. Und auf der anderen Seite die Italiener mit ihrer *Erlösung* und diesem Gerede, die Österreicher würden uns eh fallenlassen, und diese Unsicherheit dann im August '14, was sie sich jetzt wohl aushecken werden, die Italiener. Noi, gente semplice, il cattivo sospetto ci sconvolge, ci fa stare in ansia. La cattiva certezza invece ci indebolisce, ci rattrista. Nonostante tutto …* sind die Trentiner in diesen Krieg gegangen, den die Österreicher den heiligen geheißen haben. Und dann haben sie meine Brüder in eine ganz fremde Einheit gesteckt, ganz weit draußen in der Welt, und ein ganzes Jahr lang haben sie überhaupt keinen Heimaturlaub bekommen. Warum? Perché non ci hanno voluto, ecco perché.* Wen hätte es da nicht verdrießen sollen? Meine Brüder haben recht gut Deutsch können, per fortuna*, aber in den

---

* Gar keine Rede davon!
* so viel Verbitterung
* Uns einfache Menschen bringt der böse Verdacht durcheinander, er ängstigt uns. Die böse Gewißheit aber schwächt uns, sie macht uns traurig. Trotz allem …
* Weil sie uns nicht haben wollten, deshalb.
* zum Glück

vier Jahren an der Front ist ihnen kein Offizier untergekommen, der italienisch geredet hat. Walsche Teufel, walsche Schweine, haben die Offiziere geschrien. Dann ist der Piero gefallen. Jetzt war er ein Held. Ma ditemi un po' voi, che cosa ci si può ancora aspettare da questa gente?*"

Adele hat ihr Memoriale nicht aus der Hand gelassen. Sie bemerkt erst jetzt, daß die Ecke des Pappendeckels, die wie ein horchendes Ohr spitz aufsteht, demnächst in ihrer Hand zurückbleiben wird, wenn sie das unbesonnene Hin- und Herbiegen nicht aufgibt.

Vier Monate im Feld, in Galizien, und fünfzig Tage ohne Nachricht, liest sie vor. Am 24. Dezember, am Heiligabend, wird Carlo am Arm verletzt. Drei Wochen lang behandeln sie ihn in Kosice, Oberungarn, dann kommt er nach Graz.

Am 24 gennaio 1915 begraben wir hier den kleinen Mario. Carlo kommt am 30 gennaio auf Urlaub und versäumt seinen Sohn grad um eine Woche. Im Fünfzehnerjahr sind Kinder an einer Lungenentzündung gestorben. Die schwache Lunge wird er vom Carlo geerbt haben, der arme Mario.

Wieder drei Monate Schweigen aus Galizien. Die erste Botschaft danach aus Tirol. Da ist der Krieg ja inzwischen auch hingekommen.

Am 20 giugno fahre ich für drei Tage von Varisello nach Gries, zu Carlo auf Besuch. Um halb zwei Uhr in der Früh warte ich auf einer Bank an der Bozner Talfer darauf, daß es tagt. Dann geht es für mich wieder zurück nach Varisello, für Carlo weiter nach Gorizia. Er wird ein zweites Mal am Arm verwundet, ein zweites Mal in einem ungarischen Spital behandelt. 4 dicembre: ein drittes Mal Galizien. Ganz genau habe ich das notiert: *14 dicembre 1915 partenza, 16 dicembre*

---

* Aber sagt ihr mir doch, was kann man sich von diesen Leuten noch erwarten?

Kosice, 17 dicembre Carpazi, 18 dicembre Przemyśl, 19 dicembre Leopoli, 25 dicembre campo di battaglia. Und jetzt kommt eine ganze Liste von Kleinigkeiten: *1 febbraio* – ein Päckchen abgeschickt, *11 febbraio* – ein zweites Päckchen. *14 marzo* und *25 marzo* – wieder Päckchen geschickt. *16 marzo* – eine Karte con Carlo. *18 marzo* – wieder eine Karte von Carlo. Feldpostnummer 25. Wolhynien.

9 maggio, 4 giugno, 11 giugno – Päckchen geschickt. Immer Päckchen von fünfunddreißig Deka. Größere nimmt die Post nicht an. Aus dem letzten, zu schweren, muß ich deren zwei machen. *24 giugno* – Karte von Carlo. *2 agosto* – vierzig Kronen geschickt. *6 agosto* – drei Karten von Carlo. Carlo schreibt immer, es gehe ihm gut. Aber hier, im diario, steht etwas anderes. Hier steht nur Hunger und Durst und Müdigkeit und Schmerzen und Verzweiflung. A dire la verità, anch'io ho sempre cercato di consolarlo.*"

Drei Bücher liegen in Adeles Schoß. Sie hat die Schenkel auseinandergeschoben. Dazwischen strafft sich der Kittel. Sie nimmt einmal ihr eigenes Tagebuch in die Hand, dann eines ihres Carlo und wieder das ihre. Fahrig ist sie, zerstreut und unruhig. Sie schiebt den Zeigefinger der rechten Hand von Datum zu Datum, spreizt zählend die Finger der linken Hand weg: dodici, tredici, quattordici. Dann schaut sie auf, schüttelt den Kopf: „Dreiundzwanzig Päckchen und Kistln in einem Jahr, die Kronen, die ich geschickt habe, nicht mitgezählt, mein Gott … und es geht weiter, all die Monate durch bis zur Nachricht von der Gefangennahme, dann nichts mehr, nur mehr das, was der Sergio erzählt, der '18 heimkommt. Daß der Carlo bald nachkommt, verspricht er; dann die Todesnachricht.

Warum habe ich alle diese Nichtigkeiten aufgeschrieben?

---

* Ehrlich gesagt, auch ich habe immer versucht, ihn zu trösten.

Immer diese Päckchen, das Geld, die Orte, wo Carlo kämpft? Aber die Verzweiflung kann man ja nicht aufschreiben. Die heimliche Hoffnung auch nicht. La speranza é l'ultima a morire, non è vero?*"

„Non piangere, mamma."*

„Carla mia!"

„Heute sage ich mir ab und zu, es wäre besser gewesen, dagegen zu sein, nicht wahr, Frau Federspiel? Im April '15 höre ich das erste Mal von den Frauen, die sich vor dem Municipio di Trento versammeln und gegen die Mehlration aufbegehren. Über vierhundert sollen es gewesen sein. Da denke ich mir, wenn wir Weiber aufstehen, tutte quante, dann ist der Krieg aus. Aber die Gendarmen zeigen die Weiber an, verhaften viele. In der Feldamtswäscherei, wo ich nach der Feldamtsnäherei angestellt bin, gibt es ein paar ganz Schneidige, die sich nicht fürchten, die uns Wäscherinnen aufklären und überzeugen, daß das alles nicht sein muß, dieses Elend und dieses Morden, das ein paar Großkopfete angefangen haben. Noi, povera gente, contadini, non abbiamo niente a che fare con gli errori, i peccati, il destino dei grandi, ma tocca a noi, soffrire di piú, non è cosí?* Aber, sapete, ich bin nicht mutig gewesen, nie bin ich mutig gewesen. In vielen Dörfern um Trient und Rovereto gehen die Frauen, Hunderte von Frauen, vor die Bezirkshauptmannschaften und schreien gegen den Krieg und gegen die Not. Da bin ich dann einmal doch mitgegangen, heimlich sozusagen, ganz am Rand und nur wie zufällig dabei, ach. Aber ich habe um

---

* Die Hoffnung stirbt zuletzt, nicht wahr?

* Nicht weinen, Mamma.

* Wir arme Leute, Bauern, wir haben mit den Fehlern, den Sünden, dem Schicksal der Großen nichts zu tun, aber wir sind es, die am meisten darunter leiden; ist es nicht so?

meine Brüder Angst gehabt, um Carlo sowieso, um die ganze Verwandtschaft. Andere hatten weniger zu verlieren, andere hatten niemanden hinter sich, andere waren auch einfach nur tapferer.

Im Mai '15 hört das dann eh auf, weil da der italienische König die Habsburger verraten hat, und der Krieg für Österreich erst recht ein gerechter wird. Es ist fast, als täten sich die Österreicher freuen, weil sie es eh immer gewußt haben, daß die Walschen tückisch sind, jetzt beweisen sie es wieder einmal.

Und dann fangen die Dörfler hier links und rechts an, einander anzuzeigen. Der Krieg incattivisce la gente.* Es gibt keinen Zusammenhalt mehr unter den Leuten. Sie begleichen alte Rechnungen. In Zeiten wie diesen reicht jede stupidaggine* für ein Delikt. Und so denunziert die Dirn die Bäuerin, der Händler die Konkurrenz, der Mieter den Hausherrn, und alles auch umgekehrt. Ein Hader, un disguido, una parola storta, un saluto negligente*, die Hennen im Nachbarsgarten, die streitenden Kinder zweier Familien, ed è già pronta la vendetta*. Bis dann jeder im Nachbarn den Spion wittert und sich die Leute anstellen, als hätten sie eine museruola* umgebunden.

Die österreichischen Offiziere steigen groß herum, se non vanno a puttane, scusate ben*, mit aufgezwirbelten Schnurrbärten voller Gemeinheit, sitzen die Nächte in den Kaffeehäusern ab und sind zu gar nichts nütz. Es verleidet die Leute arg, daß der Bauer um den letzten chicco di grano* gebracht

---

* läßt die Menschen verrohen.
* Dummheit
* ein Mißverständnis, ein falsches Wort, ein nachlässiger Gruß …
* … und es geht schon los mit der Rache.
* Maulkorb
* wenn sie nicht gar zu den Huren gehen, Ihr verzeiht schon …
* Weizenkorn

wird, die Stadtler ein Brot aus chissacché di surrogato di farina* bekommen – ach, vor lauter Aufregung finde ich gar kein deutsches Wort mehr, und die Offiziere mit ihren satten Bäuchen tun, als seien sie hier in territorio nemico*. Da spuckt dann schon einmal einer vor dem Kaiserbild aus und pfeift in die Volkshymne hinein. Ja, die Rädelsführerin aus der Feldamtswäscherei, die kerkert man in der Weiberhaftanstalt in Wiener Neustadt ein. Zurückgekommen ist sie nie mehr.

Sie werden das nicht verstehen, Herr Federspiel, der selige Carlo hätte das auch nicht hören wollen, und mir ist heute noch, als täte ich etwas Unrechtes verraten, aber damals habe ich nur mehr gehofft, es mögen endlich die anderen kommen, die Italiener halt, damit das alles vorbei ist, der Krieg und der Haß und die Verdächtigungen. Daß es wieder besser wird, habe ich gehofft. Bis jetzt ist nichts besser geworden, bis jetzt ist nur alles hin, zerstört, gemordet, Mensch und Tier und die ganze Welt und das ganze bisherige Leben."

Adele rückt näher zur Lona hin, blättert die letzte Seite ihres Memoriale auf. „Promesse?" fragt die Lona. „Ja, mein Gelöbnis."

Gelöbnis: Sollte ich die Gnade haben, daß mein Mann Carlo gesund und munter heimkehrt, gelobe ich, Adele Dallago, der Madonna von Varisello meine Hochzeitsohrringe, oder den Geldwert derselben, zu widmen. Der Madonna von Pinè gelobe ich, meine Halskette, eine heilige Messe für die armen Seelen und dem heiligen Antonius zwei Kronen zu stiften.

Es folgen zwei Marienlieder: *O Madre mia, dolce Maria* und *Salve, o Vergine Maria, fior gentile del Carmello.*

Adele bindet ihr Briefebündel auf, liest, übersetzt: *Wir*

---

* wer weiß, was für einen Mehlersatz

* Feindesland

haben zwar nicht die Freude des Wiedersehens erlebt, dafür auch nicht den Schmerz des Abschieds. Das schreibt Carlo nach dem abgeschlagenen Urlaubsgesuch. – Schauen Sie, Frau Federspiel, diese Karte aus dem Riserfeschpitol."

Auf dem Kartenkopf steht: Militärpflege – Katonai – àpolási iigy, darunter ein Viereck mit fünf Spalten und neun Zeilen. In den Spalten die Kategorien leicht verwundet – verwundet – schwer verwundet – krank – schwer krank. Darunter dasselbe in neun Spachen. Der Patient unterstreicht das auf ihn Zutreffende. Carlo unterstreicht *verwundet*, nicht ferito.

„Er hat nie etwas Böses geschrieben, der Carlo, nie etwas gegen die Monarchie, gegen die Österreicher. Doch, ein einziges Mal. Daß sie einen an einen Baum gebunden haben wie einen Aufgehängten, weil der seine eiserne Ration aufgegessen hat. Zehn Minuten lassen sie ihn hängen, bis sie ihn endlich mit herausquellenden Augäpfeln und Schaum vor dem Mund losbinden. Schauen Sie, Frau Federspiel: *Questo si chiama umanità, coltura, libertà, progresso? Barbari!!!** schreibt Carlo. Und die Österreicher haben gesagt, sie müssen gerade gegen die Barbarei Krieg führen, gegen die Barbarei des zaristischen Rußland …

Der Carlo fragt immer, wie es um unsere Weinberge steht, ob ich die Kuh noch habe. Am meisten quält ihn die Sorge, daß wir womöglich vom Haus gehen müssen. Non è che ce l'ho con i tedeschi, sapete …* es geht ja im Kleinen und im Großen immer und überall gleich zu auf der Welt. Derjenige, der das Heft in der Hand hat, zwingt den Schwächeren, am Blatt anzugreifen. Vielleicht trifft es jetzt euch Deutschtiroler

---

* Das heißt Menschlichkeit, Kultur, Fortschritt? Barbaren!!!

* Es ist ja nicht so, daß ich etwas gegen die Deutschen hätte, wißt ihr …

unterm Brenner; ich wünsche es euch ja nicht, aber bisher ist es nie anders gekommen. Domina il più forte.*"

Unter jedem Brief, den die Adele abwechselnd dem Fidl vorhält und der Lona, steht: *Tuo indimenticabile marito* oder *Tuo amatissimo marito.** Die Trentiner Bauern unterschreiben wie die Tiroler, daß sie *unvergeßlich* sind und *vielgeliebt*, und meinen es andersherum.

„Wie ist er gestorben", fragt die Adele, „er hat doch nicht etwa leiden müssen, non è vero?"

Der Fidl ist froh, daß er bis jetzt nicht viel hat sagen müssen. Die Lona auch. Aber es ist, als wollte die Adele gar nichts anderes hören, als daß er nicht gelitten hat, ihr Carlo.

„Keine Schmerzen, nur Schwäche", gibt der Fidl Auskunft und lügt dabei nicht einmal.

„La buon' anima di mio marito*", das wiederholt sie nicht oft genug, die arme Adele. Und zur Tochter gewandt: „La buon' anima di tuo padre.*"

Hinter dem Madonnenaltar in der Kirche von Varisello wären die Ohrringe der Adele, neben all den Krücken, Helmstücken, Bildern und Stickereien, in guter Gesellschaft. Wer weiß, vielleicht hat die Witwe ihre Ohrringe verpfändet, als Entgelt für die Seelenmessen, die sie für ihren Carlo lesen läßt.

Und wieder sind ein lieber Gott und eine gnadenreiche Jungfrau mit Liebe und Gnade weniger großzügig umgegangen, als das Kind sich das erwartet hätte.

„Der liebe Gott kann sich doch nicht ums Leben küm-

---

* Der Stärkere befiehlt.

* Dein unvergeßlicher Gatte, Dein vielgeliebter Gatte.

* Die gute Seele meines Mannes

* Die gute Seele deines Vaters

mern. Der liebe Gott ist doch für das hier nicht zuständig", sagt die Großmutter.

Was tut er dann?

„Er schaut uns sündigen Menschen zu, Kind."

Warum sündig?

„Sünde ist, nicht das Gute wollen. Das Gute wollen ist, wollen, daß der andere lebt. Wollen, daß er nicht stirbt, Kind."

Und die Adele?

„Ich stelle mir vor, daß sie ein mutiger Mensch geworden ist. Der Mut ist die Tugend der Witwen, Kind."

Das junge Paar – nein, für ein junges Paar hält sie hier keiner, der Fidl hat einen schmalen, braunen Kranz, der um seine Glatze wächst und sie einrahmt wie die Schleife eine Ostertorte, die Lona zwei müde Augen mitten in der hellen Mädchenhaftigkeit des Gesichts, deren Braun schon matt zu werden beginnt, ein nüchternes, verständiges, mildes Braun –, das Paar tritt aus der Kirche von Varisello. Ein lächelnder Mann stellt sich ihnen in den Weg. Er lupft seinen Hut.

Der Fidl hätte nicht sagen können, woran er den Heimkehrer erkennt, aber er täuscht sich nicht. Der freundliche Bauer kommt aus Rußland wie er. Es ist die Haltung, an der er sich zu erkennen gibt. Es ist das Gewicht der durchwanderten Jahre auf seinen Schultern, nicht das etwas nachgezogene Bein, das dem Fidl erst später auffällt. Adele hat ihre Tochter mit der Nachricht des Besuches zu ihm geschickt. Sie selbst war dafür zu aufgewühlt.

„Povera donna*", sagt der Mann „seit Jahren ist es, als warteten ihre Tränen immerzu unter den Lidern aufs Herunterrinnen. Wenn einer da kein schlechtes Gewissen bekommt, daß er zurückgekehrt ist."

---

* Arme Frau

Nach dem ersten Glas Rotwein wissen die beiden Männer, daß sie zur selben Zeit eingerückt, zur selben Zeit in Gefangenschaft geraten, im selben Jahr heimgekommen sind.

„Ganze Rudel von Gesichtern sind an mir vorbeigezogen. Gesichter, die einander ähnlich geschaut haben wie die von Schafen. Wie sollte man sich da an ein einzelnes erinnern?" fragt Riccardo.

„Weil wir in der finstersten Zeit unseres Lebens ein einziges Schaudern gewesen sind, ein Schaudern ohne Unterschied, deshalb waren wir zum Verwechseln ähnlich", antwortet der Fidl, „und das ist es auch, was uns auf die Stirn geschrieben bleibt."

Riccardo nickt langsam. „Noi poveri con la lingua differente ...* Nur: der Grund des Krieges ist niemals der Grund der Kämpfenden gewesen, auch nicht derjenigen, die deutsch geredet haben. Wir Trentiner und wir Tiroler sind fast alle Bauern. Bauern sind Menschen ohne kriegerisches Ideal, ohne irgendein Interesse an diesem Kampf. Wer hält denn das aus, Menschen zuzuschauen, die sich gegenseitig umbringen und noch dazu gegen ihren ureigenen Willen? Aber mit Gott, Kaiser, Vaterland rutscht die Religion ins Militär, und die Pflicht gegen Kaiser und Vaterland wird ein göttliches Gebot und das Übertreten eine Sünde."

Riccardo ist kein Bauer mehr, und kein Tiroler. Er leitet eine landwirtschaftliche Genossenschaft, aber der Fidl meint, ein Advokat würde besser auf ihn passen. Er redet ohne Punkt und Beistrich und wie gedruckt.

„Daß wir uns auch richtig verstehen, Fidl, ich sage das jetzt nicht etwa gegen dich, aber schlechter als die Italiener hat man im Krieg auch die Serben nicht behandelt, von der Zeit nach '15 erst gar nicht zu reden. Alle Kaprizen der Obe-

---

* Wir Armen mit der fremden Sprache

ren sind auf unserem Rücken ausgetragen worden. Zweifeln hätte man können, gegen wen die Habsburger überhaupt Krieg führen, gegen die Russen oder gegen uns Italiener. Da stehen wir einmal zwei Stunden auf Posten, fällen die zwei folgenden Stunden Bäume, um Deckung zu bauen, und das wechselt so die ganze Nacht im Zwei-Stunden-Rhythmus ab, und um fünf Uhr früh heißt es plötzlich: Aufbruch, weitermarschieren. Wozu das Ganze? Um uns zu schinden. Oder dieser Ostersonntag 1915. Ruhetag ist, aber für uns Italiener gibt es keinen Ausgang, will heißen, auch keinen Meßgang. Sind wir Italiener keine Katholiken oder was? Nicht, daß ich auf die Pfarrer erpicht gewesen wäre. Die haben uns nur mit ihren schönen Worten begleitet. Die Kriegswelt war ihnen dann zu gefährlich. Weißt du, ich habe nicht nur einmal den Himmel nach dem großen Gott abgesucht, aber ich habe ihn keinmal gefunden. Gäbe es ihn, er hätte sich das doch nicht mitansehen können, ohne einen innehaltenden Lichtblitz herunterfahren zu lassen.

Das Schönste ist aber, daß die Trentiner Freiwilligen dann auch im italienischen Heer die Sündenböcke sind. Ihretwegen soll der Krieg ja angefangen haben. Den Trentinern mißtraut man also auch unter Vittorio Emanuele, die Trentiner demütigen und schikanieren auch die eigenen Landsleute.

Ganze vier Mal bin ich während der Gefangenschaft vom äußersten Osten in den Westen verfrachtet worden und wieder zurück. Ach, all diese verfehlten Hoffnungen, diese endlosen Tage, in denen eine Stunde gleich lang dauert wie ein Fasttag.

Und wo ist wieder einmal Gott? Da nehme ich irgendwann mein altes Gebetbuch, das Gebetbuch meines Taufpaten, eines frommen Bauern, und werfe Blatt für Blatt, Seite für Seite ins Feuer, in dieses Feuer, aus dem ich gerade die gebratenen Erdäpfel geholt habe. Es geschieht nichts, keine

Verdammnis, kein Unglück, kein Fluch. Die Blätter brennen, wie die Erdäpfelschalen gebrannt haben. Die Asche, eine weißliche, schwebende Asche, unterscheidet nichts von der Asche der Erdäpfel. Ich habe das Gebetbuch fünf Jahre lang nicht vermißt. Ich vermisse es bis heute nicht. Mir ist Gott abhanden gekommen. Er ist mir in der sibirischen Kälte erfroren.

Ob ich ausgesöhnt bin, weiß ich nicht. Ich kann es den anderen ja nicht übelnehmen, daß sie noch beide Knie haben. Vielleicht hat meine Verbitterung nur eine andere Richtung genommen und ist eine gegen die Wetterfühligkeit geworden, gegen das Hinken, gegen die schweren Träume.

Uns Irredentisten bringen sie zuerst nach Kirsanow, dann geht es nach Sibirien. Von einem Tag auf den anderen von Sibirien ab in Richtung Westen, nach Nowgorod-Sjewersk auf ein landwirtschaftliches Gut. Ein paar Wochen später fährt der nächste Zug zurück über den großen Baikalsee, Tag und Nacht. Von Acinsk aus erreichen wir nach drei Stunden Fußmarsch unser neues Lager. Noch einmal zwanzig Monate in der Wüste. Über eine Woche dauert die zweite Reise in den Westen. Es ist, als traue der Zug den Gleisen nicht, als könne er sich einfach nicht entschließen, weiterzufahren, als beabsichtige er, den Frieden abzuwarten.

Diesmal ist das Ziel die Austauschstation der Gefangenen in russisch-deutscher Grenznähe, ein deutsches Lager. Dort hämmern mir wieder Wörter wie Kommandant und Oberkommandant, Leutnant und Oberleutnant in den Ohren, Wörter, die die Revolution seit Monaten aus dem russischen Wörterbuch gestrichen hat. Es ist, als würde ich von neuem in eine Zwangsjacke gesteckt, als würden mir von neuem die Hände gefesselt. Ach, diese Deutschen, eine derart strenge und feindselige Zucht verhängen sie über die eroberten Gebiete, daß sich nicht einmal Felsen trauen, einen Stein aus ihrem Block entkommen zu lassen aus Angst, entdeckt zu werden.

Wer für die Heimat stirbt, hat schon genug gelebt, den Ausspruch des Offiziers vergesse ich bis zu meiner letzten Stunde nicht. Da bin ich noch kämpfender Soldat und wandere in den Arrest, weil ich den Vorgesetzten anschreie, ich hätte genug davon, eine fremde Laune zu verteidigen, mich zwischen Leben und Tod, zwischen Stöhnen und Verrecken herumzuschlagen. Den nächsten Kerker hole ich mir, weil ich zum Korporal sage, er soll sich nicht so aufspielen; wenn wir erst beide wieder in Zivil sind, ist er nicht mehr als ich, wer weiß, vielleicht ist er sogar weniger als ich. Vor Schmerzen kann ich nicht mehr aufrecht gehen und der Militärarzt weiß, daß sich in Kriegszeiten eine Krankheit nur über Fieber erweist.

Beim Besuch des Erzherzogs Karl damals defiliert eine Bande von Banditen: lange Haare, lange Bärte, verfilzt, zerzaust, dreckig. Was denkt sich der hohe Herr von seinem Heer? Alle schreien: *Er lebe!* Aus den Mündern der Italiener kommt kein Ton. Es steht uns nicht zu, denen ein *Hoch!* zuzurufen, die uns knechten.

Über hunderttausend Trentiner evakuiert, alle unsere Politiker entweder via al confine, ab über die Grenze, oder militärgerichtlich verurteilt, jedes noch so kleine Nest in Welschtirol besetzt, die reinste Willkür der staatlichen Macht ausgedehnt bis ins Persönlichste … da hätten wir noch zum Doppeladler halten sollen? Und im übrigen: Die Alttiroler schwärmen von Bayern und von Deutschland und wir sind die ruchlosen Staatszersetzer? Wo ist der Unterschied zwischen der bayrischen Irredenta und unsrer nationalen Hoffnung? Beide erwarten wir uns eine bessere Zukunft, wir Trentiner wollen keine getretene Minderheit mehr sein, und die Deutschtiroler zu einem großen Reich gehören. Ach was, la politica è nient' altro che un inganno o meglio, una puttana*.

---

* die Politik ist nichts anderes als ein Betrug, oder besser: eine Hure.

Aus dem Gefangenenaustausch wird für mich auch diesmal nichts. Mit revolutionären Soldaten, die von der Front geholt werden, arbeite ich in einer Zementziegelfabrik. Am 1. Mai feiern die Russen die neue Republik der Sowjets. Auch wir Gefangene aus der Fabrik reihen uns mit Fahnen und Musikkapelle in die Umzüge ein. *Wir sind alle Freunde und Genossen*, heißt es. Aber das Volk schaut uns schief an: Euch geht es gut, sagen sie, aber unsre Leute krepieren vor Hunger und Erschöpfung in euren Gefangenenlagern. Sie hassen uns, diese Hintergangenen.

Das ganze Land ist ein einziges Durcheinander.

Am Heiligabend '17 sollen wieder einmal vierhundert von uns abfahren, die Heimreise antreten. Nach zwei Stunden Warten auf dem Bahnhof die Nachricht, daß unser Zug voll ist, voll von russischen Soldaten, die von der Front kommen und gar nicht daran denken, für uns die Waggons zu räumen. Es gibt keinen mehr, der befiehlt, und die Soldaten tun, was ihnen paßt. Also geht es wieder zurück. Diesmal arbeite ich in einer Stoffabrik, später bei verschiedenen Bauernfamilien. Wir sind im europäischen Teil Rußlands, in der Ukraine, etwas nördlich von Kiew. Eine Bäuerin nimmt mich mit. Ich binde Garben, hacke Holz, dresche. Die Alte, es wird wohl die Schwiegermutter gewesen sein, redet, daß es eine Freude ist. Am Ende weiß ich soviel als wie zuvor. Die Junge nickt nur. Seit ich von daheim fortgegangen bin, sitze ich zum ersten Mal zwischen zwei Frauen. Ich denke an meine Mutter.

Von einem einzigen Feld führe ich mit sieben Rössern sechzehn Tage lang Roggen ein. Der Gutsherr allein hat mehr Korn als drei Trentiner Dörfer zusammen. Wir sind unser zweihundert bei einem Patron. In einer Nacht dreschen wir Gefangene vierundzwanzig Tonnen Korn. Wir schlafen auf dem Feld, auf Stroh. Einmal wache ich mit fünfzehn Zentimeter Schnee auf den Beinen auf.

Aber wir haben sogar eine Ziehharmonika, dieses Instrument der übermütigen Trauer. Am Abend kommen ab und zu ein paar Russinnen zum Tanz.

Nach der Erntezeit ist der Weg in den Osten wieder für uns offen. Ich habe nichts anderes erwartet. Die Welt besteht nur mehr aus Räderrollen, Rütteln, Enge und aus November.

Aus dem Lager wegzugehen, wäre in dieser revolutionären Unordnung ein leichtes, es würde uns auch keiner am Davongehen hindern, aber wo sollen wir denn hin, nach China vielleicht? Wieviel Welt bleibt uns noch zu sehen über?

Geht ins russische Heer, rät man uns, für sechzig Rubel im Monat, Essen und Kleidung gratis, Dienst entlang der Eisenbahnlinie und sobald Friede ist, ist der Heimtransport garantiert. Wenn das kein Angebot ist?

Inzwischen geht die Revolution weiter, stolz und schrecklich und wild. Derart wild, daß die Alliierten beschließen, ein bißchen Ordnungshilfe zu leisten. Wir gefangenen Trentiner gehören zu den italienischen Helfern. Die Russen gewöhnen sich an uns. Italiener sehr gut, sagen sie. Nicht wenige junge Russinnen verlieben sich in die Soldaten des *Schwarzen Bataillons.*

Ende 1919 kommen wir zur königlichen Militärkommission; sie soll die Abreise organisieren. Im September und Oktober '16 hat sie das schon einmal getan. Für jene Gefangenen, die zuerst ein dröhnendes Bekenntnis zu Italien abgeben. Es sind viertausend italienische Österreicher, die auf Italien schwören. Ich hab mich damals nicht dazu entschließen können, wer weiß warum.

Rotes Meer, Port Said, Suez, wir sind lange auf dem Schiff. Einem Trentiner ist das große Wasser unheimlich. Ein Bauer muß wissen, wo er steht. Wo gibt es auf dem Meer einen Weg, eine Richtung? Wie weiß einer auf dem Meer, wohin es ihn verschlägt?

Dann gehe ich zu Fuß durch die friaulische Ebene. Wo früher Dörfer waren, sind jetzt Steinhaufen. Die Meinen finde ich endlich in einem Stall wieder. Das Leben ist eine schlechte Komödie. Darin stümpern wir die Schauspieler, wenn man uns läßt. Uns Heimkehrer, uns forsche Männer, die den Wind der großen Revolution aus Rußland bringen, läßt man nicht mehr gern spielen. Bis heute weiß ich nicht, wo meine Rolle angefangen hat, wo sie aufhört. Bleiben wird nichts als die verpfuschte Sehnsucht einer verunglückten Generation."

*

Auf der Heimfahrt hält die Lona die Hände im Schoß zusammen. Draußen dunkelt es schon. Der Fidl legt seinen müden Kopf auf ihre Schulter. Er atmet wieder einmal schwer. Die Luft, die lind in seine Lunge weht, ist der Geruch seiner Lona, der Geruch nach warmer Erde, Frühling und Linden, den sie dem lauen Abend zukommen läßt.

„Du betest, Lona?"

„Ja, Fidl, tu es mir nach, halt sie einfach nieder, die Bitterkeit, zwischen gefalteten Händen."

Da ist das Kind sechs Jahre alt, als die Grödnerbahn das letzte Mal fährt. Aber schon im November 1918 ist sie für eineinhalb Jahre stillgestanden. Dann übernehmen sie die Italiener und schicken ihre Eisenbahner gleich mit.

Der Tosta Luigi kommt als Stationschef nach Bergegg. Am ersten Abend sitzt er beim Wirt, und die Hedwig fragt ihn, ob er ein Wienerschnitzel möchte. Der Tosta schüttelt den Kopf. Ja, Gulasch gibt es auch, wenn er das lieber hat. Der Tosta mag auch kein Gulasch. Die Hedwig deckt den großen Tisch für die Hausleute. Das ist bald geschehen, weil es außer Löffel, Krügln und dem Pfannknecht nichts braucht. Die Esser langen in die Pfanne, die in der Tischmitte dampft, löffeln das Rahmmus mit der heißen Butter und trinken Milch dazu. Der Tosta fragt, ob er mithalten darf. Und alle im Haus staunen, daß der walsche Stationschef das Rahmmus einem Wienerschnitzel vorzieht.

Da gehört der Luigi Tosta, den ein jeder nur mit seinem Nachnamen ruft, schon fast zu den Einheimischen, als er gesteht, daß er sich an jenem ersten Abend gefürchtet hat, man könnte ihn vergiften, und daß er sogar mit der Pistole unter dem Kopfpolster geschlafen hat vor lauter Angst. Da ist er auch schon der Geliebte der Hedwig und kocht auch schon selber in seinem Stationshäuschen, zieht im Garten Zucchini und Paradeiser. Da redet er auch schon deutsch. Nein, deutsch eigentlich nicht, er redet bergeggerisch.

Warum hat der Tosta die Hedwig nicht geheiratet, Großmutter? Das Kind hört am liebsten Geschichten von Paaren und wie sie einander finden.

Es ist die Hedwig, die nicht heiraten will, weil sich eine

kranke Frau, eine Frau mit einem Familienleiden, keinem Mann zuzumuten hat. Die Hedwig aber ist nicht die größere Asthmatikerin als die Lona, nicht die größere als der Bub.

„Sie ist keinem eine Anstrengung gewesen, die Hedwig in ihrer freundlichen Schlichtheit, mit ihrer Anmut, die ein bißchen schwindsüchtig war und ein bißchen nutzlos. Alle haben diese Hedwig verehrt, nicht nur der Tosta. Das Unzugängliche, das, wovor die Schöpfung selbst ein Hindernis aufstellt, das schätzt die Welt", sagt die Großmutter.

Der Tosta heiratet nicht; auch keine gesunde Frau. Er sitzt neben der Hedwig vor seinem Stationshäuschen, bis er viel zu früh und viel zu plötzlich und lang vor der Hedwig stirbt und im Friedhof zu Bergegg eingegraben wird.

In den zwanziger Jahren kommen immer mehr walsche Sommerfrischler ins Grödental, mit denen der Tosta dann in seiner Sprache reden kann. Aber es ist nie ganz sicher, ob er nicht doch lieber mit dem Bergegger Briefträger redet, der das Bahnl ab und zu sogar anhalten darf, wenn er die seltene Post bei einem Bauern in Gleisnähe abliefern muß.

Die Innerwiesener, die zweimal im Jahr Salz, Zucker und Öl in Moosbruck einkaufen, laden ihre Säcke und Korbflaschen im Rainer Bahnhof aus und auf das Roß um, das dann bis zum Hof weitertrabt.

Auch die Bötinnen fahren mit dem Bahnl, oft nur heimzu, wenn sie es sich dann leisten können, obwohl es stadtzu nötiger wäre mit den schweren Rucksäcken voller Butter, Eier, Köstn, Nüsse und Obst. Zum Glück wiegen die Neuigkeiten nichts, die sie aus der Stadt ins Dorf tragen und umgekehrt. Die Bötinnen bessern, als Ehefrauen von Kleinhäuslern und Taglöhnern, den kargen Verdienst ihrer Männer auf.

Die beste Kundschaft der Bahn sind die Grödner Schnitzer, die ihre Arbeit wieder in die ganze Welt verschicken. Es kümmert diese Handwerker nicht groß, daß jetzt vorne auf der Lokomotive der Doppeladler dem Symbol der neuen Herren im Lande gewichen ist, das bei jeder Berg- und bei jeder Talfahrt anders gehängt werden muß, damit der Duce sowohl aufwärts wie abwärts nach vorne zeigt.

Zu bald aber ist wieder Krieg. „Die Menschen ertragen den Frieden nicht", sagt die Großmutter.

Warum?

„Warum, warum, was du für Fragen hast, Kind. *Warum du immer auf mir sissen, Kamerad,* soll ein walscher Posten zu einem Standschützen hinaufgerufen haben. *Weil Kriag isch, du Tolm!* Dasselbe hätte auch ein Russe fragen können oder ein Ungar antworten oder irgendeiner. – Die Welt muß selber immer wieder ein Jüngstes Gericht aufführen, weil sich das biblische so ungebührlich verspätet."

Im Zweiten Weltkrieg werden aus den Waggons der Grödnerbahn Lazarette.

*

„Warum erzähle ich dir das alles, Kind? Damit du es weißt. Damit du weißt, was vor dir gewesen ist. Es gibt nichts, was einfach nur so kommt, auch nichts, was einfach nur so vergeht. Was kommt, ist ein Gewesenes."

Das Kind küßt das Photo von Onkel Clemens an der Wand, dann küßt es das Photo von Großvater Fidl.

„Wein nur, Kind", sagt die Großmutter, „Kinder, die nicht weinen, werden böse Menschen."

Es sind die ersten zwei Novembertage. Seit Jahren schon unterbricht die Großmutter ihren Herbstaufenthalt in der Stadt nur mehr für diese beiden Novembertage, für Allerheiligen und Allerseelen. Am Seelentag stellt sie ein Licht auf Fidls Grab, eines vor das Bild der drei gefallenen Vettern in der Stube. Ihr Clemens hat hier kein Grab.

„Im Sechzehnerjahr hat das Kommando die Lichter auf dem Friedhof verboten und die Wachsstöcke beim Begräbnis", erzählt die Großmutter. „Morgen, am Seelentag, zünden wir unsre Kerzen an. Erst der Seelentag ist ein Trauertag. Allerheiligen ist ein Fest. Warum man das jetzt so verkehrt? Vielleicht, weil der ganze November ein trauriggrauer Monat ist."

Der grüne Kachelofen glüht. In der ausgesparten Mulde über dem Schürloch heizen sich zwei hautfarbene Ziegelsteine auf, die später das kalte Bett wärmen werden. Und Großmutter ist wieder im Erzählen.

„Am Allerheiligentag ist es Jahr für Jahr zum Wirt nach Bergegg gegangen. Die Kinder bitten ihre Paten dort ums Seelenstückl. Ein paar Centesimi bekommen sie, Sacktücher; die Größeren Schulzeug und ein paar Meter Stoff für Hosen und Rock. Am meisten freuen sich die Kinder auf das besondere Essen in der Wirtsstube, aufKöstn, Krapfen und Küchl und auf den Kaffee.

Einmal fängt das Luzele dort bei Tisch zu weinen an. Ob es denn nicht schmecken tät, fragen die Paten, und das Luzele antwortet, es weine, weil es schon satt sei und nicht mehr weiteressen könne. *Weil i's nimmer derpock*, sagt das Luzele."

Der November macht den Fidl immer ein bißchen schwermütig. Die Tage sind schon kurz. Wenn er mit der Arbeit aufhört, die er beim Holzhändler in Moosbruck gefunden hat, dunkelt es, und er geht im Finstern vom Stadtl den Innerwiesener Berg hinauf nach Hause. Noch gibt es genug Holz zu vermessen. Der Piller Holzhändler ist rührig. Noch ist die Arbeit auch erträglich. Im Winter dann, wenn die Bauern ihr Holz über Schnee und Eis zum Piller hinunterziehen, werden auch die schreibenden und vermessenden Finger des Fidl klamm und tauen erst spät am Abend richtig auf.

Mit dem November kommen die flatternden Ängste wieder, die bösen Ahnungen der kommenden Tage, die dunklen Sorgen und widrigen Nöte, die entsetzliche Erinnerung an entsetzliche Zeiten, und die Bedrohung hängt sich wie ein Kotbatzen bleiern an Fidls Füße.

Mit einer letzten, schwungvollen Geste wirft er die Joppe über den Löwenkopf und fällt zerschlagen auf den Sitz. Auf daß man sein asthmatisches Schnaufen nicht höre, drückt er die Lippen aufeinander; darüber zittert der Schnurrbart von der Luft, die in gepreßten Stößen aus den geblähten Nasenflügeln fährt.

Die Lona stellt einen Krug Wasser vor ihn hin, zupft die Joppe zurecht, damit sie die hölzernen Kerben der Löwenmähne gegen den mageren Rücken ihres Fidl polstert. Der schiebt den Krug in die Tischmitte, weil ihm seine beiden Jüngsten auf die Füße steigen wollen und über Vaters Kopf hinaufgeschaukelt werden. Kommt, Buben!

Auch das Luzele wartet am Abend auf den Tatta, weil er ihm beim Dividieren helfen muß. Das Mädchen lernt brav und begreift auch schnell – bis aufs Dividieren. Das kann ihm die italienische Maestra einfach nicht beibringen, und wenn sie noch so laut schreit. Die Schüler der Signorina Trombetta lachen in ihrer Klasse über die schreiende Signorina Testi, und die Schüler der Signorina Testi lachen über die schreiende Signorina Trombetta. Ab und zu überschneiden sich die grellen Stimmen der italienischen Lehrerinnen durch die Klassenwände. Sie haben keinen leichten Stand, die Maestrine. Die Kinder sind recht aufsässig. Das Luzele nicht. Das Luzele fürchtet sich eher.

Der Fidl holt eine Schüssel voller Dörrzwetschgen aus der

Speiskammer und läßt das Luzele zählen. Auf sechsundfünfzig Früchte kommt das Kind. Der Fidl rückt vier Stühle an den Tisch, das Luzele verteilt die sechsundfünfzig Zwetschgen auf die vier Stühle. Dividieren ist teilen, klärt er seine Tochter auf, nichts anderes als teilen. Das Einmaleins kann das Kind im Schlaf. Da wird es das Teilen schon auch noch lernen.

Später wird ihm die Hilfslehrerin, die im Unterdach des Turmmüllerhofes heimlich Unterricht erteilt, falsch schreiben beibringen – auf deutsch immerhin, hinter dem die Faschisten her sind wie der Teufel hinter der Seele. *Zimmlich* wird das Luzele auf die Schiefertafel buchstabieren und *hertzlüch griest*, und mit dem Fetzen werden die Kinder blitzschnell über die Kreide wischen, wenn sich im Haus etwas Gefährliches rührt. Die *Katakombenlehrerin* weiß, was sie gewärtigt, wenn sie erwischt wird.

Kein Mann im Dorf würde mit einem Kind auf dem Arm über den Dorfplatz gehen. Er würde sich schämen. Der Fidl trägt seine Buben mit großem Stolz herum. Seine einzige Tochter mit dem größten. Die Dörfler schauen befremdet. Sagen tun sie nichts. Die Männer schütteln nur den Kopf, wenn sie dem Fidl beim Schuhputzen zuschauen. Er steht in einer blauen Schürze auf dem Söller und fährt mit Bürste und Lappen über die fünf Kinderstiefelpaare. Wahrscheinlich wichst er auch die Schuhe seiner Lona. Die Frauen schnaufen ein bißchen und beneiden die Frau Federspiel.

Weil das Asthma dem Fidl das Gehen schwermacht, ist er froh, beim Innerwiesener Elektrizitätswerk angestellt zu werden. Da hat er Schreibarbeiten zu erledigen und verdient nicht weniger als beim Holzhändler. Ein Pech, daß sich die Innerwiesener derart verschätzen und bald nicht mehr wohin wissen mit dem defizitären Unternehmen. Die *Società Tridentina di Elettricità* übernimmt zum Glück, und den Fidl übernimmt sie gleich mit. Nur muß er jetzt Stromgeld eintreiben, was nichts anderes heißt, als wieder gehen: von Haus zu Haus, von Hof zu Hof, den Innerwiesener Berg kreuz und quer, den Eissteiner Berg auf und ab.

„Einmal werden sie dich überfallen, Fidl, dich mit deinem Rucksack voller Geld", warnen die Dörfler.

Der Fidl denkt sich das auch ab und zu. Die dreißiger Jahre sind Notjahre.

„Stell mich auf den Kopf, es fällt kein Centesimo heraus", sagt der Bauer, wenn der Fidl die Stromrechnung herzeigt.

Der Fidl glaubt ihm das. Er weiß, wie wenig Geld im Umlauf ist. Er weiß vor allem, wie wenig Geld ein Bauer hat.

„Wart, bis ich das Kalb verkauf", bittet der Bauer.

Der Fidl wartet. Er nimmt es in Kauf, den Weg ein zweites, ein drittes Mal zu gehen. Den säumigen Zahlern dürfte er nach der ersten Verwarnung die Stromkabel durchtrennen. Aber das bringt der Fidl nicht übers Herz. Er streckt den Betrag aus seiner eigenen Tasche vor. Nicht nur einmal. Er weiß, daß die Bauern den Stromgeldeintreiber fürchten, diesen Unglücksboten. Wenn sie ihn kommen sehen, würden sie am liebsten den Hofhund auf ihn loslassen, wenn das etwas nützte.

Dem Fidl erbarmen die Leute. Wie sollte er es nicht einsehen, daß sie sich von den Faschisten umtaufen lassen. Dafür, daß sie nicht mehr Vonmetz heißen, sondern Dimezzo, nicht mehr Gasser sondern Dalla Via, erkaufen sie sich Zahlungsaufschub, Kredit, Nebenerwerb, ihr wackeliges Auskommen auf dem Hof. Der Fidl tut sich zwar schwer mit den walschen Namen, die er am Abend regelrecht von den Scheinen in sein Register herunterbuchstabieren muß, aber das ist ein kleines Übel. Wenn zumindest alle Brüder einer Familie gleich heißen würden. Aber die Umschreiber sind sich nicht einig. Und so wird der Rabensteiner Josef als Corvosasso Giuseppe, sein Bruder Paul als Pietracorvo Paolo eingetragen.

Wer soll denn das aussprechen können: Piazza Giuglielmo Marconi. Giuglielmo, ausgerechnet Giuglielmo muß der Innerwiesener Dorfplatz heißen, der bisher überhaupt keinen Namen gehabt hat, weil es ja nur einen Dorfplatz gibt. Das tut den Innerwiesenern richtig weh, daß man sogar ihren Dorfplatz anrührt, der ihnen wie eine große Stube ist, privat, intim, darin langsam der Wind herumgeht und die Häuserecken, ihre steinerne Umrahmung, anhaucht. In Innerwiesen führen alle Wege über den Dorfplatz. Der erste bei der Taufe, der letzte beim Begräbnis. Der Pfarrer wartet vor dem Bildstock. Dann geht er den Leichenträgern ein Stück über den Platz entgegen.

Die Hirten führen ihr Vieh von der Weide zuerst an den Wasserkasten mitten auf dem Dorfplatz, bevor sie es in die Ställe treiben. Die Innerwiesener brauchen nach dem sonntäglichen Amt nicht einmal ein Wirtshaus, weil die Männer auf dem Platz in Trauben zusammenstehen und ihre Geschäfte abwickeln, die Neuigkeiten austauschen. Die Weiber sitzen sowieso bis spät in den Herbst und spät in den Abend hinein auf den Bänken vor ihren Häusern, schön im Kreis um den Dorfplatz herum. Es ist wie ein Frevel, dieses Giuglielmo Marconi.

Dann flattern diese gebauschten faschistischen Reiterhosen über den Dorfplatz, die Ledergamaschen und die Spielzeugpistole, die allerdings schießen kann. Und dann fahren Hände zu diesem unbestimmbaren Gruß in die Luft, der sich zwischen Schläge austeilen und benedeien, nicht entscheiden kann.

Die Buben des Fidl sitzen nicht gern in der Stube. Sie werden im Freien schnell groß, reifen in der Sonne. Sie spielen sommers wie winters auf dem Dorfplatz. Ganze Horden von Kindern treffen sich dort. Aber wenn das Glas am Bildstock wieder einmal zersplittert, haben den Schaden immer die Buben des Fidl angerichtet. Die Lona hätte schon lange einen neuen Bildstock aufstellen können, von dem Geld, das sie bisher zum Glaser getragen hat. Man könnte die Muttergottes ja auch durch ein schönes Gitter schützen, meint sie, aber das schlägt sie gar nicht vor, weil sie weiß, die Innerwiesener sind die Verglasung gewöhnt und lassen sich von einer Zugeheirateten nicht gern dreinreden.

Sie schimpft nicht einmal laut mit ihren Buben. „Sind halt Lauser", sagt sie, „und Lauser haben Schleudern. Wenn sie nur kein Auge treffen und keinen Kindskopf, die hölzerne Muttergottes hinterm Glas hält schon ein paar Steine aus."

Es gibt auch Tage, an denen die Natur den Buben die Gastfreundschaft verwehrt; da stellen sie dann in der Stube die Löwenstühle auf den Kopf und üben sich im Reiten; und die Löwen schnurren nur leicht belästigt und halten alles aus.

Der Fidl freut sich über seine Buben, über alle vier. Sie haben die Liebe zum Vieh von ihrem Vater geerbt und spielen auf dem Festenegghof die kleinen Stallknechte. Der Fidl aber wünscht sich, die Buben mögen ein Handwerk erlernen, weil ein Knecht nicht einmal heiraten kann, bei dem Lohn, den ein Bauer zahlt. Vom Festenegger kriegt der Großknecht zu Mariä Lichtmeß 1750 Lire, ein Star Weizen, ein Paar Schuhe, zwei Hemden, Bretter für einen Kasten, und einmal im Jahr darf er sich das Roß ausleihen. Gäbe es der Lona ihre Erbschaft nicht, der Fidl hätte seine Buben wohl beim Festenegger verdingen müssen, damit daheim ein paar Esser weniger um den Tisch sitzen.

Die Lona aber hat sogar für jeden Hausierer etwas, für jeden Handwerksburschen, für jeden Bettler. Beim Festenegg nebenan löffeln diese armen Herumzieher dann Suppe aus einer Schüssel, die man ihnen auf die Stubenbank stellt. Es kommt vor, daß zugleich deren drei beieinandersitzen. Übernachten dürfen sie im Stall. Auch unser Herr Jesus Christus ist schließlich in einem Stall auf die Welt gekommen. Warm ist es dort, weich auch.

Die Güte seiner Lona. Der Fidl hat sie früh geahnt. Die lautlose Barmherzigkeit mit der Kreatur, diese stille Verbundenheit mit dem Leid.

*

Die Großmutter zieht am Abend einen Stuhl vom Tisch weg und stellt ihn an die Wand neben der Kammertür. Darauf legt sie, akkurat wie mit der Meßlatte ausgerichtet, Unterwäsche und Stutzen für das Kind bereit, alles schneeweiß. Auf die Lehne mit dem Löwenkopf kommt zuerst die Schürze, darüber der Rock, als letztes die Bluse. Das Kind wird am Morgen hintereinander Unterwäsche und Stutzen, dann Bluse, Rock und Schürze anziehen, ohne die schöne Ordnung der Großmutter durcheinanderzubringen, ohne an dem Löwenmaul auch nur anzustreifen.

Sie hat das immer so gehalten, die Großmutter, mit dem einzigen Unterschied, daß ihre Kinder nur sonntags von oben bis unten etwas Sauberes anziehen durften. Vier Stühle für die Buben, einen für das Mädchen, hat sie vorbereitet.

Das Mädchen bekommt auch unter der Woche ab und zu etwas Frisches. Das Mädchen wird auch in Moosbruck von der besten Schneiderin eingekleidet. Seit die Lona damals über das unförmige Stück, das die Penn-Nohterin aus dem Dorf für das Luzele geschneidert hat, erschrocken ist, sagt sie zweimal im Jahr zu ihrem Fidl: Wo wir doch nur eine Tochter haben, müssen wir sie uns nicht von der Penn-Nohterin verhunzen lassen. Und der Fidl sieht das genauso.

Das Luzele aber schämt sich vor den Dorfkindern. Es schämt sich seiner schönen Kleider. Es möchte nicht als etwas

Besonderes auffallen. Zum Kirchgang will es auch über das feine Kleidermodell aus Moosbruck eine Schürze binden wie alle Mädchen. Es hat die große, blaue Schleife an dem neuen Meisterstück der Frau Weber schon bei der Anprobe skeptisch angeschaut. Als aber die Kirchsteig-Lina im Friedhof nach der Messe fragt, ob denn das Luzele heute auffliegen möchte mit seinem Propeller, da muß die Schleife weg.

Das Luzele ist jedesmal glücklich, wenn es in der Früh das braune Kleid der Penn-Nohterin, das die Mamma nur abschätzig den Pennkittel nennt, über der Stuhllehne findet.

Auch das Kind fragt in der Sommerfrische seine Großmutter, ob es denn nicht dieselben weißen Gummibänder um die Zopfenden haben könnte wie die Dorfkinder.

„Wäschegummi", sagt die Großmutter, „Gummi, den man in die Unterhosen zieht, ich bitt dich, Kind."

Am Abend breitet die Großmutter eine blaurot gestreifte Segeltuchplane auf den Stubenboden und stellt das Holzschaff darauf. Das Kind muß sich davor niederknien, Gesicht, Hals und Ohren, Brust und Arme waschen, dann darf es sich ins Schaff hineinsetzen und den Rest einseifen. Das Kind kommt jeden Abend voller Dreck heim.

„Du stinkst wie eine Stalldirn", sagt die Großmutter, gutmütig lächelnd, weil sie froh ist über das Kind, das das Vieh des Festeneggbauern genauso liebt, wie es ihr Fidl geliebt hat.

„Tust festeneggelen", sagt sie dann.

Das ist für das Kind das schönste Lob.

Wenn es sich arg verspätet oder im Holzzuber zu wild planscht, droht die Großmutter, diesmal den Aufguß ausfallen zu lassen. Da bettelt das Kind und verspricht, sich zu bessern, und jauchzt unter dem warmen Schwall, den ihm die Großmutter aus einem Riesenstotz über den Kopf gießt. Ist die Badezeremonie vorbei, muß das Kind mitanfassen, weil der Zuber schon alt ist, ein bißchen wackelig, das Holz in dünnen Falten aufgeworfen, die metallenen Bänder etwas locker geworden. Davor aber reibt die Großmutter an beiden Füßen des Kindes andächtig den Zwischenraum der Zehen trocken.

„Die Unschuld der bloßfüßigen Kindheit. Kinderzehen hat der liebe Gott in einer verspielten Laune erschaffen."

Die Großmutter weiß, der Sohn des alten Roder kann zwar noch Fässer machen, er tut es aber nur mehr selten und nicht gern, weil er in die Fabrik geht und das alte Handwerk eh nichts einträgt.

„Das alte Handwerk stirbt aus", bedauert die Großmutter.

Sie hat sich noch schnell ein schwarzes und ein braunes Paar halbhohe Schnürstiefel auf Maß machen lassen, weil der Nigglschuster nicht mehr lange leben wird und sie auch nicht, auf jeden Fall nicht länger, als die zwei Paar Stiefel halten. Schon jetzt muß das Kind die langen Senkel strammziehen und den Knoten binden, weil sich die Großmutter nicht mehr bücken kann.

„Das Alter ist eine Kränkung und eine Wohltat zugleich. Taub macht es uns und blind, unbeweglich und vergeßlich. Dem Tod schickt die gütige Natur allerhand Übel voraus, weil sie uns barmherzig ans Sterben gewöhnen will. – Aber wir waren beim Handwerk, Kind. Ein Handwerker ist Gold wert. Früher sind die Handwerker weit in der Welt herumgekommen, weil sie nicht nur bei einem einzigen Meister in die Lehre gegangen sind. Der Lehrling hat dem Meister etwas dafür zahlen müssen, daß er ihm seine Kunst beibringt, und so haben sich viele Handwerksburschen bettelnd durch die Lehrjahre geschlagen. Dafür haben sie die Welt gesehen, ein Stück Welt zumindest."

*

Der Fidl fragt sich zuerst in Galizien, dann in der Ukraine, ob er denn Soldat hat werden müssen, um die Welt zu sehen. Er schaut dem Mond zu, der die Silberhäute der Steinbuchen anleuchtet und die Schneekristalle zum Glitzern bringt, und weiß, wenn er heimkommt, wird er allerhand Welt gesehen haben, obwohl er eigentlich lieber darauf verzichtet hätte.

Neunundsechzig Männer aus seinem Dorf werden von dieser fremden Welt nichts mehr erzählen können. Neunundsechzig werden nicht mehr heimkommen aus Bosnien, Rußland und aus dem südlichen Tirol.

Daß es so bald im Innerwiesener Friedhof eine zweite Tafel geben würde, darauf die Namensliste der Gefallenen noch länger ist, und darunter auch der Name seines Ältesten steht, damit hat er damals nicht gerechnet.

Jeder Krieg nützt immer nur denen, die eh schon haben, die die Schlachterei anfangen. Der Fidl hat als Stallknecht bei seinem ukrainischen Gutsherrn viel Zeit zum Grübeln. In den schönen Sälen des herrschaftlichen Hofes zeigen große Uhren die Zeit an, aber dem Fidl ist, als gingen und pendelten und schlügen sie dem Rand der Zeit entlang.

Was schert es mich, sagt er sich da, wenn sie mir sagen, du bist frei. Was ist denn diese Freiheit. Diese Freiheit hat die halbe Welt nur Blut gekostet, Opfer, Schmerzen. Diese Narren, die das Geschick in der Hand haben, wollen mir sagen, ich sei frei, grad mir. Daß sie sich nur trauen. Frei? Armseliger als jemals vorher sind wir alle, wir betrogenen Kämpfer – und kriegskrank. Kriegskrank ist wie seekrank, nur, daß kriegskrank nicht mehr vergeht.

Im Neununddreißigerjahr hätte er es wissen müssen, daß der Hitler einen Krieg anfängt. Er hat es sich nie verziehen, der Fidl, daß er es nicht gewußt hat. Andere haben es gewußt. Die Schwägerin der Lona zum Beispiel, die mit ihrem Bauch, den sie fast nicht mehr tragen hat können, von Haus zu Haus gegangen ist, um die Leute aufzuklären, um sie vom Auswandern abzuhalten, sie zum Dableiben zu überreden. Für Deutschland optieren, hat es geheißen, nicht mehr unter den Walschen bleiben. Und den Italienern das Feld räumen, das die Heimat ist?

Was wird nur werden aus dem Kind im Bauch der jungen Bergegger Wirtin, haben die Dörfler gefragt. Mit so einem Bauch geht man nicht politisieren, haben sie auch gesagt. Und die junge Wirtin hat „deshalb" geantwortet, grad deshalb geht sie von Haus zu Haus, damit das Kind eine Heimat hat, wenn es auf der Welt ist. Und die Leute haben sich nicht mehr ausgekannt, was recht ist und was unrecht, und sind zum Apotheker nach Moosbruck um Pulver gegangen, weil sie keine Ruhe mehr gefunden haben und keinen Schlaf. Nie vorher und nie mehr nachher habe er so viel Pulver verkauft wie in diesem Neununddreißigerjahr, sagt der Apotheker.

Daß die Galizier im Vierzehnerjahr und später aus ihren Dörfern weggegangen sind, das versteht der Fidl, obwohl auch sie vom Regen in die Traufe geraten sind. *Dem Bären davongelaufen und dem Löwen ins Maul*, hat einmal einer gesagt. Vielen von den Galiziern hat in ihrer Heimat nichts gehört, aber auf der Flucht haben sie auch noch ihre Toten verloren, sie in fremden Friedhöfen eingraben müssen. Das Andenken und das Erinnerte haben Wind und Staub auf den Straßen verweht.

Auch der Fidl und die Lona haben in Innerwiesen nichts. Keinen Hof, keine Wirtschaft. Aber das ist etwas anderes, weil der Fidl doch immer zum Festenegg gehören wird und die Lona zum Postwirt. Das ist seit Jahrhunderten so. Und deshalb weiß der Fidl, daß es irgendwie nicht zusammenpaßt, wenn sich gerade die Tiroler zum Weggehen überreden lassen.

Im Dorf sagt man vom Fidl, es sei mit ihm kein Auskommen, wenn er nicht alle Tage sein Weib sieht und den Innerwiesener Kirchturm. Man sagt das, weil er nie auswärts übernachtet, nicht einmal dann, wenn er auf dem Eisstein das Stromgeld kassiert, und das ist eine Tagreise weit weg.

Und so einer wie der Fidl optiert für Deutschland. Und so einer nimmt es in Kauf, nach Deutschland auszuwandern.

Der Fidl fürchtet, die Trentiner könnten ihn von heute auf morgen als Stromgeldeintreiber entlassen. Warum sollten sie auch einen Deutschen behalten, wo sie doch genug zugewanderte Italiener haben, die auf einen Posten warten. Bisher hat man ihn in Ruh gelassen, aber jetzt bedrängt man ihn mindestens einmal im Monat, er soll sich umtaufen lassen, italianisieren, oder er ist halt nicht mehr lang bei der Elektrizitätsgesellschaft.

Er kann das seinen Buben nicht antun. Sie erzählen, daß in der Klasse keiner neben einem Walschen sitzen will, einem neuen Walschen, einem Umgeschriebenen. Mit den richtigen Walschen raufen die Buben gar nicht. Sind halt Walsche, sagen sie, und daß sie nichts dafürkönnen, die Kinder vom Podestà zu sein und vom Segretario. Bald aber werden sich die Buben mit Freund und Feind nicht mehr auskennen, weil auch die Vonmetz und Gasser, die immer noch Vonmetz und Gasser heißen, sich aber fürs Bleiben entschieden haben, als Walsche getreten werden.

Ob sie ihm draußen einen Hof zuteilen werden, wie die Deutschen groß versprechen? Ganz glaubt es der Fidl nicht. Warum sollten draußen einfach Höfe zum Verteilen herumstehen. Der Lona schlägt er vor, er möchte erst einmal allein auswandern und schauen, wie es so ist und was er so zu tun bekommt, aber davon will die Lona partout nichts wissen. „Entweder gehen wir alle zusammen oder keiner“, sagt sie.

Der Postwirt hat schon entschieden: Lieber, als daß er hier alles liegen und stehen läßt, soll halt alles walsch werden.

Wie dann die Rede aufkommt, daß es mit den Dableibern nach Sizilien geht, will die Postwirtin in die Stadt aufs Kommando fahren, um sich zu erkundigen.

„Und auf dem Weg verlierst das Kind", warnt ihr Mann.

Die Schwangere läßt sich nicht aufhalten und kommt mit der Versicherung zurück, der Name der großen Insel, Sizilien also, sei im Quartier des Präfekten Mastromattei noch nie gefallen. „Alles Propaganda, sono tutte manovre per farli andare, quei tedeschi."*

Beim Festenegg entläßt man Knecht und Dirn, weil die übrigen Dienstboten nicht mit den zwei „Walschen" arbeiten wollen.

Sie optieren fast alle für Deutschland, die Innerwiesener. Dreihundert sind es, die auch wirklich gehen. Der Fidl geht nicht, auch als deutscher Staatsbürger nicht. Er wartet ab. Nur sein Bub geht, aber in den Krieg. Es wird dem Fidl zeitlebens auf dem Gewissen liegen. Vielleicht wäre er als Walscher nicht umgekommen, sein Clemens.

Seit September 1943 halten in Südtiroler die Deutschen die Zügel in der Hand.

Die Lona tröstet: „Jetzt kommen sie alle zur Wehrmacht, auch die Dableiber."

Aber im September '43 ist der Clemens schon gefallen.

---

* alles Manöver, um sie zum Weggehen zu bewegen, diese Deutschen.

Er hat nicht oft geschrieben, der Fidl, nicht von der Front, nicht aus der Gefangenschaft.

Auch der Clemens schreibt selten. Jetzt, wo er auf Feldpost von seinem Ältesten wartet, denkt er bei sich, er hätte seiner Lona öfter schreiben sollen, er hätte es zumindest versuchen sollen. Dafür schreibt er jetzt seinem Sohn. Das *Dein Vater* malt er immer noch hin wie eine alte Verzierung, die einem Schmuckband gleicht oder einer Löwenmaulblüte.

Das hat er sich nicht vorstellen können, damals in Galizien, daß es ein Vierteljahrhundert später seinen Buben in dieselbe Gegend verschlagen würde. Daß wieder ein großer Krieg sein würde, wieder der Russ' der Feind. Daß sein Bub in Witebsk bleiben würde, oder das, was von seinem Buben nach dem Granateinschlag übriggeblieben ist.

Die Lona sinniert an den Abenden, an denen die Sorge groß ist, was sich in einem Vater wohl tut, der weiß, was das ist, Angriff, Vorstoß, Gefecht, Rückzug, und der seinen Sohn nicht warnen kann und nicht beschützen. Die Lona will ihren Fidl nicht danach fragen, weil er eh schon schwer genug trägt an dem Elend.

Bevor diese schwarze Botschaft aus Witebsk ankommt, erzählt der Fidl oft. Er erzählt nicht, weil er sich gern an den Krieg erinnert, er erzählt, weil er davongekommen ist, und damit die Lona hofft, daß auch ihr Clemens davonkommen und einmal erzählen wird.

Da sitzen sie in diesen Zügen, auf denen *Vierzig Männer oder acht Pferde* steht, ausgebildet im Menschentöten, ausgerüstet mit neuen Uniformen, neuen Schuhen, mit hundertfünfzig

Patronen, das Gewehr wiegt mehr als sieben Kilo. Verbandzeug im Tornister, Gaze, Binden und ein Stück Seife; Kriegsseife, die nach vergorener Milch riecht, nach alten Kleidern und Not, vor allem nach Not. Ein Schild mit den Angaben zur Person, damit die, die sie hinausjagen, wissen, wer das ist, der draußen bleibt. Damit sie den Sekretär beschäftigen, der die Gefallenen- und Vermißtenmeldungen schreibt.

In einem Viehwaggon schläft man auf dem Boden, mit den Kleidern am Leib und nahe beieinander wie die Schafe auf der Alm, wenn sie sich vor dem Gewitter zusammenrotten. Hält der Zug, wird Essen gefaßt. Oft faßt die Truppe Kaffee, Mittags- und Nachtmahl in einem.

In der Festung in Przemyśl wird man ihnen vor der Kapitulation eine Essensration für zwei Tage geben, damit sie die ersten achtundvierzig Stunden Gefangenschaft überstehen.

Bis es soweit ist, gehört der Fidl zu den Männern, vor denen sich die Galizier fürchten. Er gehört zu den Horden von Soldaten, die ihre Dörfer unsicher machen, alles zusammenstehlen. Die Armee trampelt das Korn in die Erde. Der Fluch der Galizier bleibt im Hals stecken. Die Soldaten brauchen frische Rösser. Die holen sie sich von den Feldern. Keinen Soldaten kümmert es, was der Bauer mit den zerschundenen Gäulen anstellt, die er zurückläßt. Er weiß nur, daß es keinen Krieg gibt ohne Pferde.

Der Fidl geht neben den Trentinern her über halbleere Äcker. Ein dumpfer Schlag gegen seinen Knöchel. Er bückt sich und greift in der Dämmerung in eine flache Grube voller Erdäpfel. Die drei Soldaten packen ein, soviel sie tragen können. Der Sergio sticht mit dem Spaten ein Loch aus. Ein Feuer will er machen und die Erdäpfel braten. Da trifft sein Spaten auf etwas Weiches: ein Toter, vor ein paar Tagen hier verscharrt. Die Männer werfen Erde auf die Leiche, stecken zwei Holzlatten als Kreuz auf. Sie wissen an diesem Abend nicht wohin mit ihrem Erdäpfelhunger.

Auf den Dorfplätzen baumeln da und dort aufgehängte Galizier. Verräter, steht auf den Tafeln um ihren Hals, Verräter der Heimat. Was ist das für eine Heimat, fragt sich der Fidl, die ihre eigenen Leute derart quält, aus den Dörfern vertreibt, die Dörfer schleift. Eine solche Heimat muß man verraten.

Die Soldaten, die an den Aufgehängten vorbeikommen, salutieren. Der Fidl zieht nach dem Salutieren vor den Toten den Hut. Ihm ist, als sinke seine Stirn ein, als bestünde sie nur mehr aus einem Streifen zusammengeschobener Haut; verdrossen ist er geworden.

Einmal kommt der Fidl auf einem Patrouillengang den feindlichen Laufgräben ganz nahe. Er sieht das Leben in diesen Gräben, den ganz normalen Kriegstag darin.

Das da unter mir ist also der Feind, das ist also der Russe. Männer wie wir, Ausgesetzte wie wir, Gesichter wie die unseren. Sie sitzen herum, sie putzen ihre Gewehre, sie rufen einander ein paar Worte zu, genauso wie es meine Kameraden auch tun. Warum sollte das merkwürdig sein. Sie klopfen ihre Mäntel aus, schütteln den Dreck aus den Joppen, streifen mit gespreizten Fingern das Haar aus der Stirn. Warum kommt mir das nicht selbstverständlich vor. Sie trinken etwas Warmes. Aus demselben Blechgeschirr, wie wir es auch haben. Bis jetzt habe ich mir das nie vorgestellt, daß sie etwas Warmes trinken. Mit den Händen um die Schale herum. Dann wischen sie mit dem Ärmel über den Mund. Nie habe ich daran gedacht. Warum eigentlich nicht. Warum sollten sie nicht aus ihren Schalen trinken wie wir. Ich habe ja nicht geglaubt, die Russen würden den offenen Mund in den Regen halten. Warum wundere ich mich denn.

Was wird der Clemens für einen Schützengraben haben? Was wird er mit seinen feinen Studentenfingern ausrichten?

„Unter deinen Händen fangen die Bretter zu leben an", sagen die Kameraden zum Fidl, wenn er aus Birken und Lärchen Deckung baut. Mit Sorgfalt zimmert er das Dach, deckt es mit Erde und Stroh ab.

Es fallen ihm die Schützengräben ein, an denen er auf dem Weg in die Gefangenschaft vorbeigekommen ist, die mit Stroh gepolsterten Seitenwände, an die sich die Soldaten lehnen, weil die Laufgräben voller Morast sind. Teile von eisernen Bettgestellen, die sie irgendwo zusammengestohlen haben, liegen darin herum, Töpfe mit Essensresten, einmal sogar ein kleiner Spiegel, ein Kamm. Hineinpassen tut das da nicht. Soldaten hausen unter der Erde. Unter der Erde wie die Maulwürfe.

Nach dem Dreck und dem Schlamm fällt die Kälte in die Schützengräben. Das Öfele, das der Fidl bei einem Bauern ergattert hat, macht alles noch schlimmer. Über den Köpfen der Soldaten schmilzt der Schnee und über Nacht friert der Graben zu einer Eisbahn zu.

Nein, das erzählt der Fidl seiner Lona nicht mehr. Das läßt sich einfach nicht erzählen. Das lebt nur in grellen Bildern in seinem Kopf weiter und wird nie mehr blaß:

Der Posten, der neben ihm steht, drückt sich an die Grabenwand. Sein Gewehr hat er neben sich aufgestellt. Ab und zu schaut er kurz über die Deckung hinaus. Graugelb ist er im Gesicht, verschwitzt. Die Nasenflügel beben wie im Fieber. Das Weiße im Auge ist von feinen Äderchen, die bei der Detonation geplatzt sind, rot gestrichelt. Das krampfhafte Zwinkern wirft ein Gespinst feiner Runzeln bis zu den Schläfen. Tropfen hängen auf den Wimpern. Mit dem Zischen der Granate verzerrt er den Mund, mit dem Einschlag fährt er zusammen. In diesem schiefen Kopf ist das ganze Entsetzen des

Geschöpfes vor dem Tod. In diesem verzerrten Mund der ganze Schauder. In diesen zwinkernden, roten Augen der ganze Abscheu vor der Welt. Mord, ringsum Mord, aber hier heißt das anders. Mord heißt nur das Töten unter falschen Umständen.

Warum singen Soldaten? Weil man es ihnen befiehlt. Weil die, die es ihnen befehlen, wissen, daß es etwas braucht, um die Soldaten zu beruhigen. Sie singen beim Marschieren, beim Angriff, im Unterstand. Sie singen wie junge Burschen, die pfeifen, um sich nicht zu fürchten, wenn sie in der Nacht durch einen Wald gehen. Genauso singen die Soldaten, weil nichts schlimmer ist als die Lautlosigkeit.

Später wird der Lenz erzählen, daß die Passeirer in ihren Unterständen täglich einen Rosenkranz gebetet hätten, dort in den Dolomitenfelsen. Nein, gebetet hat der Fidl nicht, gesungen auch nicht.

Zu zwölft, zu fünfzehnt binden sie die Leichen der Gefallenen zusammen, laden sie auf einen Schlitten, grad so, wie man in Tirol Holz führt. Wie schaufelt man in einem gefrorenen Boden eine Grube?

Seit sein Bub eingerückt ist, steht der Fidl wieder Nacht für Nacht im Feuer. Neben ihm Soldaten mit roten Händen, Händen voller Blut; sie haben nichts anderes, um ihre Wunden zuzuhalten. Augen, in denen der Schrecken gefriert, Schreie, Stöhnen, links und rechts Beine, Arme, abgetrennte Füße und Hände. Männer, die bis zur Hüfte im Dreck stecken und darüber schauen zwei Stiefel heraus.

Das weiß der Fidl nach dem ersten Angriff: er wird nicht mehr derselbe Mensch sein, wenn er davonkommt. Es wird keiner mehr derselbe sein, der davonkommt.

Die Stille bringt die Schwalben zurück. In dem Höllenlärm, den der Mensch aufführt, verkriecht und verfleucht sich alles, was lebendig ist.

*

Seit dem Einundvierzigerjahr sieht der Fidl in seinem neuen Amt nur mehr zweifelnde Gesichter. In Moosbruck haben sie eine Abteilung der ADERst eingerichtet. Seit Anfang des Jahres arbeitet der Fidl in dieser *Amtlichen Deutschen Ein- und Rückwandererstelle.*

Schreibarbeiten macht er da. Die Jüngeren unter den Auswanderern können kaum mehr deutsch lesen und schreiben. Denen hat er beim Ausfüllen der Formulare zu helfen und fragt diese Kleinbauern, Handwerker und Taglöhner wohl so nebenbei, ob sie denn wirklich gehen wollen. Mit hängenden Armen stehen die Männer da und wissen nicht wohin mit ihren schweren Händen. Ab und zu dreht es der Fidl eigenmächtig so, daß den Behörden die Angaben nicht passen, daß die Vermögensaufnahme nicht stimmt, die Bewerbungsunterlagen fehlerhaft sind, daß der Stammbogen unvollständig ist. Dann wird erst einmal alles zurückgeworfen, um Ergänzungen gefragt. Bis wieder nachgereicht ist und berichtigt, vergeht viel Zeit, und der Fidl setzt auf Zeit.

Es ist kein ungefährliches Spiel, das er da treibt. Die Oberen sind richtig aufgebracht, wenn die Abwanderungszahlen nicht entsprechen.

Wenn der Fidl seine Unterschrift unter die ausgefüllten Bögen setzt, tut er es hastig, als würde er sich dafür schämen. In der Linken hält er die Löschwiege und fährt schnell und mit festem Druck über die nassen Buchstaben, grad so, als sollte darunter die Bedeutung seines Namens verblassen.

Bis in den Schlaf verfolgen den Fidl diese orangefarbenen Formulare auf seinem Schreibtisch, die immer wieder gesichtet werden, und aus denen man dann die heraussucht, die abberufen werden. Es steht auf allen orangefarbenen Zetteln dasselbe drauf. Es steht das drauf, was auch der Fidl ausgefüllt hat für sich und die Seinen. Daß er *unwiderruflich und förmlich* erklärt, die *deutsche Reichszugehörigkeit anzunehmen und ins Deutsche Reich abwandern* zu wollen.

Sein eigener Umsiedlerakt liegt in dem großen Haufen. Jetzt kommt er sich mit diesem Gesuch wie ein Bittsteller vor, der sich denen da draußen andient.

Seine Vorgesetzten wissen genau, wen sie sich aussuchen. *Bodengebundene* Optanten gehören selten dazu. Bodengebunden, der Fidl schüttelt den Kopf. Als sei nur der bodengebunden, dem der Boden gehört, auf dem er steht.

Die Lona hat schon alles zusammengeschrieben, was sie mitnehmen werden. Vom Raffl David hat sie sich Kisten machen lassen und hofft inständig, daß sie sie nicht wird anfüllen müssen.

Der Fidl fragt sich, wenn er die Umsiedler mit ihrem Zeug ins Tal herunterkommen sieht, welches das größere Unglück ist, vertrieben zu werden oder von sich aus zu gehen.

Alles bewegliche Eigentum, die Hälfte des Viehbestandes, Kunst- und Erinnerungsgegenstände ..., wie oft hat er das alles aufgezählt vor diesen unsicheren Männern, die es nicht gern hören, daß das Umzugsgut erst einmal in ein Lager kommt. Sie haben sich schon aufgegeben, weiß der Fidl, wenn er in diese Gesichter schaut, auf diesen gequälten Schatten darin, für den er eine dunkle Achtung verspürt.

Ja, Grabsteine und Grabmäler dürfen auch mitgenommen werden. Es soll auch Leute geben, hört der Fidl, die ihre Toten mitnehmen. Eine Leiche, die älter als zehn Jahre ist, kostet den Umsiedler 1537 Lire, die jüngeren fast das Doppelte.

Und es werden ein paar Handwerker reich, ein paar Arbeiter, solche, die Verpackungszeug machen, Photographien. Am besten geht es den Spediteuren.

„Und wann krieg ich mein Zeug?" fragen sie alle.

Das Umzugsgut wird zugestellt, wenn der Umsiedler in sei-

ner neuen Heimat einen festen Wohnsitz nachweisen kann, liest der Fidl aus den Bestimmungen vor.

Aber schon '41 wissen viele, daß aus den tausend versprochenen Bauernhöfen im Gau Tirol nichts wird. An das *geschlossene Siedlungsgebiet* für die Südtiroler irgendwo im Reich oder in den besetzten Gebieten glauben nur mehr Fanatiker.

Sechzehntausend Südtiroler müssen in diesem ersten Jahr, in dem der Fidl bei der Moosbrucker ADERst arbeitet, umgesiedelt werden. Das ist die Vorschrift. Das haben die Deutschen den Walschen versprochen.

Wen trifft es? Zuerst trifft es die armen Fersentaler.

*

Es ist wie Weihnachten, wenn die Felicitas kommt. Die Felicitas trägt eine Buckelkraxe, aus der sie ihr Schätze zaubert. Tadln und Schachtelen und Schatullen voller Nähzeug und Knöpfe bietet sie feil, Spitzen und Borten. Früher hat sie auch Stoffe verkauft, aber die will heute keiner mehr haben. Die Felicitas kommt von weit her. In der Stube der Lona stellt sie sich mit dem Rücken zum Tisch, erhebt sich auf die Zehenspitzen, damit der Boden der hohen Kraxe auf der Tischplatte zu liegen kommt, und schlüpft dann aus den Gurten des Traggestells.

„Wären deine Schultern mit einem Fell bewachsen, sie hätten schon lange eine Glatze", sagt die Großmutter zur Felicitas und schiebt ihr einen Sessel hin.

„Zu dir komme ich zuletzt", sagt die Krämerin, „damit ich bleiben kann."

Die Großmutter kennt die Geschichte der Felicitas. Sie hat sie schon oft erzählt. Die Felicitas kommt aus dem Trentino, aus dem Fersental. Ihr deutscher Dialekt hört sich ein bißchen altertümlich an.

Daß sie zweimal verjagt worden ist im Leben. Verjagt, sagt sie. Im Mai 1915 ist sie noch ein halbes Kind und kommt nach Nordböhmen, weil zu Hause die Front ist. Nach vier Jahren sind daheim alle Häuser Ruinen, alle Äcker Wüsten, alle Bäume in den Wäldern Krüppel. Und im April '42 geht es wieder in dieselbe Richtung, Budweiser Becken.

Den Hausrat führen sie auf Holzschlitten ins Tal, dann ziehen ihn die Muli weiter. Das meiste aber tragen sie auf dem Buckel; Wanderhändler sind daran gewöhnt. Schnee liegt noch, die Holzbrücken sind vereist. Wenig nur kommt heil unten an. Unten, das ist der Bahnhof von Pergine. Fast siebenhundert Seelen sind es aus dem Fersental und aus Lusern. Im Lager von Hallein warten sie alle aufs Weiterziehen.

Im Budweiser Becken hat man für die Fersentaler achtzig Höfe geräumt. Aber sie gehören den Fersentalern nicht. Sie werden für ihre Arbeit bezahlt wie Dienstboten. Vor der schweren Arbeit erschrecken die Weiber nicht, aber so ganz ohne Männer, das ist eine Strafe. Die Männer sind bei der Wehrmacht. Die Weiber bitten die Tschechen um ihre Mithilfe, dieselben Tschechen, denen die Höfe bisher gehört haben, die im Ausgedinge hausen, wenn man sie nicht schon ins Lager getrieben hat.

Als die Front näherrückt, kehren die Tschechen den Stiel wieder um und verjagen die Fersentaler.

Frauen, Kinder, Alte, ein erbärmlicher Troß zieht zu Fuß die Moldau entlang, geht bis nach Innsbruck. Die Männer sind in der Zwischenzeit Gefangene entweder der Russen oder der Alliierten.

Die Krämerin flucht.

„Damals", sagt sie, „habe ich nicht einmal mehr die Kraft zum Fluchen gehabt, damals hat die Verzweiflung jeden Fluch erstickt, jede Andacht auch."

Die Großmutter bekreuzigt sich aus Dankbarkeit, daß sie verschont geblieben ist vor diesem Unglück.

„Jetzt weißt du, warum die Felicitas das hinuntergefallene Brot küßt, wenn sie es vom Boden aufhebt, Kind."

*

„Wo kommen wir nun hin?" fragen die Umsiedlungswilligen.

Umsiedlungswillige heißen sie im Amt. Aber es sind nicht mehr viele willig. Zu oft ist das Versprechen zurückgenommen, aufgeschoben, der Bestimmungsort geändert worden, als daß sie noch an eine erträgliche Bleibe glaubten. Elsaß, Burgund, Luxemburg, Untersteiermark. So hat es abwechselnd geheißen, später sogar Galizien, die Krim. Alles Siedlungsgebiete für die Südtiroler, alles geschlossene Gebiete, aber die meisten erst noch zu erobern; zu erobern von diesem Führer, der Platz braucht für sein Stammesvolk.

Bald schon hat der Fidl mehr Schreibereien mit denen, die wieder rücksiedeln wollen, mit Ansuchen von Optanten, die ihre Entscheidung ändern möchten, mit Anträgen auf Wiedererwerb der italienischen Staatsbürgerschaft, als mit Abwanderern. Vor allem aber hat er es mit Klagen, Vorwürfen, Beschuldigungen von Umgesiedelten zu tun, die wie Flüchtlinge leben, die ihr Hab und Gut verloren haben, die endlich die versprochene Besitzentschädigung einfordern.

Der Fidl hält das alles nicht mehr aus. Er sucht seine Lona, wie immer. Sie rücken in der Stube ganz nahe zusammen, halten einander an den Händen, manchmal fällt ein leises Wort, schwer wie ein Wetzstein, der keinen Laut macht, wenn er im Heuschober untergeht.

Viele Grödner sagen es von Anfang an: Entweder geht das gesamte Tal an denselben Ort, oder sie bleiben alle, wo sie sind. Die Grödner halten in ihrem Tal zusammen, wie man sonst nirgends zusammenhält. Seit Jahrhunderten. Sagen sie.

„Wir heiraten auch nur untereinander. Wie die Kaiser und Könige", sagt die Basl der Lona. Es ist beinahe das ganze Tal miteinander verwandt.

„Schau sie dir an, die Tschoppelen", sagt die Basl, „fast in jedem Haus gibt es ein Tschoppele. Was sag ich? Wie in den großen Herrscherhäusern. Wie bei den Wittelsbachern. Ist der Ludwig vielleicht nicht auch ein bißchen verrückt gewesen?"

Mit den *Tschoppelen* macht die ADERst kurzen Prozeß. Sie sind die ersten, die ausgewandert werden, ungefragt. Man bringt sie nach Schussenried und nie mehr zurück.

Auch unter den Grödnern rühren sich ein paar Hitzköpfe, die lieber heute als morgen heim ins Reich gehen. Es gibt auch unter den Grödnern Nazi genug, die ihre Landsleute zum Gehen aufhetzen.

Gleich nach dem Krieg weiß die Lona nicht recht, ob sie sich schämen soll, daß sie mit den Männern ihrer drei Basen Mitleid hat. Entsetzen ist auch dabei und der Zweifel, ob sich die Partisanen wirklich getäuscht haben, ob sie es wirklich den Falschen heimgezahlt haben:

Es sind ihrer sieben, die von den Belluneser Partisanen geholt werden. Mitten in der Nacht und von ihren Betten heraus. Die Männer von Lonas Basen sind darunter.

„Willst nicht ein Gewand mitnehmen, Rasierzeug", fragt die Priska ihren Mann.

Er sei in der Früh wieder daheim, antwortet der.

Es wird oft Morgen und Abend, bevor die Priska erfährt, daß sie Witwe ist, wie die Tilda und die Blanka auch. Die zwei Grödner, die die Partisanen freilassen, reden kein Wort, und die Priska vermutet, sie hätten wohl schon geredet, die beiden.

„Die Partisanen werden unsere Männer doch nicht etwa gequält haben, was meinst du, Lona?“

*

Im September 1943 sind die Deutschen da. Der Innerwiesener Podestà muß dem Percher Gosta Platz machen, der jetzt kommissarischer Bürgermeister wird und den Fidl als Schreiber ins Gemeindeamt holt. Mit dem Podestà Cipolato gehen auch die Carabinieri. Jetzt schafft der *Südtiroler Ordnungsdienst* an, die SOD, der Ortsgruppenleiter. Der Ortsbauernführer von Innerwiesen ist der Festenegg-Silvester, dem Fidl sein Neffe.

Wohl ist dem Fidl dabei nicht, wenn er dem Silvester zuhört, seiner Begeisterung für den Krieg, seinem Haß auf die Russen. Was weiß der denn schon von den Russen, der mit seiner Walzercourage. Der Silvester sollte besser zu seinem Hof schauen und die Politik sein lassen, die seit alters her ein schäbiges Geschäft ist. Was ist denn auf die Österreicher für ein Verlaß gewesen im Achtzehnerjahr? Was ist denn auf die Deutschen für ein Verlaß? Die einen wie die anderen verschachern Land und Leute, wie es ihnen paßt.

Könnte er nicht im breiten Gesicht seiner Lona Atem holen, in diesem Blick voller Balsam, er würde das Leben nicht packen. Das Asthma ist dabei nicht das Schlimmste, auch wenn es ihn von Tag zu Tag mehr quält.

Der Fidl kommt mit der Gefallenenmeldung heim, und die Lona hält die Stubenuhr an.

In der Sterbestunde setzt die Zeit aus. Von den Zeigern, die eine gefrorene Stunde ansagen, vom überflüssigen, stummen Ziffernblatt und dem Pendel, das nur mehr nach unten weist wie in ein Grab, geht drei Tage lang eine kalte Stille aus, bis die Lona das Uhrwerk wieder in Gang setzt, auch wenn es keinen Toten gibt, der außer Haus gebracht werden muß, bevor das Pendel erneut schlagen darf. Für ihren Buben hat es keine Leichenhüterin gebraucht, keinen Vorbeter, keine Einsegnung. Sie hätten ihn gern begraben, ihren Buben, ihn mit den brennenden Wachsstöcken, die zu Lichtmeß geweiht werden, auf den Friedhof begleitet.

In Moosbruck lassen sie für ihren Clemens Sterbebilder machen. Der Fidl hätte lieber ein anderes Photo auf dem Faltblatt, keines in Uniform, aber er muß sich sagen lassen, daß man Gefallene auch als Soldaten abzubilden und zu erinnern hat. Ein Glück, daß er und seine Lona das Erinnern immer noch selbst entscheiden.

Das Luzele hat einen richtigen Stolz gehabt auf seinen Bruder, den Unteroffizier. In Innerwiesen gab es nur diesen einen Maturanten unter den Soldaten und diesen einen Unteroffizier. Einen fescheren, meinte es damals, finde man in ganz Tirol nicht.

Dann weint das Luzele das Sterbebild naß.

Wie lange trägt man Trauer für einen toten Bruder? Ein Jahr lang für die Mutter, ein halbes für den Vater. Für Brüder gibt es keine Vorschrift.

Der Veit wünscht sich schon lang, die Matura zu machen wie sein Bruder. Aber das Geld der Mutter reicht nicht mehr, um ihn in die Stadt zu schicken. Seit dem Neununddreißigerjahr ist die Innerwiesener Raiffeisenkassa zu, das Geld auf Vorstände und Mitglieder aufgeteilt worden. Da heißt es, das Verbliebene zusammenhalten für noch schlechtere Zeiten.

Der Veit lernt in der Stube daheim. Eisern, beharrlich. Was er lernen soll, weiß er nicht genau. Es sagt ihm in der Stadt keiner, wie die Prüfung im Frühjahr ausschauen wird. Zwei Jahrgänge packt der Veit. An der Matura wird er scheitern.

„Was tust denn da, Lona?“ fragt die Postwirtin. Sie sitzt bei ihrer Schwägerin in der Stube.

Auf dem Stubentisch, den Löwenstühlen und der Kommode sind Wäschestücke aufgebaut, Hemden hintereinander geschichtet, schön mit dem Kragenstück obenauf, Janker und Hosen gefaltet. Sie packt für ihren Veit den Koffer.

„Er will es doch noch einmal mit der Matura versuchen; in Innsbruck diesmal“, sagt die Lona.

„Du läßt den Veit da hinaus? Jetzt noch? Wo sie doch schon halbe Kinder für den Krieg nehmen.“

Da räumt die Lona die Socken wieder ins Tadl, Wäsche und Hemden in den Kasten.

Zu Rosari ’43 fürchtet der Fidl, sein Neffe fährt in diesem Herbst mit dem Vieh gar nicht heim, will heißen, er läßt es auf der Ahornalm, derart beschäftigt ist der Ortsbauernführer mit dem Führen.

Um vier Uhr ist es noch totenstill beim Festenegg, wo der Drusch doch schon anheben müßte, will man bis Weihnachten damit fertig sein, wie es sich gehört. Aber auch der Sechsertakt, der in den Ohren des Fidl immer wie Musik geklungen hat, holpert und stottert nur mehr, weil es die Dienstboten nicht genau nehmen, wenn der Bauer ausläßt. Der aber hat lieber einen festen Nazi zum Knecht als einen festen Drescher.

Der Lona tun die Weiber leid, die in der spätherbstlichen Kälte auf den Feldern Rüben ausziehen. Die Ackerböden sind hart, igelig. Sie riechen unerbittlich, streng. Sie peinigen die Knie, die Sohlen. Lange ist es her, da jammerten die Weiber noch, wenn ihr Leid groß war. Die Alltäglichkeit der Schmerzen hat ihnen das Jammern ausgetrieben. Sie schieben wortlos ein Kandele von der einen zur anderen, in dem ein Petroleumfeuer brennt, das die eisigen Finger nur schlecht wärmt.

Als Tagschicht bekommen sie einen Korb voller Rüben,

die sie schnetzeln und einstampfen oder im Kupferkessel, in dem sie dreimal im Jahr die große Wäsche waschen, weichsieden.

Die Lona geht kurzerhand zum Festenegg hinüber und redet dem Silvester ins Gewissen, daß er den Froner-Felix *u. k.* schreiben muß, wo seine Frau noch nicht einmal ausgesegnet und die Aufwärterin noch im Haus ist.

„Die bösen Geister tragen die Wöchnerinnen fort, wenn man sie allein läßt, Kind. Darfst nicht glauben, daß ich das dem Festenegger gesagt hab. Der hätte über den Aberglauben gelacht."

Dem Festenegger sagt die Lona, daß die Fronerin mit dem Schüppel Kinder nicht hausen kann ohne Mann, und daß es das ganze Dorf weiß, daß es der Ortsbauernführer richten kann, ob einer an die Front muß oder nicht.

Die Fronerin rückt bald darauf zur Frau Federspiel in die Kirchenbank und sagt mit einem ergebenen Lächeln: „Vergeltsgott."

Den geweihten Wachsstock, mit dem sie auf der Kirchtürschwelle gekniet ist, hält sie noch in der Hand. Der Herr Pfarrer hat sie dort abgeholt und würdevoll ins Gotteshaus eingeführt.

Die Bachler-Anna wird nicht feierlich in die Kirche geleitet. Ihr Kind hat keinen Vater. Der Butterknollen, den sie dem Pfarrer mitgebracht hat, ist eine billige Versöhnungsgabe, die das Schandmal nicht tilgt.

Ob die Anna einen Paten für ihr Bangert findet? Daß es keiner sein wird, der ein paar Lire in die Windel steckt, ist ausgemacht.

Die Lona fragt einmal ihren Vetter Pfarrer, wie das mit dem Aussegnen der Wöchnerinnen so ist und was es da wegzusegnen gibt, eventuell.

„Maria Tempelgang mit Tauben“, erklärt der Pfarrer.

Die Lona wartet. Der Vetter Pfarrer ist üblicherweise recht gesprächig. Es kommt aber nichts mehr, und der Lona ist, als sei dem Vetter nicht wohl mit der Auslegung.

„Daß wir uns von diesem Verbrecher derart haben anstreichen lassen, Basl Lona, ich versteh's nicht“, sagt der Silvester, der Festeneggbauer. Aber da ist der Krieg schon aus und die Einsicht schon keine Einsicht mehr.

Anstreichen, ja anstreichen, sinniert die Basl Lona, dasselbe hat der Emilio schon vor einem Vierteljahrhundert auf dem Col di Lana über seine walschen Offiziere und Generäle und Kriegstreiber gesagt. Genauso: anstreichen, wie die papierenen Schuhsohlen, damit sie wie Leder ausschauen.

Die Großmutter nimmt das Kind an Sonntagen in ihren Kirchenstuhl mit, seit die Dorfkinder das auswärtige Menschl nicht in ihre Kinderbank lassen wollten. Der Kirchenstuhl der Großmutter ist gemietet. An jedem Neujahrstag entrichtet sie dem Pfarrer dafür einen Zins. Und sie besteht Jahr für Jahr auf genau demselben Stuhl, weil der schräg unter der Kanzel ist und die beste Sicht auf den Prediger zuläßt, und weil man den Prediger dort auch am besten hören kann. Dem Pfarrer schmeichelt das.

Das Kind rührt unschlüssig in der großen Kaffeeschale. Es mag diese weiße, emaillierte Schale mit dem blauen Rand, an den Großmutter stoßweise die Milchhaut bläst und in deren weites, breites Rund man die Zehen der Loabn eintauchen und herumführen kann ohne Angst, die Tischdecke anzupatzen.

Großmutter weiß, wo sich das Weimerlebrot ihres Bruders frisch hält. Es ist die Kommode in ihrem Schlafzimmer, auf der Wasserkrug und Waschschüssel stehen mit rosa Blumenmotiven auf eierschalenfarbenem Grund, eine Bürste- und Kammtasse, eine Seifenschale aus demselben Steingut und mit demselben Muster. Unter der Abdeckplatte hat die Kommode zwei Schubladen, darunter zwei Türen, hinter den Türen ein zweigeschoßiges Fach. Es sind diese Regale, auf denen das Germgebäck aus Bergegg nicht altert. Wenn Großmutter die zwei Flügel öffnet, andächtig wie einen Tabernakel, schlägt dem Kind der seit Jahrzehnten dort eingenistete Geruch entgegen, süß und nach Germ.

Wie schön wäre das Sonntagsfrühstück mit Großmutter und dem Loabn, der noch ganz frisch und flaumig ist und nach Fest riecht, gäbe es nicht gerade sonntags das Hochamt mit Kommuniongang.

„Iß ruhig, Kind, die Sünde wider das Nüchternheitsgebot nehme ich auf mich."

Das Kind will seiner Großmutter das Fegfeuer nicht antun.

„Es muß mit der kirchlichen Verordnung nicht weit her sein", meint sie, „wenn mit den Jahren das Eßverbot von einem zwölfstündigen auf ein drei- und schließlich auf ein einstündiges heruntergeschraubt werden kann. Eine läßliche Sünde ist die Übertretung des Nüchternheitsgebotes, Kind, nein, eine nachläßliche."

Die Großmutter weiß, wovon sie redet. Da liegt ihr Fidl schon lange krank im Bett, als sie sich entschließt, den Herrn Frühmesser um eine Dispens anzugehen.

Herzwassersucht, heißt die Krankheit des Fidl.

Ob die Diagnose vom Moosbrucker Doktor stammt? Der Doktor Incensky ist ein Fremder, ein Zugewanderter. Woher er 1940 gekommen ist, weiß niemand so genau. Es gibt einige, die behaupten, er sei ein Russe. Schon wieder ein Russe.

Herzwassersucht ist eine schwere Krankheit. Atemnot, Enge in der Brust, ein stolpernder Herzschlag, dicke Beine und Durst, unbändiger Durst. Der Fidl trinkt den ganzen Tag über Wasser, immerzu Wasser. Es verläuft sich in seinem Bauch wie in einem Trog ohne Grund. Er trinkt auch in der Nacht. An jedem Morgen ist der Zwei-Liter-Krug, den seine Lona ihm am Abend füllt, leer. Bald steht der Fidl gar nicht mehr vom Bett auf. Er schleppt sich nur noch auf den Diwan, damit er untertags der Lona nahe ist.

Seit der Fidl nicht mehr außer Haus geht, kommt an jedem ersten Monatsfreitag nach der Fünf-Uhr-Messe der alte Hochwürden mit dem Allerheiligsten. Er ist recht zeitig dran, weil ein Hilfsgeistlicher schon in Allerherrgottsfrüh am Altar zu stehen hat; lange vor dem Pfarrer.

Die Lona will es sich nicht länger anschauen, wie ihr Fidl am Abend vor dem Frühmesserbesuch fast nicht mehr reden kann und die Nacht über trocken röchelt und zwischendurch ächzt. Sie bittet den Hochwürden also, ihren Patienten vom Nüchternheitsgebot zu dispensieren.

„Er trinkt eh nur Wasser, der Fidl“, sagt sie.

Der geistliche Herr schlägt kurz die Augen auf, ein Blick, der beiläufig ihr Gesicht antupft und dann flüchtig das Firmament berührt.

„Ich kann's nicht erlauben“, antwortet er, und die Lona hat das Hol dich der Teufel schon auf der Zunge. Später ist sie froh, daß sie sich beherrscht hat, weil sie dem Fidl einfach den Krug auf das Nachtkastl stellen und sagen kann, sie habe den Frühmesser gefragt.

„Trink ruhig, Fidl.“

Da versteht das Kind und wird einmal seinem Religionslehrer erklären, der liebe Jesus käme sowieso ins Herz und nicht in den Magen.

Der Fidl ist ein geduldiger Kranker. Er klagt nie. Er streichelt wie immer beim Rosenkranzbeten die schönen Hände seiner Lona. Er redet gern mit ihr, tagelang, auch im Bett noch, wenn sie redend auf den Schlaf warten. Er macht immer wieder eine Pause, bis die Lona „Ja?“ sagt, und er weiß, daß sie noch wach ist.

Er selbst liegt die halbe Nacht wach. Vielleicht auch deshalb, weil er im Bett beinahe sitzt. Er braucht den hohen Keil und die zwei dicken Pölster, damit er nicht erstickt. „Der Herzwurm“, sagt er „er klopft da drin und gräbt herum.“

Behutsam gehen die beiden miteinander um, behutsam wie immer, mit der Behutsamkeit alter Tauben jetzt.

Der Fidl stellt sich Lonas Augen vor, den Schimmer auf ihren Lidern, die zur Hälfte darüberfallen, darunter diese einladenden, rufenden Funken in den vielen innigen Nächten. Und er richtet sich wie seit jeher in ihrer mitleidenden Güte ein, die wie eine unerschöpfliche Quelle in ihr behaust ist und tief und tiefer nach innen wächst.

Die Lona liest ihrem kranken Fidl oft vor. Immer öfter eigentlich, seitdem die Kinder außer Haus sind. Sie liest mit ihrer schönen, warmen Altstimme. Sie wird vom Lesen gar nie müde. Der Lehrer Reden, der im Achtunddreißigerjahr ins Pustertal zurückgezogen ist, hat ihr seine Bücher dagelassen. Die hat sie schon dreimal durch und ist jetzt auf die Auswahl des Herrn Pfarrer angewiesen, der sie mit Büchern aus der Stadt versorgt.

Seit es die Frau Reden nicht mehr gibt, ist die Lona Federspiel die einzige „Frau" im Dorf geblieben.

An Samstagen kommen am Abend die Kinder, da ist dann Lesepause.

Der Mine und der Flor sind in der Lehre. Für den Mine war es von Anfang an ausgemacht, daß er Gärtner werden wird. Vom Bauernknecht haben ihm Vater und Mutter abgeraten, und das Gärtnern ist auch eine Landarbeit.

Dem Flor bleibt nur der Moosbrucker Metzger, der einzige, der ihn nimmt. Der Flor aber mag auf keine Schweinsköpfe hauen und keine Kälber zerlegen. Er sagt, er habe beim Moosbrucker Metzger Heimweh.

„Heimweh? In Moosbruck Heimweh, wo du in einer Fußstunde in Innerwiesen bist."

Das Luzele, das eine Luzia ist, seit sie ihre Schneiderlehre abgeschlossen hat, findet für ihren Bruder eine Lehrstelle in der Stadt. Beim Gärtner Selner geht es dem Flor gut, weil seine Schwester nicht weit und die Welt von Pflanzen und Blumen eine freundliche ist.

Der Veit hat des Vaters Stelle als Gemeindeschreiber übernommen. Am Monatsende legt er den Briefumschlag mit dem Gehalt auf den Stubentisch, und die Lona zählt ihm ein paar Centesimi als Taschengeld heraus. Fast immer schiebt er die Münzen wieder zurück, weil er ja weder raucht noch trinkt und also nichts braucht.

Der Veit liest immer, wie die Lona. Er lernt fleißig, weil er die Hoffnung auf die Matura noch nicht aufgegeben hat. Für die Lona ist der Veit ein bißchen zu ernst.

„Fast schon schwermütig, meinst nicht auch, Fidl?"

Er ist dem jungen Fidl mit einer bitteren Absicht aus dem Gesicht geschnitten, stellt die Lona fest und tut die gängige Rede, daß Söhne nach den Brüdern der Mutter geraten, als einen Unsinn ab. Keiner ihrer Buben schlägt dem Postwirt nach, der, ehrlich gesagt, dumm ist wie eine Schuhsohle. Seine hohe Stirn ist kein Zeichen von Klugheit, diese Stirn sitzt vielmehr in seinem einfachen Gesicht, als hätte er sie einem anderen Menschen gestohlen.

Am Samstagabend fragt die Lona ihren Veit, ob er denn nicht zu den Burschen auf den Dorfplatz hinuntergehen will. Das hat sie schon den Clemens gefragt, damals. Und der Clemens hat fast dieselbe Antwort gehabt: Sie lachen über jeden Furz, die jungen Männer.

Dann setzt er wieder diesen Blick auf, den versunkenen Blick eines gerade aus dem Schlaf Gekrochenen, der sich dorthin zurückwünscht, weil er sich von dem Wissen, wie der Traum ausgegangen wäre, eine Rettung verspricht.

Überkommt das Kind ab und zu diese unerklärliche Schwermut, will es von Großmutter traurige Geschichten hören. Da richtet es sich dann wohlig ein im Weh. „Als der große Krieg anfing", gehört zur Auswahl, der für Großmutter „Der Weltkrieg" ist, dem der zweite nur nachgeordnet wird, wie eben alles zweite. Oder: „Als die Fersentaler zu Fuß von Mähren heimgingen", zum Beispiel, und – „Als Großvater starb".

*

Von '45 bis '47 ist der Fidl krank. Herzwassersucht. Das Kind weiß. Es liebt dieses Wort, das etwas Unheimliches hat und etwas Inniges, und worunter es sich nichts vorstellen kann und allerhand. Herzwassersucht. Es läßt sich das immer wieder vorsagen. Herzwassersucht.

Wenn das Wasser arg drückt, steht der Fidl wie ein rechter Winkel da, den Stuhl ein Stück weit von sich weggeschoben, die gestreckten Arme auf der Lehne, die Hände wie in die hölzerne Mähne des Löwenkopfes gekrallt. Mit hängendem Kopf macht er atmend den Rücken krumm wie ein alter Kater. Die eingesogene Luft trifft auf ihrem Weg durch die Lunge auf allerhand wässrige Bläschen und Tröpfchen und schlägt beim Drüberstreichen seltsame, hell klingende Töne an. Gleichsam als hätte sich der Atem mit etwas Schwerem, Zähem beladen, verläßt er die Brust brummend wieder und wie auf holprigem Weg. Es brodelt noch eine Weile im runden Rücken. Langsam richtet er sich gerade.

Der Fidl muß sich vor seiner Lona ja nicht schämen. Sie weiß, wie das ist. Und doch stellt er sich immer von ihr abgewandt auf. Nicht einmal den Löwenkopf, auf den er sich stützt, läßt er bei seiner Plage zuschauen und dreht das Gesicht auf der Lehne von sich weg.

Vielleicht hat sich Großvater vor dem Löwenmaul gefürchtet.

„Gefürchtet? Nein, Kind, der Rachen des Löwen ist weich."

Dr. Incensky, den im Dorf alle nur den Moosbrucker Doktor nennen, damit sie diesen fremden Namen nicht aussprechen müssen, Incensky, weil sich ihnen dabei die Zunge im Mund verknotet, dieser Dr. Incensky hat kein Mittel gegen Fidls Krankheit. Er läßt wohl ein Pulver da und Tropfen, erkundigt sich jedesmal, ob der Fidl die Medizin auch fleißig einnimmt, aber sie wirkt nicht besser als das Fieberthermometer, das Großmutter dem Kind einredet, wenn es von der Grippe gesund werden will.

Zum Spital schüttelt Frau Federspiel ablehnend den Kopf. „Nein, Herr Doktor, dort stirbt mein Fidl noch früher. Dort stirbt er vor Heimweh."

Sie liest dem Fidl vor, stundenlang, bis ihm auch das Zuhören zu anstrengend wird. Sein schwerer Atem zeigt es ihr an, und Fidls Bemühen, diesen schweren Atem zu unterdrücken.

Den Atem ziehen, sagt der Fidl zum Schnaufen. Ja, es ist ihm eine Arbeit, das Atmen.

Während der Fidl einzuschlafen versucht, langt die Lona nach ihrem schweren alten Buch, das ihren Händen seit einer Ewigkeit vertraut ist. Sie betet gern noch ein bißchen.

An diesem letzten Abend steht der Fidl noch einmal vom Bett auf. Das hat er sonst nie getan. Ob er sich noch ein Weilchen zu ihr heraussetzen dürfe.

„Fidl, aber freilich."

„Du betest schon wieder."

„Ja."

Der Fidl legt sich auf den Diwan. Die Lona setzt sich daneben. Er macht die Augen zu, und sie schaut ihn lang an.

So sieht ein Totenschädel aus.

Sie holt die Nachbarin, die Wehmutter. Eine, die sich mit dem Auf-die-Welt-Kommen auskennt, muß auch ums Verabschieden Bescheid wissen.

„Ich ruf den Frühmesser", sagt die Wehmutter, „der Fidl gefällt mir nicht." Daß an des Frühmessers Stelle der Pfarrer kommt, ist der Lona recht.

Der Fidl spricht die Gebete nach, ruhig und deutlich. Er bekreuzigt sich nach der Salbung mit den heiligen Ölen.

Im Haus ist es still. Auch der Regen fällt leise wie auf zerriebenen Grieß. Sein gleichmäßiges Tropfen ist die Melodie der nächtlichen Lautlosigkeit.

Die Lona bleibt an Fidls Seite sitzen, will ihn ein wenig rasten lassen, bevor sie ihm ins Bett hilft.

Da richtet er sich auf, sagt: „Lona!"

Sie legt die Arme um seine Brust, stützt ihn. „Fidl!"

Er sinkt zurück.

Und dann?

„Dann nichts mehr, Kind …

Hätte ich mich hinlegen dürfen und sterben, ich wäre ihm nachgestorben. Warum schaust du so erschrocken, Kind? Wen das Leben mehr einschüchtert als der Tod, der ist doch gesegnet. Die, die zurückbleiben, sind traurig. Der Tote bedauert seinen Tod nicht. Also ist es schon in Ordnung, daß der Fidl vor mir gestorben ist. *Nach langer, mit Geduld ertragener Krankheit*, steht auf den Todesanzeigen. Das muß nicht immer stimmen. Beim Fidl hat es gestimmt."

Dann nimmt die Großmutter die schmiegsame Kinderfaust in ihre hohle Hand wie einen Vogel, deckt sie mit der anderen zu, bewegt sie leise hin und her und läßt sich voller Nachsicht das Versprechen abnehmen, daß sie nie sterben wird.

Aber natürlich seien ihnen die Kinder wichtig gewesen von Anfang an. Nur – von Anfang an seien sie beide einander wichtiger gewesen, sagt die Großmutter.

Ob die Kinder das gespürt haben, daß dieses Paar zusammengeschweißt ist und aufeinander bezogen in Ausschließlichkeit?

Vielleicht hat es der Veit gespürt, der immer ein bißchen verloren in der Welt gestanden ist.

„Der Fidl ist mir immer der Geliebte geblieben, auch als

Vater unserer sechs Kinder. Kinder werden zu den Menschen, die sie werden müssen. Den Fidl aber habe ich gewählt und er mich. Davon hat der Fidl immer wieder geredet in all den Jahren, von unserem Zusammengehen und -bleiben, und hat das Vor-unserer-Zeit abgewogen gegen das Danach. Daß das in der Ukraine ein verhaltenes Leben gewesen sei, hat er gesagt, ein kleinlautes und wohl auch ein bißchen leer. Er habe Dankbarkeit gespürt, ohne verpflichtet zu sein, Vergnügen kennengelernt, ohne jemals zu jubeln, eine Not mitgemacht, ohne zu leiden; er sei über seine Heimlosigkeit betrübt gewesen, ohne Heimweh zu haben. Wie ein düsterer Ernst sei die Sorge auf seinen Schultern gelegen, wie eine Joppe, die man überwirft, nicht weil man zu kalt hat, sondern weil Winter ist.

Einmal hat er noch etwas Schönes angehängt:

„Du bist so unverzagt allem nahe gewesen, was lebt, ein ganzer Frühling in einem einzigen Menschen, daß es mich angesteckt hat wie ein Gähnen."

Aber er hat das ein bißchen zu freundlich gesehen, der Fidl. Kein noch so guter Klöppel vermag eine Glocke zum Klingen zu bringen, wenn das Erz nicht edel ist, aus dem sie gebaut. Im besten Fall, Kind, bin ich für die Schwingung zuständig gewesen, für den Zug am Seil. Geklungen hat der Fidl von sich aus. Ein ernster Klang, ein versunkener, aber warm, milde und gut. Eine tätige Güte zuerst, eine beichtväterliche im Alter. Diese Güte hat uns alle ein Leben lang begleitet; beständig, verläßlich.

Ach, der Fidl kommt todmüde von Moosbruck herauf oder gar vom Eissteiner Berg herüber und setzt sich die Kinder auf seine Schultern, und die bekommen vor Freude nasse Hosen, und die Nässe schlägt auf Fidls Kragen durch, und der Fidl lacht nur, räumt dem einen die Windel aus und setzt den anderen aufs Töpfl."

Das Kind kennt das alles. Es hat das schon oft gehört, von seiner Mutter, von den Onkeln. Es weiß auch von einem Großvater, der sich an Lonas Stelle vor den Waschzuber stellt, die Fußböden bürstet.

Sie muß nichts wert sein, die Bergegger Wirtstochter, heißt es im Dorf, wenn sie dem Fidl bei der Weiberarbeit zusehen. Aber es heißt auch, daß man den Fidl, seit er mit der Lona lebt, wieder in der Kirche sieht, und daß er seither sogar mehr redet.

Angela, Großmutters verbitterte Schwester, sagt, der Fidl schmeichle Tag und Nacht um seine Lona herum und hänge ihr dafür jedes Jahr ein Kind an.

„Der Neid ist ein häßliches Laster."

Und doch tut der Lona ihre Schwester leid, der die Mißgunst eine Krankheit ist.

„Das hast du vom Fidl", sagt die Großmutter, wenn das Kind sie dreimal am Tag überfällt: Wie lieb ich dich habe, Großmutter, und dabei die Runzelnetze auf ihren Augenlidern küßt. „Schmeichelkatze, du!"

Die Großmutter ist sich sicher, Männer, wie der Fidl einer war, wachsen keine mehr. Und sie bedauert das Kind, das sich mit einem wird zufriedengeben müssen, dem es das Schmeicheln erst beizubringen hat, wenn das geht.

„Samten, sagt sie, samten leben zwei aufeinander zu. Es gibt sonst so viel Grobes außen herum ..., und vom Fidl ein ganzes Leben kein unwirsches Wort."

Das Kind wünscht sich, seinen Großvater zumindest zu riechen, wo es ihn schon nicht hat kennen dürfen, aber die Hosen und Hemden, Joppen und Hüte, die in diesem ewig geschlossenen Kasten liegen, duften nur nach Mottenkugeln. Das Kind darf im Sommer seine Kleider in diesen handgeschnitzten Grödner Holzkasten neben Großvaters Anzüge hängen und diese dabei jedesmal sanft streifen.

Es liebt diesen Kasten mit den kunstvollen Bordüren, dem großen Schlüssel voller Zierat, den vielen kleinen Schubladen im Innern.

„Man wird ihn in der Kammer zu Kleinholz schlagen müssen, ein sechstes Mal, hat der Tischlermeister gewußt, kann man ihn nicht zerlegen."

Der Neffe bittet seinen Onkel Fidl, in den Festeneggzubau einziehen zu dürfen, ins Ausweicherhaus des Paarhofes, in das seine Eltern nicht ausweichen wollen. Nicht etwa aus Rücksicht auf den Fidl und seine Familie, eher aus Bestemm gegen ihren Sohn.

„Ich muß heiraten, Vetter."

„Wen?"

Der Fidl weiß, es gibt der Mädchen zwei, die von seinem Neffen ein Kind erwarten. Und die Familie Federspiel zieht ein drittes Mal um.

Im Mitterhaus, der vorherigen Bleibe, ist die Lona fast schwermütig geworden. Das Haus hatte ein mächtiges Vordach, das bis zur Fensterhöhe auskragte, und der Lona war, als trüge sie den ganzen Tag einen Hut auf dem Kopf.

Vom Klarstammerhäusl, der vierten Herberge, haben sie dann die Carabinieri vertrieben. Vertrieben stimmt nicht ganz. Die Carabinieri ziehen ins Klarstammerhäusl, und die Federspiel mieten sich beim Hasler ein, ihr fünftes Zuhause. Dort stirbt der Fidl heraus. Dort möchte auch die Lona heraussterben. Dort macht nach des Fidls Tod die Luzia ihre Schneiderei auf und verkürzt ihrer Mutter die einsame Zeit. Und der Grödner Kasten, das Erbstück, ist immer dabei. Wie die geschnitzten Stühle mit dem Löwenkopf.

Solange das Kind zu seiner Großmutter in die Sommerfrische geht, steht dieser Kasten, den kein Nagel zusammenhält, sondern Zapfen, Nut und Feder, rechts vom Kammerfenster, links davon einer der Löwenstühle; so lange sieht es von seinem Bett aus das helle, freundliche Holz des Kastens und das aufgesperrte Maul des Löwen; so lange wird es an jedem Sommermorgen mit dem Satz geweckt:

„Aufstehen, Kind, es ist Tag."

Ganz still ist der Morgen, gerade so, als müsse der Tag erst Luft holen, bevor er anfängt.

Das Kind springt gern vom Bett herunter und seiner Großmutter in den Arm, die es dann leise wiegend ans Fenster führt, wo es schnell in den frischen Himmel schauen muß, damit sich seine blauen Augen die Farbe merken.

Das Kind weiß, Großmutter wünscht das Tagwerden noch sehnlicher herbei als es selbst. Sie schläft nicht mehr gut, zieht das Zubettgehen lange hinaus, wartet, bis das letzte Licht im Dorf erlischt, und wartet dann noch lange auf den Schlaf.

Woran sie denn so denke, wenn sie wach liege?

Sie denke sich von Hof zu Hof und zähle die Menschen zusammen, die aus den Höfen herausgestorben seien, sagt sie. Großmutter berechnet ihre Erinnerung nach den Todesfällen. Da wird dem Kind ein bißchen unheimlich.

Beim Spitzkogler sei sie auf zwölf Todesfälle gekommen, die unschuldigen Kinder nicht mitgezählt, weil es deren unzählige gäbe. Der Spitzkogler sei der Gewinner in der Gemeinde.

„All diese wehmütigen Zügenglöckchen in meinem Leben. Zweimal künden sie den Tod einer Frau, einmal den eines Mannes."

Warum findet Großmutter nicht etwas Freundlicheres zum Einschlafen? Warum hält sie sich nicht an ihre eigene Weisung und zählt sieben Sterne an jedem Abend, das Glücksversprechen, genauso unverbrüchlich wie das Nachtgebet?

Großmutters Worte kommen angefeuchtet aus einem nachgiebigen, eingefallenen Mund:

„Wovor man sich fürchtet, das muß man ausgiebig bedenken, Kind. Und dann sollte man gehen, früh genug, damit man noch betrauert wird. Aber das ist nichts für Kinder, ich weiß. Kinder hoffen. Sie hoffen immer. Sie brauchen gar keine Berechtigung für ihre Hoffnung."

Sie stelle sich das Sterben wie einschlafen vor, sagt Großmutter, wenn das Kind nicht nachgibt und wissen will, wie das ist.

„Kannst du den Augenblick erwischen, in dem du vom Wachsein in den Schlaf fällst?" fragt sie. Mit dem Sterben sei es genauso: man merke es nicht und wache dann in der anderen Welt auf.

Ab und zu, wenn auch Großmutter nicht mehr weiß, worauf sie noch hoffen soll, meint sie, sterben sei vielleicht auch aufgeben, einfach nur aufgeben.

Glossar

Seite 10, 61 *Schwetter* – gestrickte Jacke mit Knopfleiste

13 *Mistpenne* – geflochtener Korb, der zum Mistführen auf Wägen geladen wird

17, 18 *Gralle* – kleine Kugel, Perle, Beere

19 *Grummetzeit* – Zeit der zweiten Heumahd

19, 22, 34, 132 *Dille* – Scheune, Stadel

21 *Fürtuch* – Schürze (Rockschürze)

22 *Granelle* – Kornelkirsche, hier: Strauch der Kornelkirsche

22, 201 *Kandele* – kleine Kanne

24 *kuttern* – kichern

24 *Bandi* – Recherinnen

24 *Mohder* – Mäher

24 *Tschogg* – Taglöhner, der auf dem Feld jede Arbeit anpacken muß

24, 201 *Rosarisonntag* – Rosenkranzsonntag, 1. Sonntag im Oktober

27 *Plunhut* – Hut der bäuerlichen Tracht, der oben flach (plan) ist

30 *Plenten* – Polenta

32, 61 *Kospen* – handgeschnitzte Schuhe aus Holz

33 *Pellen* – Heublumen, Abfall aus der Kornmühle

35 *Co vala pa?* (ladinisch) – wie geht's?

42 *Schwaige* – hoch gelegene Alm

46 *Letten* – Lehm, auch aufgeweichte Erde auf Wegen

47 *Batto, passo, resto* – Ausdrücke im Kartenspiel (stechen, weitergeben, halten)

50 *Pulggen* – Sterz aus Buchweizen

50 S*chwarzplentener Riebler* – Schwarzplenten = Buchweizen, Riebler = eine Art Schmarren

53 *Kleba, malenka* (russisch) – Brot, Milch

53 *Dobre, dobre, spassiva* – russische Dankesformel

57 *Haftln* – Ösen

57, 58, 59 *Weimerlen* – Weinbeeren, Sultaninen

58 *Nagelen* – Nelken

58, 107, 108, 204 *Loabn* – runder Brotlaib

58, 108 *Struzn* – dicker Brotlaib in länglicher Form

59 *Roggenbreatln* – Brotfladen aus Roggenmehl

59, 134, 135 *Stör* – handwerkliche Arbeiten, die vom Handwerker im Haus des Bauern ausgeführt werden

62 *Pfosen* – Strümpfe aus Loden mit Beinteil zum Knöpfeln bzw. mit Druckverschluß

65 *Fackl* – Ferkel

67, 215 *Zügenglöcklein* – Sterbeglöcklein

68 *Nähn* – Großvater

68 *Sutte* – Mulde

76 *ticken* – zum Narren halten, schikanieren

79 *Köfl* – Felsbrocken

80 *gachzornig* – jähzornig

80 *Katzlmocha* – pejorativ für Italiener (von Gatzl = Kelle als typisches Produkt der Trentiner Wanderhändler)

80 *Bersagliere* – italienischer Soldat

86 *Specker* – Murmeln

105 *Pudel* – Hohlmaß

107 *Weimerleloabn* – süßer Hefelaib mit Sultaninen

113 *antrisch* – unheimlich

116, 139 *Plenny, voenno-plenny* (russisch) – Gefangener, Kriegsgefangener

119 *Zemskaja Uprawa* (russisch) – Verwaltung der Landgemeinden

121 *Leps* – billiger Wein der Bauern für den Eigengebrauch

130 *Staller* – Stallbub, Stallknecht

131, 134 *Gorilka* – ukrainischer Wodka

138 *Krumerin* – Krämerin

173, 175 *Köstn* – Kastanien

174 *Tolm* – einfältiger Mensch

175 *Seelenstückl* – Patengabe zu Allerseelen

179 *Wasserkasten* – Dorfbrunnen aus Holz mit Schindeldach

181, 182 *Nohterin* – Näherin

182 *Riesenstotz* – Riesenbottich

183 *Roder* – Radmacher

186, 199 *Podestà, segretario* (italienisch) – Bürgermeister, Sekretär

195 *Kraxe* – auf den Rücken gebundene Trage

195, 201 *Tadl* – schmale Schublade

198 *Tschoppelen* – geistig oder körperlich behinderte Menschen

Eine Art „Nachwort“

Meine Großmutter kannte weder *Rotkäppchen* noch *Schneewittchen*; überhaupt keine Märchen. Sie hat dennoch viel erzählt; Geschichten aus dem Leben, aus ihrer kleinen Welt, die eine große wurde; von Großvater, den ich nicht mehr erleben durfte, der weder durch Taten auffiel, noch durch Reden und doch ein außergewöhnlicher Mensch war, und der über das Erzählen seiner Frau so gegenwärtig wurde, als säße er zwischen uns.
Meiner Großmutter Geschichten über Liebe und Leben und Tod standen denen, die ich später zu lesen bekam, in nichts nach. Vielleicht war ich damals auch nur eine aufmerksamere Zuhörerin. Was meiner Erinnerung entglitten ist oder wofür das historische Wissen des Erzählten nicht ausreicht, dafür habe ich aus den Quellen geschöpft, die im Anschluß genannt werden sollen. In einigen dieser Werke sind mir Menschen und Umstände wiederbegegnet, die mir schon aus Kindertagen vertraut waren.

Sui campi di Galizia (1914-1917). Gli Italiani d' Austria e il fronte orientale: uomini, popoli, culture nella guerra europea. A cura di Gianluigi Fait. Materiali di lavoro, Rovereto / Museo Storico Italiano della Guerra, Rovereto 1997.

Scritture di guerra, vol. 1, vol. 2, vol. 3. A cura di Gianluigi Fait. Museo del risorgimento, Trento / Museo Storico Italiano della Guerra, Rovereto 1994.

Helmut Alexander, Stefan Lechner, Adolf Leidlmair: Heimatlos. Die Umsiedlung der Südtiroler. Wien 1993.

Helmut Altrichter: Rußland 1917. Ein Land auf der Suche nach sich selbst. Paderborn 1997.

Elsa Brändström: Unter Kriegsgefangenen in Rußland und Sibirien 1914-1920. Berlin 1920.

Guido Burtscher: Die Kämpfe in den Felsen der Tofana. Bregenz 1933.

Anton Dörrer: Vom Isonzo bis in die Seisera. Saarlouis (o. J.)

Klaus Eisterer, Rolf Steininger (Hrsg): Tirol und der Erste Weltkrieg. Innsbrucker Forschungen zur Zeitgeschichte Bd. 12. Innsbruck-Wien 1995.

Claus Gatterer: Im Kampf gegen Rom. Bürger, Minderheiten und Autonomien in Italien. Wien-Frankfurt-Zürich 1968

Frank Golczewski (Hrsg): Geschichte der Ukraine. Göttingen 1993.

Guido Jakoncig: Tiroler Kaiserjäger im Ersten Weltkrieg. Innsbruck 1935.

Emilio Lussu: Ein Jahr auf der Hochebene. Wien-Zürich, 1992.

Anton Mörl: Die Standschützen im Ersten Weltkrieg. Wien-Innsbruck 1934.

Elfriede Perathoner: La ferata de Gherdëina – Die Grödnerbahn, Bozen 1992.

Josef Plötzleitner: Berge wurden Burgen. Salzburg 1934.

Manfried Rauchensteiner: Der Tod des Doppeladlers. Österreich-Ungarn und der Erste Weltkrieg. Graz-Wien-Köln 1993.

Matthias Rettenwander: Stilles Heldentum? Wirtschafts- und Sozialgeschichte Tirols im Ersten Weltkrieg. Innsbruck 1997.

Walter Schmidkunz: Der Kampf über den Gletschern. Erfurt 1934.

Oswald Überegger: Der Andere Krieg. Die Tiroler Militärgerichtsbarkeit im Ersten Weltkrieg. Innsbruck 2002.

Adam Wandruszka, Peter Urbanitsch (Hrsg): Die Habsburgermonarchie 1848-1918. 6 Bde, Wien 1973-1989.

Fritz Weber: Feuer auf den Gipfeln. Regensburg 1932.

Helene Flöss im Haymon-Verlag

Dürre Jahre
Erzählung

13 x 21 cm, Hardcover mit Schutzumschlag, 80 Seiten
3. Auflage, ISBN 3-85218-261-1

Es geht um eine Krankheit, die umgangssprachlich als Magersucht bezeichnet wird. Ohne je reportagehaft zu werden, berichtet Helene Flöss von Beginn und Verlauf der Krankheit, bis der schwierige Weg zur Heilung gefunden scheint.

„Rein gar nichts wird beschönigt. Sätze, oft nur Worte, stehen protokollartig nebeneinander, bestechend einfach, bestechend klar. Flöss kreist die Krankheit in einem Stakkato feinbitterer Wahrnehmungssplitter ein."
(Maria Renhardt, Der Standard)

Schnittbögen
Roman

13 x 21 cm, Hardcover mit Schutzumschlag, 208 Seiten
ISBN 3-85218-334-0

Zwei Liebesgeschichten, in ein dichtes Netz von Politik, Krieg, Alltagsereignissen und Bräuchen verwoben, wie die Punkte, Striche und Linien der Schnittmuster, auf die die Schneiderin Elsa ihre Notizen schreibt.

„Helene Flöss hat sich des Zweiten Weltkriegs erzählerisch angenommen und meistert dies mit beträchtlicher Souveränität. Was die ehemalige Bäckerin erlebt, was sich in den Konturen der Schnittbögen der ehemaligen Scheiderin sedimentiert hat, ist höchst lesenswert, zumal die Autorin ihren Text in glasklarer Sprache modelliert."
(Neue Zürcher Zeitung)

Zeitgeschichte im Roman

Walter Klier

HOTEL BAYER
Eine Geschichte aus dem 20. Jahrhundert

13 x 21 cm, Hardcover mit Schutzumschlag, 160 Seiten
ISBN 3-85218-416-9

Altnazis und ihre jüdischen Jäger, Revolutionäre verschiedener Ideologien und heruntergekommene Advokaten, blauäugige amerikanische Touristinnen oder dubiose Abgesandte des Vatikans – sie alle lässt das Schicksal in einer kleinen, vor Hitze fast gelähmten Stadt in Bolivien zusammenkommen.

„Klier hat nicht vor, uns die Welt zu erklären, und das ist gut so. Sein Buch zerfällt in viele kleine Einzelteile, so wie Geschichte zersplittert und zerschellt und sich nicht mehr fassen lässt. Der Autor zeigt, wie sich verschiedene Biografien berühren und wieder auseinander laufen, wie sich Lebenslügen festsetzen und politische Ziele abschleifen oder auch zuspitzen ... Immer neue Mosaiksteinchen tauchen aus der Geschichte auf, fügen sich zusammen, wie zu einem jener Muster auf den Böden alter Kirchen. Was darunter liegt, wenn man ein kleines Stückchen herausreißt? Wasser und Schlamm, ein bodenloser Sumpf."
(*Susanne Schaber, Die Presse)*

„Ach, es ist eine wunderbar abstruse, genial gebaute, natürlich auch verwirrende Geschichte, die Walter Klier da komponiert hat ... Weil der Autor bis zum Schluss nicht aufhört, sein Kaleidoskop zu schütteln, bekommt der Leser in der Tat erst am Ende ein (annähernd) vollständiges Bild des konspirativen Geschehens. Aber einen Thriller hat er dabei dennoch gelesen, ein höchst unterhaltsames Buch sogar, das man von der ersten bis zur letzten Seite nicht aus der Hand legen möchte." *(Gabriele Weingartner, www.literaturkritik.de)*

Zeitgeschichte im Roman

Ludwig Laher

HERZFLEISCHENTARTUNG
Roman

13 x 21 cm, Hardcover mit Schutzumschlag, 192 Seiten
3. Auflage, ISBN 3-85218-346-4

Hunderte willkürlich Inhaftierte werden 1940 im „Arbeitserziehungslager“ St. Pantaleon gequält, etliche umgebracht. Der Lagerarzt konstatiert lange Zeit irgendwelche harmlosen Todesursachen (die „Herzfleischentartung“ bei einer Zigeunerin ist allerdings nicht seine Erfindung). Eines Tages aber schaltet er die Staatsanwaltschaft ein. Die Aktenbestände der folgenden Untersuchung waren für Ludwig Laher die Grundlage seiner literarischen Arbeit.

„Das Buch läßt aus Akten Figuren entstehen. Laher gibt in diesem Zeitgeschichtsbild zugleich ein Stück Mentalitätsgeschichte.“ *(Walter Hinck, FAZ)*

„Laher wählt eine Sprache, die sich manchmal bewußt der Diktion der Täter bedient: als verstärkendes Moment der Grausamkeiten und als schwarzer Humor, der Abwehr und Distanz ermöglicht.“ *(Lerke von Saalfeld, SWR)*

„Eine exemplarische Fallstudie über den Naziterror in der österreichischen Provinz, ein semi-dokumentarischer Heimatroman, der einen das Fürchten lehrt.“
(Ulrich Klenner, Bayerischer Rundfunk)

„Dem Buch gelingt eine Aussage über das Wesen des Nationalsozialismus und sein zähes Überleben, wie es selten so deutlich und überzeugend dargestellt wurde.“
(Anna Mitgutsch, Der Standard)

Zeitgeschichte im Roman

Walter Grond

ALMASY
Roman

13 x 21 cm, Hardcover mit Schutzumschlag, 320 Seiten
ISBN 3-85218-394-4

Seit Michael Ondaatjes Roman „Der englische Patient" und dem gleichnamigen oscargekrönten Film ist der Name Almásy allgemein bekannt. Das Vorbild für die literarische Figur war ein charmanter Lebemann, Wüstenforscher und – deutscher Agent in Rommels Diensten, der seine Spionagetätigkeit in Nordafrika mit der gleichen spielerisch-ironischen Leichtigkeit zelebrierte wie seine homosexuellen Affären. Walter Grond hat sich dieser schillernden Persönlichkeit angenommen und macht den Leser erstmals mit den authentischen Fakten, Hintergründen und Zusammenhängen bekannt, die reich an Überraschungen und skurrilen Episoden sind.

„Walter Grond (hat) eine hochspannende, amüsante Biographie geschrieben, die auf keiner Seite wie ein Historienroman klingt, ja nicht einmal wie eine Biographie, sondern die das pralle Leben feiert und die Vielschichtigkeit eines faszinierenden Mannes zeigt." *(Susanne Rössler, Format)*

„Gronds Sprache ist assoziativ, gewinnt merklich durch sein Gespür für Melodie und Rhythmus … Ein detailliert konturiertes Gemälde vom Ägypten in Zeiten des Zweiten Weltkrieges." *(Jan Küveler, Die Welt)*

„Vom herkömmlichen Unterhaltungsroman unterscheidet sich Gronds dadurch, daß er nicht nur Spannung, Abwechslung, interessante Schauplätze, bizarre Charaktere, grosse Gefühle, Liebe, Verbrechen, Verschwörung bietet, sondern dem Gebildeten auch die Freuden der Intertextualität."
(Karl-Markus Gauss, Neue Zürcher Zeitung)